上野英信集

戦後文学エッセイ選12

影書房

上野英信（1965年・筑豊文庫にて）　撮影・本橋成一

上野英信集　目次

凡例

一、「戦後文学エッセイ選」全一三巻の巻順は、著者の生年月順とした。従って各巻のナンバーは便宜的なものである。
一、一つの主題で書きつがれた長篇エッセイ・紀行等はのぞき、独立したエッセイのみを収録した。
一、各エッセイの配列は、内容にかかわらず執筆年月日順とした。
一、各エッセイは、全集・著作集等をテキストとしたが、それらに収められていないものは初出紙・誌、単行本等によった。
一、明らかな誤植と思われるものは、これを訂正した。
一、表記法については、各著者の流儀等を尊重して全体の統一などははかっていない。但し、文中の引用文などを除き、すべて現代仮名遣い、新字体とした。
一、今日から見て不適切と思われる表現については、本書の性質上また時代背景等を考慮してそのままとした。
一、巻末に各エッセイの「初出一覧」及び「著書一覧」を付した。
一、全一三巻の編集方針、各巻ごとのテキスト等については、同じく巻末の「編集のことば」及び「付記」を参看されたい。

カバー版画＝上野英信『昇坑』

上野英信集

戦後文学エッセイ選 12

この国の火床に生きて

百年の「業《ごう》」

筑豊の廃鉱に住んでいる老人たちは、あけてもくれても、明治の炭鉱の話ばかりくりかえしている。まったく、よくまあ飽きもせずに、とあきれるばかりだ。彼らの話をきいていると、まるで炭鉱は明治に始まって、明治に終わってしまったかのような気さえする。

もちろん、年をとればとるほど、若かった昔がなつかしまれてくるのは、人情のつねであろう。まして彼らのように、みずからの手で営々と築きあげてきた炭鉱が、目の前で破壊され、跡かたもなく消え去っていった廃墟に老残の身をさらしていれば、なおさらのことだろう。しかし、またかと思いながらも、彼らの話をきくたびに、私がはっと胸を打たれるのは老人たちの姿勢である。彼らは明治の炭鉱を語るとき、それこそ残り少ないいのちをかたむけ、そそぎつくしているといった趣であり、これを語り終えなければ、死んでも死にきれないと思いつめているかのような感じである。じっさい、こちらがつい息苦しくなってしまうことすらしばしばだ。いずれにせよ、思い出を反芻するというような態度とは、およそ無縁である。

いったい、なにゆえ、彼らはそれほどまでに明治の炭鉱に――あるいは炭鉱の明治に、執着するのだろうか。しなければならないのだろうか。明治は、なによりもまず、そのようなものとして私の前にたちはだかる。

考えてみれば、明治の炭鉱に生きた老人たちといったところで、せいぜい七十歳代である。ほんの子どものころから地の底をはいずりつづけてきた老坑夫たちの寿命は、おしなべて驚くほどもろく短い。したがって現在まで生き残っている明治生れの老人は、労働した期間としては、むしろ大正から昭和にかけてが大部分であり、明治の炭鉱は、ほんのわずかにかすめただけというような人間のほうが多いくらいだ。にもかかわらず、彼らの心にあるのは明治の炭鉱だけである。彼らには、明治がなければ炭鉱もなく、炭鉱がなければ明治もない。そして、明治の炭鉱なしには、自分の存在を意識することもできないかのようだ。

「それが、明治の炭鉱生まれの業《ごう》ちゅうもんたい！」と、今年ちょうど七十歳になる老婆が傲然といい放った言葉が、私の耳から消えない。明治の炭鉱は、彼らにとって、けっして過ぎ去った一つの季節ではないのだ。生きているかぎり、彼らの体の底で血をふきつづける、唯一のなまなましい現実そのものなのだ。そしてそれは、彼らにとっては、まさに「業」と呼ぶよりほかに、ぜったいに呼びようがないものなのだ。

しかし、果たしてこれは、ただ単に明治の炭鉱に生まれ、明治の炭鉱に働いた人間だけに背負わされた「業」なのであろうか。大正生まれであれ、昭和生まれであれ、しょせん明治を背負って逃げることのできない炭鉱に働く、労働者すべての「業」なのではあるまいか。いや、炭鉱労働者ばかりではない。たとえどのようなかかわり合いにおいてであろうと、この国の炭鉱を考えようとするかぎりの人間に背負わされた、共有の「業」そのものではないのか。そんな思いが、なぜか、しきりにこみあげてならない。

それはともあれ、廃鉱の老人たちが、明治を背負った炭鉱の「業」から逃れられないように、彼らの話は、明治の女坑夫から逃れることはできない。いつ、いかなる時代の炭鉱の話も、けっきょく最後には明治に戻ってゆくのと同様に、彼らの話はたえず女坑夫に戻り着いてしまう。あたかも炭鉱は明治、明治は女坑夫という一定の方式でもあるかのように、つねにかならず女坑夫へと回帰する。彼らにとって、それは論理であるというより、むしろ倫理であるのかもしれない。彼らは、女坑夫なしには明治の炭鉱は考えられず、明治の炭鉱なしには女坑夫は考えられない。

むろん、女坑夫は大正時代にもいたし、昭和時代にもいたのである。けっして明治にかぎられた存在ではないはずだ。それにもかかわらず、彼らがあくまで明治時代の女坑夫に執着しようとするのは、ただ偶然にその時代と彼らの青春が重なったがためではない。あるいはまた、大正時代以後の炭鉱は、女坑夫なしにも存在しえたかもしれないが、明治の炭鉱だけは、女坑夫なしにはぜったいに存在しえなかったということのためでもないだろう。明治時代にも、女坑夫のいない炭鉱もあったのである。確かなことは——ただ、しんじつ、「明治の炭鉱生まれの業」そのものとして、常世の闇のまっただなかに燦然《さんぜん》と燃えさかり、燃えつきたものこそ、明治の女坑夫であったがゆえにほかなるまい。

ついに一人の「おなご」のいのちさえつなぎとめることのできなかった男への絶望は、その昔の女坑夫たちのはらわたにいまなお熱い。これは少なからず残念なことだが、私はいまだかつて、男坑夫に寄せる女坑夫たちの賛嘆を耳にしたためしがない。たえず、いやというほどきかされるのは、この世に男ほど不甲斐ない腰抜けはなか、という罵笑《ばしょう》ばかりである。そんな絶望の落し子が、次のような笑い話となって残っている。

——あるおなごの坑夫が、後にも先にもたったいっぺん、大声をあげて泣きおめいたことがある。はじめて子を産み落したときのことたい。なんというて泣きおめいたか。「ワーン、おれもやっぱり、おなごじゃったーっ！」。こういうて泣きおめいた……。

この女たちの号泣にひきかえ、男たちの凍えたつぶやきのなんと空虚なことか。

——下駄と女房は、我がもんと思うな、腹がたつ。

あらためて説明を加えるまでもあるまい。男女混浴の坑口浴場で盗まれた、すりきれ下駄と並べたところが、せめて破れかぶれの腹いせのつもりだろう。筑豊の男坑夫たちの〝引かれ者の小唄〟である。同じくその昔、男たちの間で、こんな挨拶が交わされていたともいわれる。

——おう、久しぶりやなあ、ゼニになりよるか、カカ、前んカカか！

読んで字のごとく、儲けになっておるか、女房は前の女房か、という生活の実感のこもった挨拶である。「下駄と女房は」に較べると、いささか乾いた感じが救いかもしれない。

このようなつぶやきや呻き、涙やためいきの一つ一つに至るまで、廃鉱の老人たちは、さも大切な呪文のごとく、飽きもやらず語りつづける。まさしく明治百年をささえ、明治百年とともに滅んでゆく筑豊に、みずから欲して屍を横たえようとする者の「業」というべきか……。

それにしても、この国のもっとも暗い深部に生き、死んでゆく労働者たちにとって、明治百年とは、そもそもなにであろうか。そのことをあらためて考えるたびに、三井三池炭鉱で会った、与論島出身のある労働者の算術が思いだされてならない。

一九六〇年春のことである。そのころ、彼は五十五歳の定年退職を目の前にひかえながら、指名解雇を通告され、他の多くの同じ運命の人たちとともに、長期の苛烈な反対闘争のまっさいちゅうであった。だが、もしそうと知らなければ、とうてい彼がさかまく渦中の人間であるとは信じられないほど、その物腰は落着いて静かであった。訥々《とつとつ》としてではあるが、彼は考えぶかく言葉を選んで私の質問に答えた。恐らく彼は必死に感情のたかぶりとたたかっていたのだろう。会社側の暴力団じみた弾圧を非難するときにも、分裂した第二組合の裏切り行為を批判するときにも、彼はむしろ冷静すぎるほど冷静な口調を崩さなかった。

ただ一度、かすかに感情のわななきをみせたのは、「わたしの家は、この百二十年間、ずーっとこの三池で働いてきたとですけん……」という一言だけだった。それは、彼がぜったいに強制解雇を承認できない唯一最大の理由の主張であったと同時に、そのように長期間働いてきた自分を否定し追放しようとする者に対する、心底からの憤怒と呪咀《じゅそ》であり、「百二十年間」の悲哀のすべてであったにちがいない。

私はびっくりして彼の顔をみた。それまで終始冷静であった彼が、思いがけず感情をのぞかせたからではない。「百二十年」という言葉に驚かされたからである。もし彼のいうとおりだとすれば、彼の一家は、すでに遠く明治以前から、この三池炭鉱で働いていることになる。もっとも、三池の歴史は古い。原始的な石炭採掘がおこなわれはじめてから、もう四百年をこえるともいわれる。百二十年にわたって働いた一家があったところで、別に不思議ではないかもしれない。

だが、この指名解雇者の先祖たちは、もとよりそんな昔から、このヤマに住みついていたわけではない。明治も後半にはいった。一九〇一年からである。それまでは先祖代々、奄美《あまみ》群島最南端の与論島の住民であったのだ。その遠い遙かな海上の民を、この不知火《しらぬい》の地底へと押流したのは、一八九八年夏の恐るべき大台風である。そうでなくても不毛にちかい孤島の生活は、その一撃によって、根こそぎに破壊されてしまった。飢えにあえぐ七百四十人の島民が、一九〇〇年とその翌年にかけて、長崎県島原半島の口之津《くちのつ》港に集団移住し、三池炭の船積み人夫となっている。彼自身が私に語ったとおり、彼の父母もその一員であったのである。

程度の差こそあれ、炭鉱の歴史はおしなべて、陰惨きわまりない差別政策の血の涙にぬりこめられているが、彼ら与論島出身者の運命も、その例外ではありえない。一八七三年以来の伝統的な囚人労働者に替る「新しい囚人労働」「第二の囚人労働」になぞらえられるゆえんであろう。一九〇九年、彼らは口之津港から三池港へ移されているが、当時、おなじ石炭荷役に従事しながら、その賃金は地元組四十銭に対し、与論組はわずかに二十八銭であったという。賃金ばかりではない。「ヨーロン」なる蔑称の下に、彼らはことごとく差別され、賤民視されとおしてきたのである。

生まれながらの「ヨーロン」坑夫としての彼の人生は、ほとんど無限の痛苦の連続であっただろう。その重い屈辱のかげりは、この定年まぢかの三池労組員の訥々たる言葉の端々にも濃かった。それゆえ、「わたしの家は……ずーっとこの三池で働いてきたとですけん……」と、彼が呻くようにいった一言は、鋭く私の胸をえぐらずにはおかなかった。

ただ、彼はなぜその一九〇一年以来の苦難の歳月を、「百二十年間」と主張したのであろうか。じっさいは、まだその二分の一のはずだ。なにかの錯覚だろうか。私は不審に思って問いただした。すると彼は、「はい、たしかに百二十年のはずですが……。昨日もかぞえてみたばかりです」とふたたび同じ数字をくりかえした。そして低い声で、死んだ父親が何十年間、死んだ母が何十年間、この自分が何十年間、死んだ妻が十何年間、クビを切られて東京に働きにでた長男が何年間、というふうに、一つ一つ、指折りかぞえてたし加えていった。

私は虚をつかれた思いで、はっと息をのんだ。しかし、彼は私の驚きも知らず、あたかも必死にたし算の練習をする子どものように、計算に没頭しきっていた。その恐ろしいほど真剣な二つの目と節くれだった十本の指の動きをみれば、彼がけっして単なる思いつきでそんなかぞえかたをしているのでもなければ、ましていわんや私の虚をつかんがために、わざと奇計を弄したものでもないことは、明らかだった。そのような方法もあるというのではなく、彼にとってはそれよりほかにありようのない計算をしただけである。彼の一家が三代にわたって三井三池炭鉱のために働いてきた時間は、ぜったいに（1960—1900）年という数式では出てこないし、そんな計算の方法を、考えることもできないのだ。たとえ誰が何といおうと、この与論島出身の労働者に実感できるのは、三代にわたる五人の同胞のいのちの総量としての百二十年以外にはないのだ。

「間違いなかです。やっぱり、百二十年でした」と、彼は答えが違っていないことを確かめた子どものように、ほっとした声で私に告げた。私はなにもいえず、ただ黙ってうなずいた。

その夜の深い感動を、私はいまも忘れることができない。淡い電灯の下で、奪われたいのちの日日を指折りかぞえる彼の姿の中に、はじめて私は三池の労働者と、三池の闘争をみたように思った。総資本と総労働の対決といわれたその大闘争が、にわかに生き生きとした熱気をおびて、私の体に伝わってくるのが感じられた。暦の上の六十年と人間の怨念がこめられた百二十年の対決として。

いまにして私は思う。死にかわり生きかわりして、地底の闇を穿ちつづけてきた労働者にとっては、明治は百年どころか、二百年、三百年、あるいは五百年でさえあるような者も多いのだ。そのような者たちにとって「明治百年」などという言葉は、それこそ日なたの石段をかぞえるようなむなしさ以外のなにものでもありえまいと。

暗黒の記録者たち

『炭鉱《やま》に生きる』という画文集が、心あるひとびとの深い感動を呼んでいる。明治時代から筑豊の地底で生きぬいてきた老坑夫が、ひそかに絵でかきとめたきわめて特異な生活記録であるが、著者の山本作兵衛さんは、もとより自分のかいたものがこんな本にまとめられ世間に騒がれるようになろうとは、ゆめにも思っていたわけではない。彼がこのような記録にとりくんだのはもっぱら「炭鉱を知らない孫たちのために」かき残しておいてやりたいの一念からであり、それゆえ「ただひたすら、正確にありのままを記すことのみを心掛けた」という。その言葉には、うそもいつわりもない。おなじ筑豊に住み、たえず作兵衛さんと顔をあわせるたびに、いつもながら私が心をうたれるのは、なによりこの正確な事実への執念であり、それを全力をつくして正確に伝えようとする、かたくなな構えである。この十年間、彼が日夜ひたすら絵筆を握りつづけてきたのも、まったくそのような願いからであり、六百枚をこえる細密克明な記録画は、そのすさまじいばかりの執念の結晶にほかならない。

しかし、ふりかえってみれば、これはひとり『炭鉱《やま》に生きる』の著者にかぎらず、彼とおなじように明治時代から、裸一貫で炭鉱に生きてきた老坑夫たちに共通してみられる、もっともきわだった特徴であろう。正確な事実への執念は、例外なく彼ら一人一人の胸底に熱い。いまはすっかり耄碌《もうろく》して、昨日のことも満足に思いだせないような老人たちが、自分の炭鉱生活のことだけは、五十年も六十年も昔のごく些細《ささい》な事実のはしばしまで、じつに驚くべき正確さで覚えている。ヤマからヤマへの脱走と放浪のみちすがら、ほんの数日間、疲れた足を休めたにすぎないような炭鉱における、納屋頭の氏名から飯場代、ツルバシの焼賃から坑内のワラジの代金まで、一つ一つ、はっきりと記憶にとどめている。私のように記憶力のとぼしい者は、びっくりするというより、ときには思わずぞっとさせられるほどだが、これはただ単に忘れられないから覚えているというような性質のものではなく、ぜったいに忘れてはならないという、異常なまでにしぶとい執念の働きであるように思われてならない。

じっさい、彼らがそのような事実の一つ一つを説くときの姿勢ほど、私にとって忘れがたいものはない。語るというより、まさに突きつけるという感じだ。そんなとき、私は、彼らの偏執的とも思えるほどの事実への執念は、彼らの血ぬられた歴史そのものへの執念であることを、痛いほど感じる。

絵をかく作兵衛さんが、坑道をささえる一本一本の枠柱の立ちかた、女坑夫の履《は》くアシナカワラジの結びかた、石炭を運びだすセナカゴの傾けかたに至るまで、頑強に事実に即そうとするのも、けっして、うるさい考証家の検証に堪えたいがためではない。そのカゴの傾斜に歴史をみるからである。ワラジの結び目をとおしてでなければ、とらえられない歴史があるからである。暗黒の歴史の坑道が、一本一本の枠柱によってささえられていることを知っているからである。それはひたすら事実の記録者であることによって、ついに歴史の証言者と化す人間に負わされた、避けがたい宿命なのかもしれない。しかし、このような絶望的な作業を、みずからに罪業のごとく負わせることなしには生き死にのならぬ歴史を、いまなお日本の人民が深い内部にかかえているという思いが、ますます強く私の心をひき裂く。

つい最近のことだ。一人の老人が私の家をたずねてきた。一山こえた南の谷間の廃鉱部落に住んでいるという。名前は井上為次郎といった。私は幾度か、そのさびしい山谷の廃鉱に足を運んだことがある。しかし、この老人と会ったことはなかった。きいてみると、彼は明治三十一年生れで、幼いころから長崎県の炭鉱で育ち、小学校を卒業するとすぐに炭鉱で働きはじめたという。「二コン一コンですたい」と彼は笑った。子ども二人で大人の一人分の仕事をすることを、長崎方面の炭鉱では、そんなふうにいいならわしてきたのである。老坑夫たちの多くがそうであるように、この「二コン一コン」育ちの為次郎さんの生涯も、想像を絶するほどの波乱と痛苦にみちていた。

彼の渡り歩いた跡は、長崎県の島々から北海道にまで及んでいる。「全部で幾つのヤマを?」「そうですたいなあ、あらまし、八十ばっかりと思いますが……」と彼は答えて、渡り歩いた炭鉱の名を並べていった。ほとんど例外なく脱走につぐ脱走で、あやうく殺されかかったことも、一度や二度ではなかったらしい。

話が一段落つくと、彼は袋の中からそっと紙包みをとりだし、「これをあずかってもらいたかと思うて……」といった。机のうえにひろげられたのは、絵であった。炭鉱の絵であった。「人にみせておるうちに、だんだん少のうなって、もうこれだけになってしまいましたと。家に置いておけば、そのうちに失せてしまうかもしれまっせんけんで……」。彼はそんなふうに事情を話しながら、一枚一枚、苦心してめくっては、私の前にさしだした。手の指がうまく動かないのだ。両手の指という指の関節が変形し、ねじまがっていた。リューマチのためだという。

「どうしても指がのびんもんで、かいた墨の跡を、残り三本の指がこすって汚しますたい」と、彼は筆を動かす手つきをしてみせた。しかし、どの絵にも、そんな汚れの跡はみあたらなかった。

カンテラを口にくわえ、四つん這いになってスラを曳く女坑夫。坑内の火番所に集まっている男女の坑夫のむれ。労務事務所での暴力制裁。納屋頭の家の豪勢な生活。ガス爆発を受けて逃げまどう坑夫のむれ。不自由な指でかきよせるようにして彼は次から次にと絵をめくり、こまかく説明した。

夜逃げをする親子づれの坑夫の絵があらわれると、父親のかついでいる籠の中の道具類を一々指さして、これこれの品はぜひ持って逃げる必要があったのだといい、黒いふんどしを締めて働いている女坑夫の絵になると、これは三池の女坑夫で、ほかのヤマでは女は短い腰巻をしているが、こんなふうに女が黒ふんどしを締めて働いているのは、三池炭鉱だけだったといった。あるいはまた、坑内で出産をしている女坑夫の絵になると、ほかの女たちが急ぎ足にかついでゆく籠の中の水桶を指さし、これは炭鉱で働く者にとってなにより大切な飲料水であるけれども、お産のときにはこうして皆が持ちよって、うぶ湯代りに使わせたものだといった。それらの水桶や、黒ふんどし、ケツワリの籠の中の鍋釜などが、なんと力をこめてかかれていたことか……。

絵はどれも大学ノート程度の大きさの紙にかかれていたが、その紙はすべて廃物利用であった。坑内図の青写真用紙の裏にかかれたものもあれば、使い古しの賃金計算表の裏にかかれたものもあった。そして、あるものはすでに赤茶けて、ぼろぼろに傷《いた》んでしまっていた。完成した絵ばかりではなく、まだかきかけの鉛筆の素描も数少なくなかったが、きのうきょうに始った仕事でないことはだれの目にもあきらかである。いったいいつごろから、彼はこのような仕事にとり組んだのだろうか。「戦争の終わってまものうのことですたい」と為次郎さんはいった。「これからは民衆主義とかいうて、だれでも自由に、自分の思うておることをいいあらわしてよか、そげな世の中になったげな。よし、それなら俺はひとつ、昔の炭鉱の坑夫は、こんなみじめな目にあわされておったということを、絵でかきあらわしてやろうと、こう思いたったとですたい。字のほうはどうも性にあいまっせんが、絵だけは子どものころから、三度の飯よりも好きなほどでしたけん。ばってん、よう笑われたもんですたい。むりもありまっせん。まるで労働者の天下になったげな時代やったとですけんなあ。そんなときに、よりによって、わざわざ昔の圧制時代のことばっかりかいとるとですけん。馬鹿か阿呆のごといわるるとも、あたりまえでっしょうや」

めくるめくような新時代に一歩をふみだすために、千歩、暗黒のかなたにさかのぼってゆこうとする、そしてゆかざるをえなかった為次郎さんの姿に、私は長い苛烈な圧制に堪えた炭鉱労働者の栄光と悲惨を、なにより象徴的にみる思いであった。六年前、はじめて山本作兵衛さんの絵に接した瞬間の異常な衝撃が、なまなましく私の体によみがえってきた。そのとき、私は、このような記録者をみずからの内部に孕《はら》んだ歴史の暗闇の厚みに、まざまざと手をふれる感覚で、息苦しいほどだった。だが、作兵衛さん一人ではなく、ここにもまた、しかも彼よりもさらに早く敗戦直後から、おなじように絵筆によって記録しつづけていた労働者があろうとは……。

「よか。これで安心ですたい。死ぬまでかきつづけましょう。せっかくこの世に生みおとされたとですけん。これが仕事だと思えるげな仕事を、いっちょでよか、やりあげておきたかもんですたい。坑内にさがっていくときの目、あれをかかんといけまっせん。何十年間、坑内に通うておっても、眠ったげな目をしては、さがっていけまっせん。おとろしか目つきですばい」。こういって、為次郎さんは、持ってきた絵を一枚残らず私に託し、まるで坑内にさがっていくような目つきで、山向こうの廃鉱へと帰っていった。

それにしても、私のめぐりあった二人の老坑夫の記録が、あたかも申しあわせたかのように、いずれも絵でつづられているということは、きわめて興味ぶかいことのように思われてならない。これは単なる偶然の符合にすぎないのだろうか。もちろん、二人がそれぞれちいさいころから、絵がなによりも好きであったのは、彼らの話のとおりだ。作兵衛さんは小学校のころ、習字の時間に字はかかず、先生の目をぬすんで絵をかいては、よく叱られたものだという。また、為次郎さんは、雑記帳に絵ばかりかいて、先生にみつけられ、大目玉をくらって紙をひき破られ、家に戻れば父親から、おまえはどうしてこんな大切な帳面を破ってしまうのかと、いつも叱られたものだという。

しかしこれは、たまたま二人がそのように絵が好きであったからということで、片づけられることではあるまい。また、文章をかくことが性にあわないとか、苦手であるということだけのためでもあるまい。あるいは、具体的な事実を突きつける手段として、絵がより有効で便利であるということだけのためでもあるまい。彼らの混沌として言葉でとらえることのできない世界を、必死にとらえようとする苦悶が、かろうじて絵という表現を彼らにとらせたのではないのか。

ともあれ、みわたすかぎり、廃墟と化した筑豊のかたすみで、人知れず、こつこつと、暗い夜の記録を絵にあみつづける老坑夫たちの孤独ないのちにふれるごとに、私はあらためて、この国の火床をささえた労働者たちの怨念の深さを思わずにはいられない。作兵衛さんや為次郎さんが、まるで憑《つ》かれたように執拗に、くりかえしくりかえしその昔の女坑夫の労働のさまをえがいてやまないのも、つまりは彼女たちの姿に、地底の怨念そのものをみるからであろう。

——にもかかわらず、ふしぎにも、えがきだされた女坑夫たちの、なんといきいきと明るいことか。「あたきゃ、坑内にさがると気の狂いよったばい」といい、「坑内にさがると、生まれ変ったごと美しゅうなるおなご」だけが美人だ、と主張してゆずらない老婆たちの声がきこえるかのようだ。もともとそのような狂気の世界を、みずからのものとして抱くことのできる人間だけが、ここでは始めて記録者の名に値するのであろう。

この二十年、筑豊にしがみつきながら、私はいまようやく、そのことを思い知らされている。

絶望の中の祖国

相も変わらず、入れかわり立ちかわり、雑多なマスコミ関係のジャーナリストたちが、はるばる東京からおしかけてくる。その目的は例外なく、百人が百人、筑豊の炭鉱問題の取材についての相談である。相談というより忌憚《きたん》なくいえば、ぜひ積極的に取材に協力してほしいという要望であり、これが筑豊だといえるような場所や人間を、紹介し、斡旋《あっせん》してくれということである。生まれつき意志薄弱な私は、いつもつい拒みきれずにひき受けてしまう。そして求められるままに、あちこちの廃鉱部落や小ヤマを案内する。

かくていつとはなく「筑豊ガイド」になりはてた私の日々こそ、あわれというもおろかなりだ。とりわけ、カメラをたずさえた人間を案内するときの気分ほど、世にもつらいものはない。もちろん、カメラマンにしてみれば、いやがうえにも筑豊の貧困と悲惨をフィルムに焼きつけたいの一心からであろうけれども、ガイドの私は身がすくみ、あぶら汗のにじむ思いである。

いまはもう一つ残らずつぶれてしまったけれど、一年ばかり前までは、私の住んでいる町のはずれのボタ山のかげにも、一つ二つ、ひっそりと人目をしのぶように、ちいさな坑口をあけているヤマがあった。そして三人か五人、多くても十数人ばかりの労働者が、その穴の底で炭を掘っていた。どのヤマも炭はあるかないかのように薄く、岩ばかりが大きく厚かった。通気はほとんどなく、酸素が乏しいために、カンテラの裸火も暗かった。そんな悪条件の坑内で、体をよこたえ、あえぎあえぎ寝掘りをしたり、腹ばいになって炭を運びだしたりするひとびとの姿ほど、「筑豊をとりにやってきた」東京のカメラマンたちにとって、絶好の被写体はなかったかもしれない。

私は性こりもなくこんな人間をこんな場所に案内した自分を呪い、いてもたってもいられないほど後悔しながら、いまはただ一刻も早く彼らのカメラやストロボが故障してくれるようにと祈ったものである。

それだけにいっそう、ある若い朝鮮人のジャーナリストの印象は忘れがたい。彼は私の家でしばらくの間、筑豊の炭鉱労働者のことについて話をきいた後、できればぜひ坑内にさがって、労働現場を写真にとりたいと希望した。私は喜んで案内することにした。そして、とある小ヤマのいちばん奥の採炭場にさがっていった。

せいぜい七十センチもあっただろうか、低いキリハの中で、五人ばかりの労働者がみるから窮屈そうにうずくまり、ツルバシのひとふりごとに大きな息を吐きながら、懸命に石炭を掘っていた。いつみても胸がふさがれるような、悽惨な光景だった。いい写真がとれるだろう、と私は思った。しかし、どうしたことか、この若い朝鮮人のジャーナリストは、いつまでたってもカメラを構えようとはしなかった。「遠慮はいりませんよ。自由に写してください」と、私は彼にすすめた。「いいえ、もういいんです。とらないことにしました」と、彼はいった。「どうしてですか。せっかくこうして坑内までさがったのに」私は驚いて問いかえした。「すみません。しかし、とてもわたしにはとれません。かねがね話にはきいていました。あなたの本も読みました。でも、じっさいに、こんなひどい状態であろうとは、想像もしていませんでした。はずかしいことですが……」

　そう答える彼の声は、かすかにふるえをおびていた。彼は、それっきり、なにか激しい苦痛にたえようとするかのごとく沈黙したまま、まるで吸いこまれるように眼前の労働を凝視しつづけた。そして、少しでも仕事の邪魔にならないようにと気をくばって、後へ後へとさがっていった。危険だから壁のそばにちかづかないように、と私が注意したときだけ、彼は前のほうにでたが、いつとはなしにまたもや、ぴったりと壁ぎわまで後ずさっていっていた。私は心の中ではらはらしながらも、ついに彼を壁ぎわからひきはなすことをあきらめてしまった。

　——私の同胞の苦しみの足跡を、筑豊の坑の中で、まっ黒な坑の中で、訴えられるような気持で見ました。苦しみ、いかり、そして絶望の中で祖国を思ったことであろう同胞の心に、相手が誰であろうと、同じようなことをするやつは、絶対に許さないぞと、そのためにも祖国の平和的統一のために闘うぞと、決意をあらたにしています。

　私の家の訪問者名簿にこうかき残して、彼は帰っていった。わずか二日間ではあったけれど、この沈痛なまでにもの静かで謙虚な青年と起居をともにし、ほとんど信じられないほど美しい純粋な人間性にふれればふれるほど、彼とおなじ年代の朝鮮の若者たちが、かつてこの筑豊の地底で、どれほど残酷な搾取にあえぎ、もだえ、そして死んでいったかということばかり思われて、私は苦しいほどであった。

　よく知られているように、第二次大戦が終るまで、わが国の炭鉱には膨大な数の朝鮮人労働者が投入されてきたが、とりわけ、戦争の激化につれて日本人労働者が兵役にかりだされ、深刻な労働力の不足にみまわれるに至って、いよいよその必要がつよまってゆくのは、理の当然であろう。**別表**（朝鮮大学校地理歴史学科編『太平洋戦争中における朝鮮人労働者の強制連行について』所載）にも明らかなごとく、太平洋戦争の勃発した昭和十六年度における、炭鉱の朝鮮人労働者数四万四千は、敗戦前夜の十九年度になると、およそ三倍に近い十二万八千にまでふくれあがっている。しかも、じっさいには、この統計の数字をはるかに上回るものと推定されるが、なにより重要な事実は、その大部分

戦時中における炭鉱労働者の構成別累計表

年度別／労働者別	十六年度（十七年二月末）労働者数	%	十七年度（十八年三月末）労働者数	%	十八年度（十九年三月末）労働者数	%	十九年度（十九年九月末）労働者数	%	二十年度（二十年六月末）労働者数	%	二十一年度（二十一年六月末）労働者数	%
一般	二三四、五四一	八一・八	二五九、六三八	六九・三	二四一、八六〇	六一・六	二三〇、七四八	五七・五	二三二、五五五	五八・六	三一五、八二九	九九・七
短期	八、一九八	二・八	一三、〇六四	三・五	二二、五七一	五・八	三二、八〇四	八・二	二一、三三六	五・四	八八三	〇・三
朝鮮人	四四、〇六七	一五・四	一〇二、〇六一	二七・二	一二四、一三一	三一・六	一二八、一四六	三一・九	一二四、〇二五	三一・三		
俘虜	—		—		三、二七九	一・〇	六、一三一	一・五	三、七一九	二・四		
中国人	—		—		五四一	—	三、七〇三	〇・九	九、〇七七	二・三		
合計	二八六、八〇六	一〇〇	三七四、七六三	一〇〇	三九二、三八二	一〇〇	四〇一、五三二	一〇〇	三九〇、七一二	一〇〇	三一六、七一二	一〇〇

（注）一　運輸調査局「石炭鉱業の展望」による。「石炭国家統制史」四二六頁より引用。
二　一般は日本人長期労務者、短期は徴用・学徒動員及び応援隊・報国隊等臨時労務者をさす。
三　朝鮮人中には既住朝鮮人を含む。

が「国民徴用」と「官斡旋」による、強制連行であったことである。この狂暴きわまりない帝国主義的「奴隷狩り」については、すでに幾多の調査記録や証言によって明白である。ここであらためて述べるまでもあるまい。また、炭鉱における残忍な非人間的虐待と差別についても、同様である。

しかし、まさに朝鮮人労働者の「地底のアウシュヴィッツ」とも呼ぶべき筑豊に生活して、日々なにより痛切に感じられるのは、彼ら朝鮮人労働者におけるかぎり、いまなお戦争は終っていないということである。なるほど、半島合宿という名の牢獄は破壊されたかもしれない。だが、日本帝国主義の爪は、戦後二十三年をへた現在、依然として、鋭く彼らのたましいをひき裂きつづけてやまないのだ。日本人であるかぎり、誰に彼らの死を自殺と呼ぶ権利があろう……。

一昨年（一九六六年）十月三十日、縊死体《いしたい》となって林の中で発見されたCさんは、一九二四年、貧しい農民の子として忠清南道に生まれた。部落ごとに割りあてられた徴用の「地獄行き」くじを不運にも引きあて、海を渡って筑豊の上山田炭鉱に送りこまれたのは、十九歳のときである。

お定まりの私刑と、それを逃れるためのいのちがけの脱走をくりかえし、ようやく南九州の熊本市で八・一五を迎えた彼が、ふたたび筑豊に戻って、遠賀川べりの木屋瀬町に住みついたのは、一九六〇年。すでに八年まえにRさんと結婚し、一人の娘と二人の息子が生まれていた。だが、Cさんの虐《しいた》げられた心はついにいやされることなく、日本人の顔をみては、突如「役人がきた！」「警察がきた！」とおびえる日がつづいた。彼は恐怖から逃れようとして焼酎に浸り、乱酔しては呪咀に狂うた。妻のRさんはそんな日々のいのりを、たどたどしい日本字で、こんなふうに雑記帳にかきとめている。書くことだけが堪えることであったという。

――わたしは朝鮮人の一女性として、全朝鮮人民に訴えたい。わかってもらいたい。こんなことが二度とくりかえされていいのか。わたしは主人から話をきくまで、なんにも知らなかった。わたしは日本で出生し育ったので、むしろ朝鮮人よりも日本人のほうがふさわしいほど、自分の祖国のこと、又は歴史に対し、あまり知らなさすぎた。いろんな本で何回かは見たことがあったが、身近な主人がそんな歴史をもったことなど知らなかった自分が、みじめでならない。わたしのような朝鮮の方々にわかってもらいたい。そうして、このようなことがあってはならないし、いままでの朝鮮国ではなく、りっぱな独立国として、平和で幸福な朝鮮を築きあげるために、訴えたいのです。

いまさらこんなことを書いたところで、何になるのだろう。でもいまの主人をみていると、わたしはペンをとらずにはおれない。主人は今日も酒を飲んで帰ってきたときは、日本の友だちの息子さんといっしょであった。障子のガラスを素手で割り、いつもながらの荒れようであるが、なんという人間なのだろうかと、つくづく嫌になる気持で、胸がむかむかするほどであった。

一時間ほどもたっただろうか。主人が日本へ来るときの親のことでも思いだしたのか、唄まじりの悲しい文句で話し始めた。はじめのうちは、おとうさん、おかあさん、なぜもっともっと長生きしてくれなかったの。きっと会える会えると信じて朝鮮の地を離れたのに、とうとう一度も会えずして、永久に永久にもうお目にかかれない、といいながら話はつづきます。

三十五銭の弁当を買って連絡船に乗ってつれてこられた港下関。日本の土を踏んだときには、きっと朝鮮よりもいいところであり、金になることを信じながら、いままでの恩返しでもして、おとうさんに喜んでもらえるような人間にでもなれることを思い、父のうれしそうな笑顔を目にうかべながら、当時十九歳の主人は、天にも昇るような気持だったにちがいない。

　福岡の上山田炭鉱につれてこられたその日から、考えてもみなかった、夢にもみなかった人生が始ったのである。ストーブの中にふとい鉄棒を入れ、赤々と焼けた鉄棒で背中と左腕を焼かれたのだ。熱いといえば、なにが熱いかといって、強く強く、押しながら焼く、背中に五カ所、左腕に一カ所、焼けあとがあった。いったい何をやったというの。なんの罪もない人間を、ひどいひどい。わたしはもういてもたってもたまらなく、友人の息子さんもまだいるのに、紙と鉛筆をとりだして、乱暴な字で書きはじめた。涙が流れ、紙の上にぽとぽと落ち、目がかすんでよく書けない。わたしは考えた。解放前の朝鮮人はこのようなあつかいを受けてきたことを。

　日本には親族も誰ひとりいない、主人のさびしい気持がよくわかる。もう四十歳をこえても、体のどこかに両親と別れたときの十九歳の、あの思い出が残っているに違いない。けれども、三人の子どもの父親であり、朝鮮というりっぱな国の人民なのだ。これからの朝鮮の世代をになう宝を、父親として、祖国のため、子どもたちのためにも、りっぱに立直り、自分であじわったその苦しみを、二度とくりかえすことのないように、ちからづよく闘いぬける人間になってほしいと、わたしは心から一生懸命願うものであります。

　この必死の願いにもかかわらず、Cさんのいのちは奪い去られてしまった。さらに、それから約十カ月後の昨年九月十三日、Cさんの家から四キロばかり遠賀川をさかのぼった直方市溝堀のTさんが、おなじく山林の中で縊死体となって発見された。一八九九年生まれというこの朝鮮人が、いつごろ、どのようにして日本に渡ってきて、この筑豊に住みつくようになったのか、私にはまったくわからない。足を棒にしてたずね歩いたけれども、なんらの手掛りもえられなかった。別れた日本人の妻との間に息子もあったというが、彼らは遠く東京へ去っていったとかで、きくすべもない。かろうじてわかったことは、この独り暮しの老人が月額七千九百円ばかりの生活保護金のなにがしかを、ひそかに息子に送ってやっていたらしい、ということくらいであった。

棄民政策の爪痕

石炭産業の壊滅にともなって、この十余年間に筑豊から流出した人口は、すでに二十万をこすと報道されているが、これとは対照的に急増につぐ急増をつづけてきたのが、生活保護世帯である。現在、遠賀川の黒い流域に生残る約六十万住民のうち、生活保護人口は八万を突破しているといわれる。

ふえるのは保護ばかり、という慨嘆も切実なはずである。とくに中小炭鉱の密集している郡部町村においては、全住民の三分の一、あるいはそれ以上が、生保の受給者であるというような例も少なくはない。もちろん、その全部が炭鉱離職者ではないけれども、彼らが圧倒的に大きな割合をしめているのは当然であろう。一般住民の混住の少ない山間僻地の廃鉱部落に至っては、少なくて七〇％、多ければ九〇％ちかくが保護家庭である。

いかに冷酷無残な棄民政策であるかは、いまさら説くまでもあるまい。いわゆる有沢答申のもったいらしく美辞麗句をつらねた離職者対策も、要するに資本の至上命令としての合理化を強行するためのかくれみのにすぎなかったことは、なにより事実が雄弁に語っているとおりだ。

しかし、それにしても、私たちはこのような生活保護世帯の恐るべき増加を、ただ単にこれまでの狂暴な炭鉱買いつぶし政策によって生じた、現在完了形の現象として片づけることはできない。なるほど、うなぎのぼりに上昇しつづけた保護率も、最近ようやく横ばい状態に近づきつつあるといわれるが、これはけっして離職者対策が緒《ちょ》についたからでもなければ、遅ればせながら再雇用が進みはじめたからでもない。炭鉱の閉山と、それに伴う離職者の排出が、いまのところ横ばい状態を保っているだけのことである。

離職者の生活保護化は、いちおう、ゆきつくところまでゆきついたと見ることができよう。だが、危機が去ったわけではない。それどころか、なにより鋭く現在進行形の危機を示しているのは、いまなお操業中の炭鉱労働者の生活保護化だ。北九州市八幡区の大辻炭鉱など、さしずめ、その典型的な例といえるだろう。六百五十一人の直轄《ちょっかつ》鉱員のうち、生活保護を受けているのが二百人というのだから、ほぼ三人に一人が生保世帯である。

明治十二年に帆足義方が開き、明治二十九年に貝島太助の手に渡ったこの古い圧制ヤマの鉱員長屋の一室で、はじめてその数字を耳にしたとき、私はただただ唖然《あぜん》として、しばらく信じがたい思いであった。どこかの廃鉱部落で、ここは一〇〇％生活保護だときかされたところで私はそれほど驚きはしない。だが、ここは廃鉱ではない。老朽炭鉱とはいえ、現に六百五十人の直轄鉱員と約二百人の臨時夫ならびに下請組夫をかかえて、生産をつづけているヤマだ。しかもなお、直轄夫の三分の一が保護世帯であろうとは、私が自分の耳を疑いたくなるのも、きわめて当然であろう。

「なにしろ日本一の低賃金ですもんなあ。保護のほうが、どれだけ楽かしれませんばい」と、四十歳前後の鉱員が吐き棄てるような口調でいった。横から三十四歳の労組執行委員が「平均賃金二万八千円ですけん」と、憮然たる表情で説明した。坑内外ふくめての平均ではあるが、いずれにせよ、これでは飢餓賃金だ。まったく、生活保護のほうがはるかにましである。離職して保護を受けている男なら、嫁の来手もあるが、炭鉱で働いている人間のところには、来手がないという話。やせぎすの戦闘的な執行委員の友人も、近日中に退職し、豊橋のほうへ働きにゆくらしい。「嫁さんをさがしにね」。苦笑もせず、深刻そのものであった。

低賃金で嫁の来手がない。嫁の来手がないから退職する。青年の数は減少してゆくいっぽうだ。現在六百五十人の組合員のうち、十代は一人もなし、二十代がわずか二十五人ばかり。それも二十五歳が最低だという。「この人など、組夫のなかではいちばん若いほうでしょう。まだ三十歳だから」と、労組委員はかたわらの青年を紹介した。「そうたい、若いほうたいなあ。ばってん、先山《さきやま》の年とあわせたら、ちょうど百ばい。きびしかよ」。顔色の青ざめた独身の組夫氏は、照れくさそうに笑った。彼の先山は、すでに七十歳の老人だという。「ばってん、いったん仕事となったら、すごいもんばい。俺たちは足もとにも寄りつかれんごとある！」と、彼は感にたえた調子でつけ加えた。

七十歳の先山と三十歳の後山《あとやま》が、暗い荒れはてた坑内で働いている光景を想像することは、私には少なからず苦痛であった。しかし、その姿こそ、現在の炭鉱労働者のもっとも美しい裸像であるかもしれない。

これは直轄鉱員の場合であるが、約八割は夫婦共稼ぎ。主婦たちの働く場所は失業対策事業が主である。「女のほうが強かたい」。こう男たちは嘆く。むりもない、昨年末、失対事業に働く女たちの賞与は四万八千三百円であったが、炭鉱でまっ黒になって石炭を掘る夫たちの賞与は、わずか三万二千三百円にすぎなかったのである。それでも全額を一時に支給してもらえたのが、なによりの救いであったとのこと。

「欲はいわない。せめて生活保護の引上げ率で、われわれの賃金もベースアップしてほしい」というのが、追いつめられたこの炭鉱労組員の、なにより切実な声なのである。私はそんなもの悲しい言葉をきけばきくほど、最初に三分の一が生活保護だと知らされた瞬間の驚きはどこへやら、たとえ三分の二がそうであったところで、ちっとも不思議ではないような気分になってしまった。

「会社側は働かずに保護を受けている組合員を、なんとかして解雇しようとたくらんでおります。むろん、組合としては、これを許すことはできません。保護を受けている組合員を抱きかかえながら、私たちは闘ってゆかなければなりません。しかし、これは非常に困難なことです。現実には残念ながら、両者の溝は深まってゆくばかりです」と、この衰弱しきった労働組合の若い精悍《せいかん》な執行委員は、悲痛な声で語りつづけた。

「組合大会に集まっても、働いている組合員と保護を受けている組合員の意思は、容易に統一できません。働いている組合員は、正直なところ、一日も早くこんな炭鉱はつぶれてしまえ、と思っています。炭鉱がつぶれないかぎり、なかなかふん切りがつかないからです。一方、保護で食べている組合員は、一年でも長く炭鉱がつづいてくれるようにと願っています。いまのまま社宅に住めて、炭鉱の施設を活用することのできる状態が、さしあたってもっとも便利でもあれば、好ましいからです」

両者が水と油のように溶けあわないという現実は、私にはよく理解できた。私の住む百世帯たらずの廃鉱部落にしても、両者の利害と感情の対立は、ますます激しくなるばかりだ。それに比べると、三池炭鉱の第一組合と第二組合の統一のほうが、まだしも希望がもてそうな気がするほどである。「だが、くよくよ考えてもしかたはなし、いまはただ、いくところまでいけえっ！　という気持ですたい」。こういって、彼ははじめて不敵な笑い声をあげた。瀕死の炭鉱でいまなお働いている労働者の多くがそうであるように、彼もやはり祖父の代からの坑夫であった。そして、この大辻は父子二代の勤続だ。「なかなかふん切りがつきません。だから、あと一年、自分が三十五歳になるまでに、ぜひ炭鉱がつぶれてほしいと思います。そうなれば未練もなし、どこかで再出発することにしましょうたい」。四歳の女の子と二歳の男の子を膝に抱きながら、彼はしんみりとつぶやいた。

夜の三番方に入坑する彼のために、奥さんは台所で食事の支度に励んでいた。菜をきざんでいるらしい庖丁の音をききながら、私はやはり一年後、この古びた納屋のかたすみで、おなじ音がきこえてほしいと思った。彼の希望には反するかもしれないけれども、私はこの炭鉱のいのちが彼のために一年でも長かれと願う。この苦悶にたえきる人間だけが、生活保護の苦悶にたえている人間たちの連帯でありえるからだ。彼の言葉どおり、「いくところまでいけえっ！」。それ以外に活路を切り開く闘いはないのである。誰がなんといおうと、ぜったいにないことだけは確実だ。

炭鉱離職者が、いつまでも筑豊に滞留して生活保護に甘えているのは、退廃しきって労働意欲がないからであり、産炭地振興がはかどらないのも、一つはそのためだという論法がある。しかし、これがどれほど卑劣な論理のすりかえであるかは、いまさら政府の離職者対策の貧困をうんぬんするまでもなく、この大辻炭鉱の一例をとってもあきらかであろう。まことに、生産現場における人間が、人間として保護されることなしに、そこから追放された人間が、なおかつ人間として保護されるということはありえないし、また、あったためしがない。

このような状態のつづくかぎり、おびただしい生活保護の群れは、くろぐろと筑豊の荒野に渦まきつづけるにちがいない。昨日、私をたずねてきた民生委員は、「もう生活保護の二代目が生まれておりますもんなあ。このままいけば、やがてすぐ、三代目が生まれますばい」と、嘆じることしきりであった。二代目が生まれたというのは、生活保護の親元で育った子が成長して、新たに独立の生保家庭をもつに至ったことである。彼の恐れるように、生保三代目が独立するのも、それほど遠くはないかもしれない。天皇誕生日の四月二十九日、「きょうは俺たち生活保護者の大親分の誕生日」と洒落《しゃれ》た離職者たちは、吉田元首相の国葬日、「騒ぐことはなか。俺たちはとうから国葬だもんな」と笑いとばしていたが、それこそゆりかごから墓場まで、生活保護から離れない者もでる可能性は十分だ。

石炭産業の国有化や、一社統合化の是非をめぐっての発言がにぎやかになっているが、こうした現実をふまえたものでないかぎり、けっしてアクチュアルではありえまい。いやむしろ、百害あって一利なく、ミイラとりがミイラになるだけであろう。

私が焼酎びんをさげて遊びにゆくたび、いつも万年床の上にどっかりと坐ったまま、こうくりかえす離職者がいる。目のさめているあいだは焼酎をあおりつづけてやめない彼の、軽やかに舞うような調子が伝えられないのは、すこぶる残念であるけれども。

「働かん、ばい。働かん、ばい。死んでも、働かん、ばい。百円、くれたっちゃ、働かんばい。千円くれたっちゃ、働かんばい。いらん世話、こけ。子どもにゃ、いうてある、ちゃーんと。とうちゃんな、のう、生きちょるかぎり、焼酎ば、こっくらう。寝る。ただ、それだけ、ち。テンノヘーカ、バンザーイ。おれの兄弟、三人、戦死したと、ばい。おれの兄弟、二人、坑内で死んだと、ばい。働かん、ばい。働かん、ばい……」

そんな彼が、突然、五十日あまり、こっそり山野炭鉱の組夫として働きにでかけたことがある。見違えるほど生き生きとたくましくなって帰ってきた彼に、私はかねての主義主張に反するではないかと冷やかした。彼はしばらく口ごもっていたが、やがてようやく一部始終を打ちあけてくれた。

いまから四十年ばかり昔、彼がまだ十七の年のことだという。あまりの圧制に堪えかねて高松炭鉱をケツワリ（脱走）したとき、ある農家の主婦が親切にかくまって、握り飯と五十銭の路用を与えてくれた。いつか礼をいいにゆきたいと思いながらも、貧乏に追われてひまも金もないまま、ずるずると時がすぎてしまったが、その恩人が年老いてなくなったということを人づてにきき、無念残念、せめて線香代でもと思って、稼ぎにでかけたという次第であった。

「悲しか、なあ、働くとは……」

鬼瓦のような彼の顔を濡らして、ぽとぽとと涙が破れ畳に落ちた。

馬車馬の夢

過去一世紀にわたる石炭産業の苛烈な収奪が筑豊にもたらした最たるものは、無数の閉山炭住の「部落化」であり、閉山炭住はいまや「部落」そのもの――しかも、かつて生みおとされたどれにも劣らず大規模で悲惨な部落であるといわれている。たしかに貧困と差別は影と形のごとく相伴って切り離されない。使うだけ使い、搾るだけ搾りつくして、いったん無用になったが最後、人間以下の存在として積極的に葬り去ろうとするのは、封建時代以来、この国の支配者たちの伝統的な政策である。新聞の報道によれば、新たに登場した亀井福岡県知事は、生活保護と失対事業にしがみついて離れない炭鉱離職者を「なまけ者」呼ばわりしているとのことであるが、いまさら驚くにはあたるまい。彼もまた、きわめて奥床しき伝統主義者にすぎないのだ。

問題は、むしろ、閉山炭住「部落化」説の当否である。なるほど、まさに貧困と差別はここに極まれりという感は、およそ人間であるかぎり、誰の胸にも切実だ。燃えつきてゆくもののはかない明るさの裏で、絶望的な悲惨の闇は、日に日に濃密の度を加えている。家族の離散と人間の崩壊が、際限もなくつづく。再就職の門戸はかたく閉ざされ、一時しのぎの働き口といえば、炭鉱よりもさらに劣悪な条件のものばかりだ。高利貸の借金に追われて、こっそり出稼ぎにゆく者は跡をたたないが、福祉事務所の締めつけは強まるいっぽうである。

「福祉の圧制は地獄ヤマの労務よりひどか！」と、生活保護を受けている人々は口をそろえて呪う。

彼らがようやく長年の圧制から解放され、自由の身になったと喜んだのも束の間、現実には炭鉱の「役人」の手から国家権力の「役人」の手に移されたにすぎないと思うのも、まことに無理からぬことであろう。

じっさい、炭鉱の労務係も顔負けの厳重な監督ぶりだ。「ケースワーカーほど、人を犯罪者扱いするやつはおらんぞ。警察よりも、まだ、たちが悪い。表の戸がしまっておれば、もうすぐ、闇仕事にでておると決めてかかる。早合点もいい加減にしよ。裏にまわって覗いてみるがよか。首をくってぶらさがっておるかもしれんとぞ！」。こう、腹だちまぎれに酔っぱらって、私にまでどなり散らす女もある。

貧困と差別のしわよせは、子どもたちに集中される。この春、全国の中学校卒業生で就職を希望しているのは、全体のわずか一五％程度とのことであるが、ここ筑豊の廃鉱に育った少年少女たちは、これとはまったく逆に、ほとんど九〇％以上が就職——それも県外就職してしまう。高校に進むのは、せいぜい、十人に一人あるかないかだ。わが国の生活保護制度が変革されないかぎり、炭鉱離職者がその保護から逃げられないかぎり、この比率がくずれることはあるまい。どれほど熱心に高校進学を希望したとしても、どんなに優れた能力があったとしても、その厚い壁にさえぎられて、一歩も進むことはできない。

現行の保護制度は、ある特定官許の奨学金の貸与資格でも獲得しないかぎり、義務以上の教育を受けようとする人間を、その官僚制保護の枠から、冷厳に排除せずにはおかないからである。あえてこの掟に背こうとする人間を待つ運命を、親も子も知りぬいている。ある父親が、なんとかして彼の息子を工業高校に進学させてやってはどうかという私の勧めに対して、次のように答えたのを、私は忘れることができない。

「血も涙もなか、鬼のげな親と思わるるかもしれんばってん、わしは反対じゃ。保護をはずされてまで学校にやろうとすれば、高利貸の世話になるほか、途《みち》はなか。その金は、そっくり子どもに負いかぶさって、身動きのとれんごとなる。わしも人の親たい。せめてわが子だけは、高利貸から血をすられんごとしてやりたか。この気持は、あんたもわかってくれるはずばってん……」

返すべき言葉はなかった。廃鉱の生活保護家庭の多くが、いかに冷酷無残に高利貸から翻弄されているか、私はたえずいやというほど見てきている。支払う金がなければ、子どもたちの目のまえで、米びつの中の乏しい米までひっくり返して持ち去る。悲しいことだが、いまはただ、どうにか長欠もせず義務教育を終えることができるようになったのを、せめてもの慰めとしなければならないのだろうか。

ふりかえってみれば、この数年間に廃鉱を巣立ってゆく少年たちこそ、あの狂暴な炭鉱合理化の嵐の中に生まれ、もっとも堪えがたい飢餓地獄の底で育った世代なのだ。筑豊でも有数の高保護率地域である田川郡川崎町の教育研究所が、昨年五月からつづけてきた「問題生徒予測調査」の結果によれば、調査対象とされた町内三中学校の一年生五百九十四人の中、「家出をしたいと思っている」生徒が三七％、「学校をやめたいと思っている」のが二四・二％、「死んでしまいたいと思っている」のが一三・三％であったという。

生活保護という名の「生活破壊」は、とどまるところを知らず進行している。本来の民主主義的な目的はどうであれ、現実にはほとんど人権を無視した差別行政であることは、疑うべくもない事実だ。

人間が人間として生きるためのもっとも基本的な権利である勤労の権利、教育の機会均等、居住の自由さえ、もはや保障されてはいない。保護世帯であるがための有形無形の圧迫は、ますます堪えがたいものとなっている。しかも為政者たちは彼らを「なまけ者」呼ばわりして恥じず、産炭地振興がはかどらないのは彼らの責任であるかのごとく主張して憚らない。

このような鋭く今日的な危機感をふまえたものが、いわゆる閉山炭住「部落化」説であろう。しかし、現実がいかに悲劇的なものであれ、そのことにのみ目を奪われてはなるまい。部落化はけっしてきのうきょうに始まったのではないからだ。古く炭鉱の歴史とともにそれは開始されており、たえず意識的に部落そのものとして作りだされてきているのである。そして、日本の石炭資本の罪科はここにつきるといっても、恐らく過言ではないはずだ。今日の甚だしい貧困と差別が、あたかも合理化政策の犠牲となった廃鉱住民の生活保護世帯化によって生じた、きわめて特殊な現象であると思う人がいるとすれば、木をみて森をみないの愚というほかはない。石炭資本は歴史の抹殺におおわらわであるが、彼らの終始一貫した差別政策こそ、現在みられるような破局的な部落化の最大の原因であることを、私たちはぜったいに忘れることはできない。

敗戦後、わずか二十年ではあるが筑豊に住みついて、私がいつもなにより強烈な衝撃を受けるのは、じつにこの根深い露骨な差別政策であった。火に油をそそぐように、たえず差別に差別がつみ重ねられてゆく。そして私自身、坑夫の一人として地底で働くなかで、もっとも痛切になめさせられたのは、文字どおり「非人」扱いの悲哀であった。

大事故のたびに何百人と殺されてゆく炭鉱労働者は、しばしば、典型的な消耗品になぞらえられる。

しかし、もし単なる「消耗品」「物」として扱われるのであったら、どんなにか救われたであろう。表面はさも消耗品として無視しているように装っているが、その背後にたぎっているのは、深い憎悪の感情であることを、私はつねに痛いほど感じて戦慄させられる。私だけの主観的な思いすごしであれば幸いだが、少なくとも私にはこの血の凍るような憎悪の感情こそ、抜きがたい差別意識のもっとも端的なあらわれであるように思われてならない。

私の家をおとずれる被差別部落の老坑夫たちの歩んだ足跡ほど、いまさらながら炭鉱の差別のすさまじさを、私に思い知らせてくれるものはない。とうてい言葉にいいつくしがたい痛苦を、彼らが坑内馬に託して語ろうとするのは、とくに印象深いことである。かつて被差別部落出身の坑内労働者に与えられた仕事の代表的なものは、いちばん生命の危険率の高い「棹取」運搬夫であったといわれているが、坑内馬の使役もまた、彼らの主要な労働の一つであった。「輜重《しちょう》輸卒が兵隊ならば、蝶々とんぼも鳥のうち」とか。

なにしろ「坑夫と馬車ひきがけんかをしているのを人間がとめた」といわれる社会であってみれば、地の底で馬の手綱をとる坑夫が、とりわけいやしまれたのも当然だろう。心中の悲痛を通わせることのできるのは、ただ坑内馬だけであったのかもしれない。

「馬ほどみじめなもんはなかです。なにしろ電気に弱かですけん、毎日のように、一頭や二頭は死によりました。ていねいに土の中に葬ってやっておりましたが、明けの朝は、誰が盗んだのか、掘り返されて影も形もみえません。ばってん、生きて坑外にあげられる馬ほどうれしそうなもんは、またとこの世にありますめえ。喜んで喜んで、気ちがいのごと跳ねて駈けまわります。誰もとめることのでけん勢いです。ばってん、わたしゃ、綱を手から離したことはござっせんばい。こっちが怪我を負うても、馬にだけは傷を負わせまいと思うが一心でなあ」と、老坑夫の一人は目をしばたたく。

さらに忘れがたいのは、ある老婆の言葉だ。「死んでまた生まれ変わってくるとしたら」――男がよか。女がよか。坑夫は嫌じゃ。百姓も嫌じゃ。そんなたわいない夢物語の中で、この老婆だけ、思いつめたような真剣な面ざしでこうつぶやいた。

「あたしゃ、ほかになーんも望みはなかが、でくることなら、ぜひ、馬車馬に生まれてきたかよ……」と。

一座は急に静まり返った。幼いころから坑内にさがり、ありとあらゆる屈辱に呻吟しつづけてきた彼女が、選りに選って馬車馬に生まれ変わりたいとは！　誰一人、想像もできないことであった。むしろ彼女こそ、どんな高望みをしたところで、笑う者はなかったであろうし、叶うことなら、ぜひ実現させてやりたいと願わずにはいられなかったであろうに。しーんとなった空気の中で、老婆は喘息にしわがれた声でつぶやきをつづけた。

「あたしゃ、こまかときから一生、スラ（石炭運びに使うソリバコ）ば曳いてきた。慣れた仕事たい。馬車馬がいちばんよか。坑内馬が忘れきれんと。誰かが重い荷ば曳かんとならんとなら、あたしゃ、やっぱり、馬になって荷ば曳きたかよ」

もっとも重い差別の荷を曳きつづけてきた人間だけのもつ、最後のいのりとしての熱い純粋な連帯がここにある。それに比べれば、私のような人間の連帯意識など、穢《けが》れきったエゴイズム以外のなにものでもありえないような気がしてならない。しかもなおかつ、この筑豊の廃墟に生きながらえてゆくに値するものがあるとすれば、私もまた、「馬車馬」と化して、えいえいと差別の重荷を曳きつづけることだけであろう。

私の原爆症

あえて誤解を恐れず告白するが、この二十三年間、私はアメリカ人をひとり残らず殺してしまいたい、という暗い情念にとらわれつづけてきた。学徒召集中のことだが、広島で原爆を受けたその日以来、この気持はまったく変らない。おそらく、死ぬまでこの情念から解放されることはあるまい。

人はよく原爆症のほうは、と私にたずねる。が、私にとってどんな肉体的な障害の苦しみよりも大きいのは、この暗い情念から逃れることのできない苦痛である。これこそ、もっとも悪質で致命的な原爆症というべきかもしれない。もちろん私とて、このような呪われた状態のまま斃死《へいし》したくはない。なんとかして一日も早くこの苦しみから自由になりたいし、健康と光明をとりもどしたい。しかし、いつか、この絶望的な症状は私の骨のずいまで侵蝕《しんしょく》してしまうだろうという不吉な予感が、たえず私を怯えさせる。

私が広島での被爆者の一人であることをなるべく隠そうとしてきたのも、じつはもっぱらそのためである。被爆者であることを知られるのが恐ろしいのではない。アメリカ人を皆殺しにしたいという、ついに果たされることのない情念に私がとらわれているのを知られる恐れからである。めめしいといえば、これほどめめしいことはない。卑屈といえば、これほど卑屈なことはない。私自身、正直なところ、死にたいほど自己嫌悪におちいっているのだ。しかし、どんな美しい思想も、建設的な平和の理論も、私をこの陋劣《ろうれつ》な苦しみから解き放ってくれない。鋭い放射能の熱線が一瞬にして石畳に焼きつけた人影のように、この黒い影も私から消え去ることはないのである。ひょっとしたら、生きているのは私ではなく、その黒い影だけかもしれぬ。

なにしろこんな病的な状態だから、もとより私には平和について語る資格などあるはずがない。「三たび許すまじ原爆を」という歌があるが、そんな歌さえくちずさめない気分なのだ。三たびも四たびもない。私はいまなお一度目を許すことができないのである。誰がなんといおうと、ぜったいにあの一度目を許せないのである。さらにいえば、誰かのせりふめくが、それを許す私を許せないのである。

呪縛というべきか、自縛というべきか、いずれにせよ、この救いがたい、われながら浅ましい妄念そのものを原点として、私は平和を考えるほかないのである。理路整然たる平和論を私は信じないし、信じたくない。もし平和への志向が、なおかつ私のゆがんだ原爆ドームの頂きのあたりをいろどることがあるとすれば、それは戦争への志向以上にぎらぎらどろどろしたものであろう。私はいまなお一九四五年の八月六日から十五日までの十日間を、ゆきつもどりつ、さまよいつづけているばかりだ。そして無限の虚無の底からふきあげてくる殺意だけが、かろうじて私を慰める。もとよりそれは憎悪でもなければ、憤怒でもない。しいていえば、しょせん救われることのない哀しみと呼ぶほかはないものかもしれない。

歌集『さんげ』『耳鳴り』を遺して原爆症に斃《たお》れた正田篠枝さんの称名《しょうみょう》の声のみが、いまも私の耳にあざやかである。一九六四年の暮れ、私が正田さんを御幸橋のほとりの病床におとずれたとき、彼女は最後の力をふりしぼるようにして六字の名号《みょうごう》を丹念にかきつらねていた。死せる犠牲者の数だけ写しおえて死にたいともらす彼女の体は、もうすっかり癌に侵されて、動くのは右の手だけだと語った。私がおとずれた夜、彼女は死の床ときめたベッドに私を休ませ、みずからは傍の机に向って夜もすがら、南無阿弥陀仏を唱えながら、なおも必死に名号を記しつづけた。

——なにもかも、あてにはなりませんのですよ。

「玲子ちゃん」という被爆少女をえがいた作品の中で、彼女は「あてにならないものをあてにして、いっしょうけんめいに努力する、人間の哀れさ、悲しさを、涙のまなこで、黙って、みつめながら」こう思うのである。

末期《まつご》の思想を中核としてもたない平和運動は、もはやいかなる意味においても存在理由をもちえないだろう。平和への希求は、いまさらいうまでもなく、それらしい気運に同調してみずからを解消することではないはずである。私は永劫《えいごう》に救われることのない奈落の底にあって、わが殺意のやいばが、われとわが身を切りきざむ熱さにたえるほかはない。

地下からの復権

最近在日朝鮮人の国籍書換え問題で注目をあびている福岡県田川市を中心に、筑豊の石炭産業はかつておびただしい朝鮮人を強制徴用し、まったく奴隷同様の酷使をつづけてきた。どれほど多くの生命が「哀号」の声もむなしく、異国の地底におしつぶされていったことであろう。

今年八月におこなわれた朝日新聞西部本社の調査によれば、いまなお引取り手のないまま、筑豊各地の寺院に保管されている朝鮮人労働者の遺骨は、四百二十を数えており、しかもその中で過去帳などによって氏名のわかっているのは六一%、さらに出身地もはっきりしているのは、わずか七%の三十一体に過ぎないという。

朝鮮人坑夫ばかりではない。いまだに身元のわからない日本人坑夫の遺骨も少なくないのである。「炭鉱というのはまるで人さらいですなあ」と、ある寺の住職は憮然たる表情だった。しかし考えてみれば、とにもかくにも遺骨なりと地上にあがることのできた死者たちは、まだしも幸運なほうであるかもしれない。生きながら地底に埋没されたまま、ついに掘りあげられない者たちの運命ほど哀れなものはない。

しかも現在、日本資本主義はみずからの原罪を塗りつぶすことに大わらわである。閉山するやいなや、あっというまに坑口をつぶして赤土をかぶせ、工場・住宅団地として売出している。やがてどこに坑口があったのやら、さっぱり見当もつかなくなってしまうにちがいない。

「死んでも死にきれない怨霊が地下から助けを求めている声がきこえる」と老人たちは訴える。それは決して空耳ではない。筑豊に住む人間であるならば、あの厚顔無恥の人さらいでないかぎり、だれにでもきこえる声である。

ところでつい先日――あたかも彼岸の中日に、〈筑豊石炭産業の終末に際して炭鉱犠牲者の「記念碑」を建設しよう〉というアピールが届けられた。〈筑豊のどこかに労働者広場を設け、内外にわたるこの無名の炭鉱犠牲者の「記念塔」を建設するように働きかける〉という趣旨であるが、〈それは単に炭鉱犠牲者達の霊を慰むるという意味のものであってはならない。百年に亘《わた》る筑豊の石炭産業はなくなっても、それは日本の産業を発展せしめた基盤であったということ、この石炭は非人間化された労働者達の血と涙と汗と、そしてはかり知れない生命の犠牲において掘り出されたものであるということ、それはまたいかに下積みの労働者であっても人間でありたいという地下からの告発を確認するものであるとともに、筑豊の戦後処理としての外人労働者達への謝罪を意味するものでなければならない〉とし、それゆえにこの運動は、〈一百年に亘って非人間化された労働者達を一体とした人間復権を宣言するという具体的行動〉を目標とするものであり、〈未来に向かってこのような礎石をすえることによってのみ、それが今後の日本産業の進路を示す指標ともなれば、社会改革を志向する起点ともなりうるものと信ずる〉と強調している。

ふりかえってみれば、筑豊が窒息状態におちいってすでに久しい。石炭政策転換闘争を最後として、ほとんど運動らしい運動ひとつ展開されないまま無気力な衰退をつづけてきている。

もちろんこれは、一世紀にわたる狂暴きわまりない人間破壊そのものの結果であって、その罪過はぜったいに許されるものではない。それだけにいまこのような炭鉱犠牲者の記念碑建設運動が、アピールにいう人間復権宣言の具体的行動目標として提起されるに至ったことの意義はきわめて大きいといわねばならない。また、ぜひその方向で発展させていかなければならない。

真に筑豊解放の原点を求めようとするこの死者と生者との連帯の広場と塔とが、筑豊のどこにどのような形で建設されるのか、いまのところまだ具体化はされていないようであるが、ありきたりの形式的な記念塔や慰霊碑らしきものを建てることは、いっさいよしにして、筑豊のもっとも代表的なボタ山の一つをそっくりそのまま記念塔にしてはどうであろう。

いまならば無残な破壊をまぬかれているボタ山も、いくつか残っている。それらの一つをせめて産炭地筑豊の思い出として残そうという声もあるようだが、単なる遺跡としてではなく、それこそ人間復権闘争の魂のトリデとしてかちとってほしいものである。

日本人の差別感覚——在日朝鮮人「国籍書きかえ」問題の背景

過去一世紀にわたる日本石炭産業の暗黒の歴史をふり返ってみると、狂暴きわまりない圧制と搾取にたえかねて、幾多の血なまぐさい労働争議が相次いでいるが、その中でも特に歴史的な争議として注目されるものの一つに、筑豊の麻生系炭鉱における朝鮮人坑夫の大争議がある。単に炭鉱争議としてのみならず、日本の労働運動史上に特異の位置を占めるこの闘争は、一九三二年八月十四日から九月四日までの三週間にわたり、これに結集した労働者の数は約七百名にのぼっている。

苛烈な天皇制ファシズムの嵐の中で敢行された在日朝鮮人労働者の争議としては、空前絶後の大闘争といわれるゆえんであるが、この激烈な闘いが要求したものは、きわめてささやかな「待遇改善」であった。それも具体的には、（一）日本人坑夫と同じ労働条件で働かせてほしい、（二）盆には先祖の祭りをするために朝鮮に帰らせてほしい、という二つの要求であった。しかもこのささやかな要求をかちとるために、彼らは二十日間にわたって、いいがたい差別と迫害にたえなければならなかったのである。そのことについて今ここで詳しく述べる余裕はないが、例えば次のような事実も伝えられている。

争議に参加した約七百名の労働者の中、四百名ばかりは収容できる宿もなく、やむをえず飯塚市の納祖八幡宮に籠城していたが、即刻解散せよという警察の命令を受け、一時は商店街の軒下にゴザを敷いて乞食のようにごろ寝しなければならない日夜がつづいたという。朝鮮人の放尿によって氏神さまがけがされるというのが、氏子市民の退去要求の理由であるが、まったく救いがたい差別の論理というほかはない。

氏神といえば、ある老人の悲傷にみちた言葉を忘れることができない。その人は被差別部落の生まれであった。彼は涙ながらに、わたしらは四つのものを奪われてしまったのです、と語った。彼のいう四つのものとは、土地、仕事、姓、そして氏神さまであった。この老人にとって、先祖代々それによって生きてきた土地と職業を奪われ、姓まで変えて世を忍ばなければならなかった屈辱にもおとらず深い悲しみは、氏神を奪いとられたことであった。わたしらの若いころ、神さまがけがれるといって、氏神さまのお祭りにも参加を許されない時代がございました……。老人はこう語って嗚咽《おえつ》した。どっと押寄せる無念をかみしめるように、いつまでも肩をふるわせて嗚咽しつづけた。

彼にとって、氏神祭に参加を拒否されたことが、他のいかなる露骨な仕打にもまして残酷な、それゆえにまた終生忘れがたい痛苦にみちた差別と迫害であったことは明らかだ。たかが氏神さまの祭りぐらい、という人がもしあるとすれば、その人は部落差別についてはおろか、人間の孤独についてまったく無知であるというほかはない。

思い浮かぶままに〈氏神〉と〈けがれ〉に関連した二つの差別事実を紹介したが、むろん部落差別と民族差別とは明らかに異質のものである。にもかかわらずこの二つの事実は、私たち日本人の肉体的な差別感覚の核ともいうべきものを、いみじくもさらけだしているように思われてならない。

差別の対象が同胞であろうと異胞であろうと、最終的にはかならず〈氏神〉の名において〈まつりごと〉をけがす存在として断罪し、否定しつくさずにはおかないのである。これはむしろ〈氏神〉とその〈まつりごと〉の尊厳をいやが上にも高めるために、いつの時代にも一貫して必要欠くべからざる伝統的政策であったのだ。

部落差別は単なる封建遺制ではなく、日本資本主義が近代国家にまれな低賃金と分裂支配の政策を強行するために、温存活用すべき不可欠の歯車であったといわれるが、朝鮮民族に対する分裂・差別政策もまた、まったく同じような悲劇的な運命を外に向って背負わされているといえよう。それはもはや、決して単に戦前の植民地支配時代の遺制としてかたづけられるような問題ではない。アジアの大陸と諸島に対する新たな進出のために、反動勢力がぜひとも温存し、さらに活用しなければならぬ民族差別の温床なのである。現在の政権が頑強に在日朝鮮人の国籍の訂正要求を拒否しようとしているのも、じつにこのためである。

在日朝鮮人に対する差別政策をいやが上にも推し進めることなしに、他のアジア諸民族への差別政策はぜったいに成功しえないことを、私たちは私たち自身の侵略の血にまみれた歴史の教訓によって、すでに知りすぎるほど知っている。今にしてその教訓が行動によって生かされなければ、私たちの行く手にもやはり「永久の死の申請」があるだけであろう。

私の家と向かいあった朝鮮人の家の壁に張られたハングル（朝鮮文字）のステッカーが胸に痛い。漢字になおせば「永住権申請・永久死申請」となるであろうか。

母なる連帯の海へ

荒れ狂う冬の海を眺めるたびに、南九州のある漁村できいた話が思いだされる。こんな話であった。冬、沖がしけて舟が沈み、こごえきって意識不明になった漁夫が、死魚のように浜にうちあげられることがある。そんなとき、この部落のひとびとは大急ぎで彼をもよりの漁家にかつぎこみ、床を敷き、素裸にして寝せ、雨戸をたてて部屋を暗くし、部落中の若い壮健な女たちをよび集めた。かけつけた女たちは、一人の男もまじえず女ばかりで、強い生《き》の焼酎をここぞとばかり飲みあおった。やがて漁婦たちのたくましい体がかっかっと火照りはじめる。するとその一人が素裸になって床の中にもぐりこみ、どこの誰ともわからない、死んだようになった男の体を、ひしと抱きしめる。なにしろ氷のように冷えきった体である。焼酎で燃えたつ女の血のぬくもりも、たちまちのうちにさめてゆく。と、次の女がまた一気に焼酎をあおり、交替して床にもぐりこむ。こうして女たちは次から次にと入れ替わり、あわれな遭難者の体温と意識がよみがえるまで、おのが肌で見知らぬ男をかき抱きつづける……。

いまはもうそんな風習もたえて、遠い昔話になってしまったということであったけれども、時を越えて、人間のいのちをまもろうとする人間のもだえのせつなさが、熱い湯のように身にしみる話であった。冬の海の遭難者を、強い焚《た》き火は用いず、藁灰《わらばい》のゆるやかなぬくもりであたためるということは、私の住んでいる北九州の玄界灘ぞいの漁村でもよく耳にする。しかし、この話にみられるような風習は、単に酔いをふくんだ女の肌のぬくもりが、それにふさわしい温度であるという経験の知恵の働きだけではあるまい。消えゆく男のたましいを女の肉体でひきよせようとする願い、さらには男のいのちをこの世の岸につなぎとめることのできるのは女の力だけであるという信仰が、より強く働いているにちがいない。

それはともあれ、いつも死と背中あわせに生きていなければならない炭鉱生活をしてきたためであろう。私は、人間が人間の非業の死からまもるために、どのように闘ってきたのかということに、とりわけ強い関心をそそられてならない。人間の存在がまるでかげろうのようにはかない運命の世界であればあるほど、私たちの先祖は、人間のいのちを奪いかえすために、全智全能をふりしぼってきている。とうてい信じがたいほどの英知と工夫を発揮している。その事実が私を圧倒する。しかし、それにもまして私を圧倒してやまないのは、この哀切なまでに美しい知恵を生みだし、ささえている連帯の熱さである。それはけっして単なる個別的な経験技術としての知恵などではない。しんじつ、連帯としての知恵である。連帯の熱の知恵である。もしその熱がなければ、このような知恵はけっして生まれもしなかったであろうし、育ちもしなかったであろう。連帯をまもるためにこそ、連帯を破壊するものから人間をまもるためにこそ、その知恵は生みだされたのである。このことを忘れて知恵だけをあげつらうとすれば、木をみて森をみない愚をおかすことに終わるであろう。

漂流死体を発見してこれを遺族にとどけた場合の話を私にきかせてくれたのは、遠州舞阪の若い漁夫であった。彼の祖父が、かつてそのような死者を救い、その死者は伊勢の国鳥羽《とば》の漁夫であったという。それからすでに半世紀にちかい年月が過ぎている。しかもいまなお、その孫にあたる若者の彼は、法要のたびごとに鳥羽の遺族に招ぜられ、最高の恩人としての礼を受けつづけているという。

もとよりこれは、けっして海上の民の世界だけのことではない。山の民もまた同様である。悲運の死をとげた樵夫の遺族を山主がひきとり、子々孫々まで手厚い面倒をみている例は、至るところでみられる。それはまた近代プロレタリアートの世界にも、ひとすじの赤い血脈として受けつがれている。筑豊の炭鉱では、殉職者は、たとえ縁もゆかりもない身元不明の渡り坑夫であろうと、一日の労働を共有したという事実によって、「もっとも大切な客」として、とっておきの客蒲団にくるまれる。連帯はそこにきわまり、そこからしかはじまらないことを、誰もが針を飲むような痛みをもって知っているのである。そのよじれるような痛苦を知らない人間とだけはぜったいに連帯できないことを、彼らは火をみるよりあきらかに知っているのだ。

見ず知らずのこごえきった遭難者を、おのが生身で抱擁しつづける女たちの絶望的なまでに深いかなしみとよろこび。そのようなめくるめくような感覚を私たちが喪《うしな》ってからすでにひさしい。しかし、ほろびさってしまったわけではない。たとえば水俣に足を運ぶたびに私はそれを痛感する。それよりほかにどう人間のたましいのつなぎとめようもない、そのような深いかなしみとよろこびをかき抱いて、水俣の漁民たちは生きてきたし、いまなお生きているのだ。生きてこなければならなかったし、生きていかなければならないのだ。そしてただそのゆえにこそ、彼らは狂おしいばかりの怨念の刃を、日窒資本の胸もとにつきつけずにはいられないのである。有機水銀でひきつったくちびるをわなわなとふるわせながら、こう、いみじくも老漁夫が私に語ったことがある。

「死んであの世へ、ゆらゆらとたましいのかえってゆく道ば、会社のやつどんがうっつぶしてしもうた……」と。

わかるといえばおこがましすぎよう。しかし、戦後まだわずかに二十余年間ではあるが筑豊の闇をさまよいつづけてきた私には、その老漁夫の心情が痛いほど響いてくる。百年にわたって資本の論理が全力をあげて「うっつぶして」きたものは、無防備な人間の健康だけでもなければ生活だけでもない。まさに「ゆらゆらとたましいのかえってゆく道」そのものを破壊しつくしたのである。いまこそ私はこごえきった漂流漁夫をかき抱いた母たちのかなしみとよろこびを、私自身のものとして、ひしとかき抱きたいとねがう。その絶望的な悲哀と歓喜の深淵に降りてゆくよりほかに、もはや人間が人間として人間をとりもどす道はないのだ。ひたぶるにそこを目ざし、そこから出発しようとする人間の連帯以外に、いま、ここで、私に信じられるものはない。

一本の稲穂

見わたすかぎりの廃墟と化した筑豊に今日まで生き残った大手炭鉱の一つであり、三井三池につぐ出炭量をほこってきた日炭高松炭鉱も、ついにこの三月いっぱいで閉山となった。私は一九四八年から五三年にかけて前後二回、このヤマで働いた経験がある。それだけにやはり、ほかの炭鉱の閉山とはまた違った、深いさびしさは禁じがたい。別れた女の死を知ったときの男の気持は、こんなものであろうかと思ったりする。私にはじめて地底の深い慟哭《どうこく》をひめた〈女坑夫〉の世界に目を開かせたのも、このヤマであった。まだ新参の掘進夫であった私の下宿していた納屋の老婆は、ひまさえあればいつも、この古い圧制ヤマで語り草になっている、一人の有名な女坑夫の話を私にきかせてくれた。まるで彼女自身の怨念の化身であるかのごとくに。

老婆の語るところによれば、彼女は、どんな男の荒くれ坑夫よりも強い女、男の中の男というような女傑であったらしいが、この、女でもうっとりするような豪傑が、なんと一生にたった一度だけ、声をかぎりに狂い哭《な》いたことがあったという。それは彼女が身ごもって、はじめて子を産んだときだった。出産の生理的苦痛のためではない。「ワー！　俺はオナゴじゃったー！」こういって彼女は、身も世もあらずばた狂うて哭きわめいたという話。これが私を「地の底の笑い話」へと推し進めてゆく第一夜であった。

人も土も家も、ありとあらゆる怨念をにじませながら、筑豊は日夜沈んでゆく。農民の被害は、炭鉱労働者にも劣らず深刻だ。一世紀にわたって地底を掘り荒らされ、地下水を吸いあげられた大地の陥落は、筑豊から石炭産業が完全に撤退した後も半永久的につづくであろう。わが国における水稲栽培の発祥地である遠賀川流域一帯の肥沃な美田も、つぎつぎに不毛の湿田に変り、さらに荒涼たる鉱毒水の湖沼と化してしまった。家を沈め、田を呑んだそれらの陥落湖は、そのまま農民の悲涙の湖である。石炭産業百年の歴史は、そうでなくても劣悪な条件に呻吟してきた被差別部落農民を先頭とする、鉱害闘争百年の歴史でもあったのである。

筑豊の冬は、鉱害農地の復旧作業に明けて暮れる。表層の黒土がはぎとられ、山を崩した赤土が盛られる。その上から、はぎとった黒土をテンプラの衣のようにかぶせる。文字どおりのテンプラ工事であるが、三里塚の青年行動隊員二名が私の家に訪れたのは、あたかもこの復旧工事のはじまったばかりの昨年十一月下旬のことであった。揃って当世ふうに揉みあげをのばしたその若者たちを見て、私の妻は、「ギターでも抱えさせたらぴったりしそうな感じ」といった。まったく、そのあたりの炭鉱町のパチンコ屋で、終日ひまをつぶしている若者たちそっくりであった。違っているのはただ、彼らの眼が、信じられないほど美しく澄んで輝いている点であった。彼らは礼儀正しくひかえめな態度で、三里塚の風景がどんなに美しいか、母たちがどんなにすばらしい農民であるかを、あくまでもの静かな口調でとつとつと語った。観念的な言葉をもてあそばず、具体的に語った。闘争の中で彼らはどのような自己変革をとげたのであろうか。「よく家の仕事をするようになったことぐらいでしょう。自分でもびっくりするほどまじめに働くようになりました。それをしなければ、夜集会にでるにしても、親に気兼ねをしなければならんでしょう」といって彼らは頭をかいてはにかむだけであった。

昨年の暮、婦人代表団の一人として中国を訪問した「板付基地撤去直接行動隊」の河野信子さんは、旅行中もっとも印象深かったのは中国のことよりもむしろ、同行した三里塚の代表二名の行動であったと私に話した。恋愛の自由は、離婚の自由は、お茶を出すのは夫か妻か、と鵜の目鷹の目で観察しようとする同行者たちを笑って、三里塚の婦人代表二名は、「どうしてそんなによその家のことが気にかかるのか、自分が中国に嫁にくるわけでもあるまいに」といい、もっぱら解放軍の戦闘訓練や塹壕《ざんごう》掘りに関心を集中させていたという。そうした姿勢は、二人の青行隊員にも共通していた。彼らは、筑豊のあれこれを興味本位に詮索しようとするような、さもしい欲望とはまったく無縁であった。

一日、私は彼らを案内して近くの農地を歩いた。その春ようやく鉱害復旧の終った田んぼの肌はまだ赤茶けて、いたずらに勢のよい音をたてているのは、側溝を流れる、不気味に白濁した鉱毒水ばかりであった。ところどころに、まだ掛け稲の列が残っていた。二人の若者はその一つに歩み寄り、そっと穂の一本を抜きとった。そして歩きながら皮をむいて噛み、なにごとか熱心に語りあっていた。私はふり返って、どんなふうかと問うた。肉が薄いですね、と彼らは悲しそうに答え、来年は自分たちの作った米を送るから、筑豊の百姓さんたちに食べてもらいたいと思いますといった。

一本の稲穂が、私の家の応接間の古ぼけた傷だらけの机上に丁寧におかれているのを発見したのは、彼らが三日間の滞在を終え、ふたたびふるさとの戦場へと帰っていった翌日の朝であった。それは、疑いもなく、彼らが鉱害田で抜きとった稲穂であった。まさか彼らがその一本の穂を棄てもせず、私の家まで持って帰っていようなどとは、まったく思いもしなかっただけに、私は一瞬、ハッと胸をつかれた。うっすらと埃をかぶった古机の上で、底冷えする冬の朝の光を吸っている、痩せて白茶けた、わずか二十センチばかりの稲穂を見つめながら、私はしばらく身動きもできなかった。私はその一本の穂を棄てることのできなかった若者たちに、三里塚の農民のたましいを見る思いであった。あの不退転の闘いの原動力を見る思いであった。

いまさらのように私は、二人の若者たちに対して、闘争の中でどう自分が変っていったと思うか、というようなきいたふうの問いをした私が恥じられてならなかった。一本の稲穂が、いま、ここで、なによりも雄弁に答えているではないか。そう思うと、私は、その小さな穂によって完膚なきまでに自分が打倒されているように感じられた。

強制執行の日々、テレビの画面で三里塚の闘争を見つめる私の眼前に、ありありと浮かびでて消えないのは、その一本の鉱害田の稲穂であった。

豚の孤独

わが国の炭鉱労働運動史は、戦前戦後を通じて数多くの激烈な闘争を記録しているが、そのなかでもとりわけ特異な闘争として注目されるものの一つに、筑豊の麻生炭鉱でおこった朝鮮人争議がある。「筑豊御三家」の一つとして地底に君臨する麻生資本の圧制に抗して、朝鮮人労働者およそ七百名が決起、その苛烈な闘いは一九三二年の八月十四日から九月四日までの三週間にわたっている。その経過について、いまここでふれる余裕はないが、必要あって昨年以来、私はこの闘争に参加した朝鮮人を探して当時の状況をきかせてもらいながら、いまさらのごとく血の凍る思いのみ痛切であった。

彼らの多くは密航であった。それも、石炭資本みずからの手による集団的な密航であった。あらかじめ半島各地に潜入した募集係の甘言にだまされて、彼らはひそかに港に集結させられた。使用されたのは、石炭会社専用の石炭船であった。深夜ひそかに彼らは、下ろした石炭のかわりにダンブルの底深くに積みこまれ、シートをかぶせられた。そして日本の港につくと、ふたたび夜陰にまぎれて船から下ろされ、待機している石炭会社のトラックに積みこまれてシートをかぶせられ、炭鉱へと運ばれていった。だまされたと知った時はもう後の祭りであった。「逃げるなら逃げてみよ。警察につかまって刑務所ゆきだ。貴様たちは、総督府の正式な許可をえて、渡ってきた人間でないということだけは忘れるな」という労務係の一喝は、西も東もわからぬ朝鮮人労働者を、恐怖のどんぞこにたたきこんだという。

このような日本資本主義版「奴隷船」の痛ましい犠牲者を私に紹介してくれたのは、私の家の向かいに住む親子六人暮らしの貧しい朝鮮人一家のあるじ、呉さんという人であるが、彼もやはり背に腹はかえられず、生皮をはがれる思いで慶尚南道昌原のふるさとを後にし、筑豊の炭鉱に働きにきた農民の一人であり、彼の妻の金さんもまた、おなじ悲運をたどった朝鮮人坑夫の娘である。

呉さんが傷心の母の手をひいて九州に渡ってきたのは、一九三八年、彼が十六歳の春である。それからすでに三十余年間、彼はまだ一度も故郷を見たことはない。しかし、どれほど年月がたっても、彼の心から消えるどころか、ますますあざやかに蘇ってくる、一つの思い出があるという。

――五日に一度、彼の故郷の農村に市がたっていたときのこと。その日ばかりは粗末な野良着を純白の晴衣に着かえて市にでかけるのが、農民たちにとってなによりの楽しみであった。ところがある日、日本人の警官や役人たちが、突如としてその市を襲撃した。手に手に水鉄砲を握っていた。彼らは逃げまどう白衣のむれを追いかけ、かたっぱしからその水鉄砲を乱射した。水鉄砲の中にこめられているのは、水ではなかった。まっ黒な墨汁であった。被征服民族として労働奴隷たるべき人間に、白衣をまとう資格はないというわけである。

この時の模様を話すたびに呉さんの声は怒りにふるえ、普段でさえたどたどしい日本語は息苦しいまでにもつれて、身ぶり手ぶりばかりが激しくなる。呉少年の純白な魂を射ぬいた水鉄砲の黒い傷口は、永久に癒《い》えることはないのだ。

着物といえば、私にも忘れがたい思い出がある。呉さんがはじめて私の家にやってきたのもやはり、着物のことであった。互いに隣人として住むようになってしばらく、私たちは会えば路上で朝晩の挨拶をかわす程度で、それ以上の交際はもたなかった。私とばかりではない。呉さんは日本人とのつきあいをあまり好んでいないような感じだった。その彼が、突然私の家にあらわれたのは、一年ばかりたった、ある宵のことであった。のっけから「文句があってきた」という彼の息は焼酎臭く、顔は赤く光っていた。私は彼を部屋に通して「文句」を拝聴することにした。彼はしばし、牛のように頑丈な体を厚い沈黙で包んだまま私の目をみつめていたが、やがて決心したように重い口を開いた。それはまったく、私の予想もしない「文句」であった。私が私の妻にモンペをはかせているのはけしからん、もっときちんとした身なりをさせてほしい、というのである。

私は彼の率直な批判を謝しながらも、モンペは日本の女性の作業着であって、べつにどうこういわれるすじあいのものではないのではないかと反問した。彼は赤い顔をますます赤くして、「いや、あれはプータに餌をやる時に着る服だ」といい、とにかくもっときちんとした服装をしてほしい、それだけが自分の願いであると主張してゆずらなかった。

紹介するのを忘れたが、呉さんは炭鉱を失業して以来、養豚業を営んでいる。

彼の熱心な忠告にもかかわらず、私の妻は依然として「プータに餌をやる時に着る」モンペをはきつづけて、私という老いてやせさらばえた豚の飼育に手をやいている。が、そのことは決して呉さん一家との親睦をさまたげる壁にはならなかったようである。彼の思いがけない「文句」をきっかけとして、私たちはどの隣人よりも親密になっていったからである。といっても、むろんこれは、私のほうの一人合点にすぎないかもしれない。なぜなら、こちらがまた一つ壁を越えたと思うその地点で、呉さんの妻の金さんは、かならずいらだたしそうにこう叫ぶからである。

「アー、はがいかネー！　上野さんが朝鮮人やったら、もっと好きになれるとばってんネー！」

金さんは私が彼女とおなじ朝鮮人でないことを悔んでいるのではない。彼女が朝鮮人であり、私が日本人であるかぎり、うちとければうちとけるほど、ますますくっきりと両者の間にたちはだかるもの。彼女にはそれが見えるのに、私には見えない。それが彼女をいらだたせてやまないのである。

それにしてもこの一言には、どれほど深い絶望がこもっていることであろう。私は彼女の言葉をきくたびに思う、私もまた彼女に対して「あなたがもし日本人であったら、もっと好きになれるであろうに」ということができたら、どんなにかしあわせであろうにと。しかし、朝鮮人に対しても、中国人に対しても、私は決してそんなふうにいうことはできない。

なぜだろうか。加害民族の一人であるからであろうか。いや、かならずしもそんなふうに片づけられる性質のものではないようだ。

ひょっとしたら、私たち日本人は、民族としての孤独を知りもせず、知ることもできない民族なのではあるまいか。そしてそれが、私たち日本民族のもっとも大きな不幸の原因なのではあるまいか、という思いのみ、近来いよいよしきりである。そう思えば、私の病的な孤独は、豚のようにますます肥大してゆくばかりだが……。

戦後文学エッセイ選12　**上野英信集**（第五回配本）

栞 No.5

わたしの出会った戦後文学者たち（5）

松本昌次

2006年2月

一九五三年に未來社に入社以来、〃第一次戦後派〃と称された批評家・作家——花田清輝・埴谷雄高・野間宏・平野謙・杉浦明平・本多秋五・佐々木基一・堀田善衞・武田泰淳・富士正晴氏ら——の、主としてエッセ集刊行を中心の仕事としてきたが、五〇年代後半から安保闘争の激化する六〇年代はじめにかけて、わたしは、いわゆる〃戦中派〃といわれる方々のエッセイ・小説などに強い共感を覚え、それらの編集・刊行も順次すすめた。すなわち、吉本隆明『芸術的抵抗と挫折』（五九年）『抒情の論理』（六〇年）、井上光晴『ガダルカナル戦詩集』（五九年）『虚構のクレーン』（六〇年）、橋川文三『日本浪曼派批判序説』（六〇年）、そして島尾敏雄『離島の幸福・離島の不幸』（六〇年）『非超現実主義的な超現実主義の覚え書』（六二年）などである。しかしもう一人、エッセイ集をまとめたいと思った人がいた。谷川雁さんである。

五八年九月に創刊された会員誌「サークル村」をわたしは読んでいたが、その年の一二月に刊行された谷川雁詩論集『原点が存在する』に衝撃を受けたのである。（ちなみに、この本はいまは亡き小野二郎さんが弘文堂の編集者だった時代に編集したものである。）なんとか、谷川さんの次の一冊が作れないか、わたしは、「東京へゆくな」とうたった詩人が九州から東京へやってくるたびに、会うことを重ね機会を待った。しかし、西谷能雄社長にひきあわせた席上、「わたしは東京の出版社をつぶすためにくるんです」などと、傲然といい放つ谷川さんの人を喰ったような態度と、どうにも折合いがつかなくなってしまったのである。わたしからすれば、谷川さん一流の諧謔と思えたのだが、出会ってもふとしたことでお互いに行き過ぎざるを得ない場合もある。かくしてついに谷川さんの本は作れなかったが、誠に幸いなことに谷川さんは、わたしに上野英信さんを出会わせてくれたのである。以下は、例によって、かつて上野さんについて書いた拙文（『追悼　上野英信』追悼録刊行会編・裏山書房・一九八九年）などからのコラージュである。

＊　＊　＊

——もともと、上野さんの『親と子の夜』の企画を未來社に持って来たのは、谷川雁さんである。当時、わたしは谷川さんの詩とエッセイに惚れこみ、谷川さんが上京すると、ほとんどどこかで会った。それは編集の打合わせというより、谷川さんの弁舌をもっぱら一方的に拝聴するようなものであった。ある日、「上野英信のこの本を出版しないような出版社は出版社じゃない。お前も編集者ならこの本を出してみろ」と、言葉は正確ではないが、谷川さん一流の言い方で半ぼ脅迫的にすすめられたこの本が、『親と子の夜』であった。

すでに、『せんぷりせんじが笑った！』（柏林書房・一九五五年）を読んで、上野さんの名前は知っていた。ちなみに、『せんぷりせんじが笑った！』もその一冊に加わった、「現在の会編・ルポルタージュシリーズ・日本の証言」という新書判・一〇〇頁足らずの小冊子は、当時としてなかなか意欲的な企画で、上野さんの本のほかに、安東次男『にしん』、戸石泰一『夜学生』、関根弘『鉄』、杉浦明平『村の選挙』などが、いまもわたしの手元にある。戦後における記録文学運動のハシリとして記憶するにたる出版だったと思うが、それはさておき、その頃、千田梅二氏の版画がそえられた上野さんの作品をわたしがどれだけ理解していたか、甚だ心許ない。

たとえば、『せんぷりせんじが笑った！』の「序」を書いている野間宏氏でさえ、「日本の非常に深いところから生みだされてきた作品」と評価しながらも、「私は最初この作品があらわれてきたとき、すぐにはこの作品の持っている大きな意味をはっきりとらえることができなかった。」と書いているほどだし、「跋」を書いている真鍋呉夫氏なども、「上野君は……自分の思想感情を労働者階級の思想感情と一つのものにするというすばらしい仕事をやりとげた」と書きつつ、「素朴にすぎるとか、自然主義的だとか……作品がそういった弱さをふくんでいることは、かならずしも否定できない事実」ともつけ加えているのである。ある時代の批評など、にわかに信じ難いものである。

ところでわたしといえば、どちらかといえば、作品そのものというより、刊行打ち合わせのためやがて現われた上野さんという人間に、すっかり魅了されたというべきだろう。上野さんの人間的魅力については誰もが書いているのであらためて書くまでもないが、こういう方の本を出さなかったら、編集者としてというより、人間として間違えるぞとみずからに言い聞かせたものである。谷川さんの脅迫（？）なぞは問題でなかった。早速、当時の未來社としては贅沢な、A５判上製貼函入りで『親と子の夜』を刊行した。「このように豪華な形でまとめられ……作者としては望外の幸福である。と同時に、高級食料品店の陳列棚に黒砂糖の塊をならべるにも似て、いささか顔の赤らむ思いも禁じがたい。」と、上野さんは、「あとがき」の最後に書いてくれた。それから二年後の一九六一年十月、上野さんのルポルタージュ集『日本陥没期』を刊行したが、その本の口絵や各作品のトビラに入れるため、未來社の一室一杯にひろげた写真を上野さんと選んだことを忘れることができない。その中には、炭鉱水没犠牲者が、ブリキ製のホゲにツルバシで「ミヤコ　ヒトシ　フタリナカヨクタノム」と遺言を刻みこんだ写真もあり、息をのんだ。こうやって、わたしは、上野さんから炭鉱とそこで生き死にしてきた人びとのことを少しずつ学んだといえるだろう。

＊　＊　＊

わたしが上野さんの著書で刊行できたのは、ここに上げた『親と子の夜』と『日本陥没期』の二冊に過ぎない。過ぎないが、上野さんとの出会いが、そしてその記録文学が、それ以後の編集者としていかにあるべきかという基本的な姿勢をわたしに教えてくれたのではないか、と思う。

＊　＊　＊

——生前、上野英信さんと仕事や日常でつき合った人びとの文章を読んだり話を聞いたりすると、そのほとんどが密度の濃いいつき合いで、誰もが一度は上野さんの〝筑豊文庫〟を訪れ、上野夫妻の懇ろなもてなしを受けているのである。羨ましい記憶である。しかし、わたしにはそんな経験はついになかった。『親と子の夜』の刊行が一九五九年十一月だから、その仕事でお会いしてからお別れするまで、ほぼ三十年に近い著者・編集者の関係だったが、それは、まるで〝君子の交わりは淡きこと水の如し〟（？）だったとでもいえようか。むろん、〝君子〟は上野さんだったが……。

もっとも、上野さんが上京されてお会いすれば、〝水〟でなく〝酒〟であることはいうまでもない。亡くなられる前年の一九八六年十月二十七日、東京で開かれていた山本作兵衛「筑豊絵図」展のために上京されていた上野さんが、写真家の裵昭さんと影書房の小さな事務所に現われた。陽の高い三時ごろから、当然ながら仕事は放棄して〝酒〟になり、夜は近くの親しい朝鮮料理店に社のメンバーやたまたま来合わせた友人と流れ、上野さんの「ゴットン節」を拝聴したのである。十月三十日には、再び現われた上野さんを、作家の真尾悦子さん宅に案内、ご馳走になったあと、その夜はわたしの〝共同住宅〟に宿泊してもらった。上野さんと最後にお会いしたのは、『写真万葉録・筑豊』の東京での出版記念会が、本橋成一さんの経営する「ポレポレ坐」で、翌年の一月二十四日開かれた時である。ノドに痛みがあると誰からか聞き、「上野さん、おつかれだな」と、ある心配が心をよぎった。十カ月後に上野さんが亡くなろうとは！　お見舞いにも葬儀にも、〝水の交わり〟はついに〝筑豊文庫〟を訪れず、したたかに〝水〟ならぬ〝酒〟を遙か離れた東京で友人たちと浴びたのであった。

上野さんがすでにガンの予兆を感じながら、最期の力をふりしぼって完結させた『写真万葉録・筑豊』全十巻の写真一枚一枚に目をこらして頂きたい。いまわたしたちは、どのような人びとの〝死屍累々〟の上で生き延びているのか。ほぼ二〇年前、第七巻『六月一日』にふれた小文を再録する。

＊　＊　＊

――本の見返しに、「日本において死者三〇人以上を出した炭鉱災害事例」という表が印刷してある。それは裏の見返しにまでつづく。一八九五（明治二十八）年から今年（一九八五年）にかけての九十年間に、いつ、どこの何という会社の炭鉱で、三十人以上の人間がどんな事故で死んだかという記録である。

上野英信・趙根在監修『写真万葉録・筑豊』（葦書房）の第七巻『六月一日』にである。その〝六月一日〟とは何か。聞かれてもほとんどの人が忘れているその日付。表によれば、災害発生年＝一九六五（昭和四〇）年、月日＝6・1、所在地＝福岡筑豊、炭鉱名＝山野、経営＝三井、死者数＝二三七人、摘要＝ガス爆発、とある。この一冊は、その日の午後零時四十分頃に起き、二百三十七人の死者と二十七名の一酸化炭素中毒患者を出した山野鉱大災害の写真集なのである。

この本を見よ、この写真の一枚一枚に目をこらせ、といいたい。事故発生で不安な家族たち、救援隊、つぎつぎに上がってくる無残な死体、用意される白木のお棺、顔を掩って号泣する老婆、子供、妻たち、チマ・チョゴリの朝鮮人……。そして抗議のデモ、葬儀、死んだ炭鉱夫たちのありし日のスナップのかずかず……。これらの写真をどのツラさげて見ることができるかと、わたしはみずからに問う。

上野氏は、この「重大災害事例」は、炭鉱の「血ぬられた歴史の氷山の一角」と書き、「過去の不幸な統計によれば、産出炭量およそ五万トンにつき、労働者一名の生命がうばわれている」ので、一世紀間に約三十億トンの炭量を産出した〈筑豊〉だけでも、「じつに六万名の生命がうばわれた」と証言する。水没して死体も上がらぬ人たちも含めたそれら数限りないムクロの上に、わたしたち日本の暖衣飽食の〝近代〟は、何食わぬ顔をして突っ立っているのである。

わたしはここ数日、『六月一日』をカバンに入れて通勤電車に乗る。そして、いつもながらの派手な週刊誌の中吊り広告の見出しを目で追う。これがわたしも片隅にいる出版界の一つの姿なのだろうか。わたしは『六月一日』をとりだし、「山野鉱災害犠牲者氏名」が五十音順に印刷されたページを開き、誰一人知る人ではないが、呪文を唱えるようにそれらの名前を読む。相川信明、赤星貢、秋好米松、秋好虎鯤、浅田家路、浅田哲二……どこまでも、どこまでもつづく……。

ある救援米のこと

——カカ、前んカカか？

これは、たえまない離散と流亡をくりかえした筑豊の渡り坑夫たちが、めぐり会えばまず最初に交わす挨拶であったという。

——メシ、食うたな？

これは、血なまぐさい決闘と潜行に命をかけた筑豊の労働運動家たちが、同志の顔を見ればまず問いかける言葉であったという。

私もやはり、自分がいつも胃袋を干しつづけてきたせいか、人の胃袋ぐあいがひどく気になる。とりわけ、闘っている集団の胃袋のことがひどく気になる。一九三二年夏の麻生炭鉱の朝鮮人争議のことを調べながら、いちばん気になるのもそのことであった。

争議に参加した朝鮮人労働者たちは、寝るべき宿もなかった。彼らを受けいれてくれるような旅館がなかったからである。朝鮮人のくせに、麻生さまに弓を引くとは不届千万、そんな奴らに宿が貸せるか、というわけである。やむをえず争議団は、飯塚市内の納祖八幡宮に立籠《たてこも》ったが、やがてここからも追い払われる。同神社の氏子市民が、朝鮮人の排泄《はいせつ》物で神域が穢《けが》されるという理由によって、警察に退去を要求したからである。神社から追われた争議団員たちは、あるいは商店街の軒下に、あるいは遠賀川原の橋下に、ゴザを敷いて眠りをとらねばならなかった。夏のさかりだから、それはまだしも辛抱できよう。しかし、胃袋のほうはどんなふうに満たしたのであろうか。争議に参加する人員は、三菱など、他の炭鉱からもひそかに合流する朝鮮人坑夫をあわせると、多いときには一千名ちかくにふくれあがったという。争議は三週間にわたっている。それだけの胃袋をまかなう資金があったのであろうか。あったとしても、米屋が米を売ってくれただろうか。神社の境内からさえ追い払う日本人市民が、彼らに兵糧を提供するだろうか。

主たる糧道は、この争議を指導した日本石炭坑夫組合とおなじく、日本労動総同盟傘下にあった東京製鋼小倉工場の消費組合精米部からであったという。ほかの労組からはなかったのか。なかったという。朝鮮人労働者の決起に対する日本人労働者の反応は、口では階級闘争と叫びながら、そのじつ、彼らの宿を拒み、氏神の境内から彼らを追放した飯塚市民のそれと、ほとんど五十歩百歩であったのである。東京製鋼小倉工場消費組合からの支援も、兄弟労組たる坑夫組合の組織と闘争を守るためでこそあれ、もとより朝鮮人坑夫に対する自覚的な連帯行動ではありえなかった。悲惨というほかはない。

しかし、吹きすさぶファシズムの嵐の中で闘われた、この凄惨な争議の暗黒の底にも、一条の光明の水平線はきらめいていたのである。朝鮮人坑夫たちは、けっして孤立無援ではなかったのだ。ただ一つ、自発的に救援米を贈った集団があることを、私は知った。それはほかでもない、地元福岡県嘉穂郡に散在する二十七部落の被差別農民であったのである。「なにしろ昔のことで……」と、はにかみながらも、私の問いに応えて当時のことを淡々と話してくださったのは、飯塚市二瀬町のいまは廃墟と化した日鉄中央炭鉱のかたほとりに住む、花山清氏であった。

一八八八年、部落に生まれて僧侶となり、水平運動に挺身した花山氏は、戦前の筑豊の労働運動にたずさわった人間であるかぎり、到底忘れることのできない恩人である。「わたしたちがどうにかこうにか炭鉱の労働運動をやってくることができたのも、要するに水平社のおかげですたい。花山の坊さんの衣の袖にかくもうてもろうたおかげで、命がもてたとですばい」と老闘士たちは心底から感謝している。暴力むきだしの炭鉱資本と警察からの迫害を防ぐために、筑豊の労働運動家たちは部落に身をひそめ、争議団の本部もまたしばしば、弾圧をまぬかれるために部落内に設けられた。昭和初期、数次にわたってくりひろげられた日鉄各鉱の苛烈な大争議も、すぐそばに花山氏らの住む部落があったからこそ敢行できたのだ、と説く老闘士もある。

「いやいや、たいしたことはしておりまっせん。附和雷同しただけのことで」と花山氏は闊達《かったつ》に笑いながらも、談ひとたび兇刃に斃《たお》れた若き坑夫の思い出に至れば、「炭鉱の納屋に住んでおったばっかりに、散らしてはならん命を散らしてしもうた。部落に住ませてやってさえおれば、けっしてあんなことにはならなかったのに……」と柔和に澄みきった老眼をくもらせる。

誰も注目しようとしない。労働運動史も記録しようとしない。しかし、こうした闘いの中で根づいた筑豊の被差別部落農民と坑夫との連帯は、もはや党派や民族の違いによって絶ちきられるほど脆弱《ぜいじゃく》なものではなかった。「郡内のほとんど全部落が、こぞって米を持ち寄りました。不況のどん底で、小作料は高いし、ずいぶん苦しい生活でした。しかし少なくても一軒から五合は出しました。これだけは、はっきり覚えています。五合以下という家は一軒もありませんでした」と花山氏は語った。日本人ならともかく、朝鮮人の争議に、なぜ自分たちのように貧しい水呑百姓が米を出さなければならないのか、という反対の声はなかったのであろうか。

頭の悪い子に言いきかせるように、花山氏は嚙んでふくめるような調子で、私にこう説いた。

「現在の部落差別は、一言でいうなら深刻です。昔の差別は、悲惨でした。いまの若い人には想像もできんほど悲惨でした。その悲惨さが骨身にこたえてわかるのは、三十代四十代の壮年です。だから、戦前の水平運動の中堅は、青年ではなくて壮年でした。三十代四十代の壮年といえば、働きざかりで、一家の中堅でもあります。その、一家の担い手でもあれば、部落差別の悲惨さをいやというほど経験した人間でもあればこそ、炭鉱で働く朝鮮人の差別の苦しみも、わが身を切られるようによくわかって、一粒でもたくさん、米を出そうということになったわけです。なんというても一家の中堅ですから、家族で反対する者はありません。とにかく水平運動があれまでに発展したのも、一つにはこうした壮年層が中心になって活動したからであって、青年の力だけでは到底むりだったでしょう」

しかし花山氏の説く部落差別の「悲惨」の自覚と結晶そのものともいうべき兵糧も、朝鮮人坑夫たちにはついにそれと知らされることなく消費されたらしい。

「なにしろ相手が朝鮮人じゃもんで、なかなか……」と、坑夫組合の幹部の一人は私に弁解した。その贈りものの意義を理解させるのが困難だというわけであろう。

しかし、そうではあるまい。その意義を正しく理解することのできなかったのは、朝鮮人坑夫のほうではなくて、坑夫組合の日本人幹部だったのではあるまいか。このとき、彼らは米を贈った側と贈られた側との双方に対して、同時に差別を犯してしまったのである。

天皇制の「業担《ごうか》き」として

——戦後日本の労働者階級とは、一言でいえば、もはや幽霊になって出てくる能力さえ失った階級である、と規定してもよいのではあるまいか。

気のおけない炭鉱労働者の学習会などによばれた折、わたしはよくそんなへらず口を叩いたものである。聴き手のほうは、たんなる言葉のあやとして苦笑するだけであるが、わたしはかならずしも相手を笑わせるための冗談をもてあそんでいるわけではない。しんけんにそう思うことが多いのである。

炭鉱の幽霊にしてもそうである。いまさらいうまでもないことだが、日本の石炭産業の歴史は、悲惨きわまりない大災害と大量殺人の、たえまない連続と反復の歴史である。炭塵とガスのうずまく坑内は、硝煙弾雨の戦場そのものであり、一瞬さきの生命の安全も保証されない坑夫は、まったく戦場にかりだされた兵士さながらの消耗品にすぎない。

その苛酷な運命を象徴するかのように、わが国の古い炭鉱には、幽霊が出るという話が多い。坑口へたどりつく道がわからずに、無明の坑内にたちまようている亡霊が、若いたくましい坑夫の背に負われるという話をはじめ、なんとかして地上へつれてあがらせてもらいたいの一心から、危険な重労働を手つだう女坑夫の幽霊の話、あるいはまた死者と生者との坑内婚の話など、さまざまの哀切な幽霊話にあふれている。

炭鉱生活の日々、わたしは折にふれてそんな話を、明治生まれの老坑夫たちから聴かされたものである。そんなとき、わたしは、この国の地底に棄てさられた無告の民の怨念の深さをひしひしと感じて、戦慄せずにはいられなかった。しかし不思議なことに、それらの幽霊話は例外なく戦前のものばかりであった。わたしが耳にするかぎり、敗戦後のものは一つとしてなかった。これはなぜだろうか。

敗戦を境にして、災害がなくなったのなら別である。悲惨な死者が出なくなったのなら別である。もちろん、残念ながら現実はそうではない。民主主義と人間尊重のスローガンをあざけるかのように災害が続発し、犠牲者は日夜くびすを接した。

にもかかわらず、わたしは自分の働いた幾つかのヤマでも、それらの痛ましい犠牲者が、幽霊となってあらわれたというようなうわさを聴いたことがない。

戦前の古い労働者があまりにも無知で迷信深かったのであろうか。戦後の労働者がにわかに科学的になったのであろうか。どうもそうとばかりは断定しがたい。

むろん、できることなら幽霊など、迷い出る必要のない世の中であるにこしたことはない。しかし、その中身のほうはさほど本質的に変りもしないのに、幽霊のほうだけ、ぱったりあらわれなくなるというのも、考えようによってはそれほどしあわせな時世とはいえないのではあるまいか。

ひょっとしたら戦後急速にわたしたち日本人は、死者のたましいのゆくえを、とりわけ罪なくして死を強制された者たちのたましいのゆくえを、とりかえしのつかない悲しみと恐れの念をもって見まもり、見さだめようとする心のまなこを喪失《そうしつ》してしまったのではないのか。そしてその原因は、わたしたちが戦後急速に、人間と人間との結びつきを失ってきたことにあるのではないのか。

生きた人間と人間とのたましいのふれあいがない時代に、死者と生者との結びつきなどあろうはずはない。幽霊はいつの代にも、死者と生者とが幽明境を異にしながら、もっとも人間的な実存の深みでたましいをかよいあわせるところにしか、あらわれはしないのである。

幽霊からさえ見棄てられたような廃鉱のかたすみで、そんなとりとめもない想念にとらわれるにつけても思い出される、一つの印象深い幽霊話がある。それは悪夢のような軍隊生活とかさなりあって、いつまでもわたしの脳裏から消えさることはない。

一九四四年、わたしが旧満州国に君臨する関東軍の山砲兵であった当時のこと。わたしたちの起居する兵舎のかたわらに、夜になると幽霊が出るといわれる厠《かわや》があった。古参兵の話によれば、一人の兵卒が歩哨《ほしょう》として営内をまわっている途中、その厠に入って首を吊って死んだのだという。おそらくひどい腹痛か下痢のために我慢ができなかったのであろう。その兵士は軍規違反とは知りながらも厠にとびこんだのである。

銃を厠の中にもって入ってさえいれば、たぶん彼は死ななくてすんだであろう。しかし不幸にして、彼はそんな忠誠心のない兵隊ではなかった。彼は、畏くも大元帥陛下から授かった菊の紋章入りの銃を、厠の中にもちこむことはできなかった。彼は銃を厠の戸口に立てかけ、自分だけ中に入った。出てきてみれば、すでに銃は見あたらなかった。彼が厠に入っているあいだに巡察の将校がきて、その銃をもちさってしまったのだという。

哀れな兵士は、やがて彼の身に襲いかかるであろう冷酷な運命を知りつくしていた。彼はふたたび厠の中に入っていった。そして帯革《たいかく》をはずして梁《はり》にかけ、みずからの若い生命を断った。それ以来、彼が首を吊った厠の中から、夜ごと、

「銃を返してください……」

「銃を返してください……」

という、たましいをふりしぼるような声がきこえるようになったということである。

わたしたちは「そんなばかなことが」と笑いながらも、夜になるとみなさすがに薄気味悪がって、その厠にだけは誰一人として入る者がなかった。そのしんとした「死の個室」のたたずまいを、いまもわたしはありありと覚えている。

もちろんこれはほんの一例にすぎない。菊花輝く帝国軍隊のあるところ、そこにはかならずさまざまの幽霊話が、日の目を避けながら、蘚苔《せんたい》のようにひっそりと息づいていたのである。とりわけ、天皇親率の軍隊ならでは到底あらわれることもありえなかった種類の幽霊も、数少なくなかったはずである。それらの話を、ゲテ物好きの道楽仕事としてではなく、深いつつしみの念をもって丁寧にまとめておくことは、「世界に冠たる」皇軍の歴史をさらにゆたかにするためにも、けっしておろそかにしてはならない仕事の一つであろう。

ともあれ、わたしたちの同胞が、あの冷酷非情な階級支配の貫徹した帝国軍隊の中においてさえ、なおかつ幽霊となってあらわれる能力を失わなかったということは、なんといっても感動的なことといわざるをえない。わたしが戦後日本の労働者階級を、もはや幽霊になる能力すら奪いつくされた階

級であると規定したところで、かならずしも荒唐無稽の世迷いごとではないはずである。

それはさておき、わたしがいまここにこんな幽霊話をもちだしたのは、日本帝国軍隊がいかに非人間的な組織であったか、ということを説きあかしたかったからではない。あるいはまた、首をくってみずからの生命を絶ち、幽霊となって厠にたちまよう兵士を、天皇制の犠牲としてあげつらおうとする気持からでもない。さらにまた、忠君愛国精神に踊らされた民衆の愚を批判しようとしてでもない。

わたしがいいたかったのはただ、厠で首を吊って死んでいった「不忠不幸」の兵士であると、第一線で壮烈な戦死をとげた「忠孝両全」の兵士であるとを問わず、それぞれに悲惨な最期をとげざるをえなかった者たちのたましいのゆくえを、わたしたちは、はたしてどのような心情をもって見さだめようとしてきたかということである。わたしたちはそのことを、あらためて問いなおしてみなければならないと思う。

ひたすら天皇の命令のままに、抗《さから》うすべも知らず身命を奪われた兵士たち。たしかに彼らは天皇制と軍国主義の最大の犠牲であった。ささげるべきでないものに一命をささげてしまったという点では、もっともおろかしい「犬死に」であったかもしれない。

しかし、そのようにいうとき、わたしたちはその「犠牲」なり「犬死に」なりのひとことに、いったいどれほど絶望的な痛恨をこめているのであろう。

そんなことを思うにつけても、わたしの胸にせまってやまないのは「拝んでやらねば浮かばれん仏たちでござす」という、石牟礼道子著『苦海浄土』の一老爺の呪文めいたつぶやきである。

生まれもつかぬ奇形と化した水俣病患者の孫をみとりつづける老漁夫の言葉であるが、この苦渋にみちた表白の底にさんぜんときらめいているのは、まさしくみずからもまた永久に浮かばれない存在として自覚した者のみのもつ、しんに厳然たる人間的な連帯のいのりである。

わたしたちの親たちが、折にふれ、至るところに幽霊を見たのも、ひとえにこの意識によるものであった。もとよりその背後には、言葉につくせないほど陰惨な死があった。しかし、たとえその死がどれほどむごたらしいものであったとしても、その犠牲者の痛恨をわがこととしてとらえる苦悶と悲哀がなければ、けっして死霊を目のあたりにすることはありえないのである。

わたしはいささか幽霊にこだわりすぎたかもしれない。が、他意はない。非道の侵略戦争にかりだされて死んでいった無数の同胞たちを、生き残ったわたしたちが「拝んでやらねば浮かばれん仏たち」として受けとめるところから、じつは敗戦後の第一歩をふみださねばならなかったのだという思いが、日に日につよまるいっぽうだからである。

もちろん、事実はそうではなかった。残念ながらわたしは、そのように受けとめることもできなければ、受けとめようともしなかった。そしてその最大の原因は、わたし自身の戦争責任の受けとめかたにあったと思う。

敗戦までわずか二年たらずの短い期間であったが、わたしはいわゆる学徒兵の一人として軍隊と戦争の体験をもたされた。それだけに敗戦の衝撃も深刻であった。ありとあらゆる価値体系の崩壊と転換のうずまきのなかで、わたしは裏切られた天皇を呪い、背かれた祖国を呪い、なによりも烈しくわたし自身の無知の狂信を呪った。二度と還らない友たちの死の影が、たえずわたしの心に重かった。しかしそのたびにわたしは、彼らもまたわたしとおなじく、呪うべき侵略戦争の尖兵であったかぎりにおいて、たんなる戦争犠牲者ではなくて戦争犯罪者でもあったという論理にかくれるのをつねとした。そう考えるよりほかに、わたしは彼らへの哀惜から身をかわすみちがなかったのである。わたしにとって彼らは「拝んでやらねば浮かばれん仏たち」ではなく、彼らのことを忘れなければわたし自身が浮かばれぬという感覚のみ強かった。

たしかにわたしたちは、たんに日本軍国主義の被害者であるばかりではない。しばしば糾弾されるとおり、みずから意識するといなとにかかわらず、みずから銃をとるといなとにかかわらず、アジア諸民族に対する、恐るべき加害者であり、戦争共犯者であった。それはどう否定しようもない歴史的事実だ。そして、その根底に天皇制がある。これもまたどう否定しようもない歴史的事実である。

ただ、そんなふうに論理のすじみちをひろげてゆく場合に、なにか、音もなくわたしの内部に欠落してゆくものがある。それがいったいなにであるのか、長いあいだわたしにはわからなかった。しかし、いまやあきらかである。——疑いもなくそれは、天皇制の「ゴウカキ」意識そのものの欠落である。

「ゴウカキ」とは「業担き」と書くのであろう。わたしの住んでいる北九州地方では、日常よく使われる言葉である。「ゴウをかく」というふうに、動詞にも用いられる。おなじように日常的に濫用《らんよう》される「バチカブリ」という言葉よりも、さらにどろどろした、重い呪咀《じゅそ》がこめられているが、もしわたしがなにかの「ゴウカキ」であるとすれば、それこそ天皇制の「ゴウカキ」であるはずだ。わたしは、自分が天皇制の「罪と罰」のかたまりであり、それ以外のなにものでもないことを知っているつもりであった。と同時にまた、そうであるがゆえに、天皇制の「罪と罰」を、もっとも厳しく糾弾《きゅうだん》しなければならない存在であることをも、知っているつもりであった。そして、それこそが、わたしたちの世代が受けとめるべき戦争責任であることをも、自覚しているつもりであった。――にもかかわらず、いつのまにか、わたしの内部に天皇制の「ゴウカキ」意識が欠落してゆくのはなぜであろう。

それはほかでもない。いつのまにか、わたしが、戦争責任を追及される側にではなく、追及する側に身を寄せてしまったことにあるというほかはない。わたしみずからを刺さずに、わたしは誰を刺すことができるであろう……。もし無数の兵士たちの「名誉の戦死」が、「犬死に」以外のなにものでもなかったとすれば、死にそこなったわたしの生も、それこそ「犬生き」以外のなにものでもありはしないのだ。

「犬生き」などという言葉がじっさいにあるのかどうか、わたしは知らない。しかし、たんなる語呂あわせとしてではなく、まこと、おのれを生きながら「犬死に」をしいられた存在として意識することのできる者だけが、天皇制の祭壇にささげられた累々たるしかばねを、「拝んでやらねば浮かばれん仏たち」として、みずからの内に抱きとることも可能なのである。

『苦海浄土』の老いた一漁夫の呪文めいたつぶやきは、すさまじいばかりに天皇制の「ゴウカキ」の生きざまを示してあますところがないが、そこにはまた、つぎのような凄絶な叫びがかきとめられている。わたしたちはこれを、どのように受けとめればよいのであろう。一九六七年九月二十二日、ときの厚生大臣が水俣病患者の呻吟する湯の児リハビリセンターを訪問中のことである。

湯の児リハビリセンター入院患者坂上ゆき女。リハビリセンターから保養院（精神病院）に入院中離婚手続き完了、五月離婚決定。旧姓にもどり西方ゆき女。強度の錯乱おさまり「捨てる神もあれば助ける神もあるちゅうけん」とほほえみをもらしうるようになっていた。天草牛深の生まれである彼女は、心なつかしい想いで厚相の到着を待っていた。

「よか背広着た人たちのぞろーっと入ってきて三十人ばかり、どの人が大臣じゃろ、いっちょもわからん。三十人ばかりでとりかこまれて見られたばい。なれてはおるとたいね、どうせうちは見せ物じゃけん。大臣はどの人じゃろ、とおもうとるうち頭のカーッとして……。杉原ゆりちゃんにライトあてて写しにかかったろ、それで、ああ、また、と思ったら、やってしもうた……」「やっ、い、い、い、てしもうた……」とは水俣病症状の強度の痙攣《けいれん》発作である。のちに彼女は仕方がないというふうにうっすらと涙をにじませて笑った。

予期していた医師たちに三人がかりでとりおさえられ、鎮静剤の注射を打たれた。肩のあたりや両足首をいたわり押えられ注射液を注入されつつ、突如彼女の口から「て、ん、のう、へい、か、ばんざい」

という絶叫がでた。病室じゅうが静まり返った。大臣は一瞬不安な表情をし、杉原ゆりのベッドの方にむきなおった。つづいて彼女のうすくふるえる口唇から、めちゃくちゃに調子はずれの『君が代』がうたい出されたのである。ききとりがたい語音であった。そくそくとひろがる鬼気感に押し出され、一行は気をのまれて病室をはなれ去った。

石牟礼道子のいう「そくそくとひろがる鬼気感」は、その場にいなかった人間の胸にまでひしひしとせまってくる。なんらの咎《とが》もなく、生ける屍と化せしめられた水俣漁民の怨念、まさにここにきわまるといっても過言ではあるまい。もし西方ゆき女の言動を、たんなる狂気の沙汰として、一笑に付しさる人間があるとすれば、その人は天皇制についてまったく無知であることを、みずから表明しているにすぎない。

いわれなき死のあるところ、そのうしろにはかならずいわれなき神があり、いわれなき神のあるところ、そのまえにはかならずいわれなき死があるのだ。「天皇陛下萬歳」をとなえて死んでいった兵士たちは、そのことを身をもって立証したのである。しかもいまなお、このいわれなき神と死との悪循環はたちきられることなく、この国の深部を呪縛しつづけてやまないのである。ゆき女は、そのことを狂気をもって告発しているのだ。

わたしもまた生きながら「犬死に」をしいられた人間のはしくれの一人であるならば、むしろすすんで、生涯にわたる天皇制の「ゴウカキ」として生きてゆきたいと思う。あさましい生きざまよ、と人はあざけるかもしれない。しかし、無数の死者と生者たちが、その重い暗い「業」にあえぎつづけなければならないとすれば、わたしは積極的に「ゴウカキ」のみちを選ばなければならない。そしてそれこそが、ほかならぬ天皇制の「罪業」そのもののかたまりとしての、わたし自身の戦争責任であろうと思う。いまごろになってそんなことに気づいたところで、もはやとりかえしがつかないとは知りながら。

それが、わたしが怯懦《きょうだ》であったために見殺しにした友たちへの、せめてもの弔い合戦でもあろう。

遠賀川

一

南太平洋戦線を中心に、日に日に日本軍の敗色が濃くなってゆく一九四三年のことである。召集されて福岡歩兵第二十四連隊に入営中の梅本二等兵は、命じられて小隊長の当番兵となった。新参の当番兵の目には、いかめしい小隊長室の壁に張られている大小幾枚もの表が、なにかいかにも重要な機密事項のように思われて、強い関心をそそられた。

ある日、彼はたまたま小隊長の不在をさいわい、それらの表を盗み見はじめたが、やがてその一枚に目を吸いつけられた。それは、それぞれの出身地別に分類された兵隊の気質的特徴の一覧表であった。さまざまの風土の垢によって形成された若者たちの気質を、より効果的に統御するための参考資料なのであろう。

梅本二等兵は、教師のエンマ帳を盗み見る中学生のように胸をどきどきさせながら、彼の出身地である遠賀《おんが》郡の欄をさがした。しかし不思議なことに、いくら隅から隅まで目を走らせても、彼のさがし求める郡名は、どこにも見あたらなかった。遠賀郡ばかりではない。すぐ隣の鞍手《くらて》郡も田川郡も、やはり発見できなかった。ないはずだ。筑豊炭田地域の諸市郡にかぎって、すべて「川筋」という欄に一括されていたのである。そして「川筋」出身の特徴として、長所の項には、勇敢かつ大胆にして義俠心に富むこと、一方、短所の項には、短気で血気にはやり易く、附和雷同、軽挙妄動しがちであることなどが記入されてあった。

それこそ生粋の川筋生れの川筋育ちである梅本二等兵は、むろん、川筋という言葉は子どものころから耳にたこができるほど聞きなれていた。また、いわゆる川筋気質なるものも、いやというほど知りつくしていた。そんな彼にとって、川筋という二字は、ふるいつきたいほどなつかしいはずであった。にもかかわらず彼は、一瞬、ハッと胸をつかれる思いで壁の前に立ちすくんだ。

所もあろうに天皇親率の帝国軍隊において、しかも筑豊地区にかぎって、そのような言葉によって分類され、一括されていようとは。

「なんともいえん、妙な気分でしたばい」

そう、梅本氏は私に語った。三十年後の今日もなお、その妙な気分のかたまりが、咽喉の奥のあたりにつかえているような表情であった。おぼろげながらではあるが、私にもその感覚はわかるような気がするのである。

「川筋」とは、福岡県のほぼ中央部を北流し、筑豊炭田をつらぬいて響灘《ひびきなだ》にそそぐ遠賀川とその支川の流域一帯をいう。中間《なかま》、直方《のうがた》、飯塚、田川、山田の五市と、遠賀、鞍手、嘉穂《かほ》、田川の四郡、さらに現在は北九州市八幡区に編入されているが、旧遠賀郡の香月《かつき》、木屋瀬《こやのせ》の両町がこれにふくまれる。遠賀川の流路延長六十四キロ、流域面積千三十二平方キロ、流域人口は約八十五万（一九六〇年現在）であるという。

「川筋」というのは、もちろん遠賀川筋の略称であるが、わざわざそうことわらなくても混乱することはない。帝国陸軍が立証したとおり、筑後川筋とか、多々良川筋というような呼称は、軍隊はもちろん、シャバにも流通していないからである。「川筋男」といえば、遠賀川の水で男を磨いた命知らずときまっており、「川筋気質」といえば、筑豊の任俠肌ときまっているのである。

いつごろからそんなふうに天下御免の「川筋」になったのか明らかではないが、筑豊というような官制の、雀と鶯《うぐいす》との合いの子の鳴声みたいな炭田名より古いことは確かであろう。老坑夫たちはけっして「筑豊の炭鉱」とはいわない。「川筋の炭鉱」という。「川筋を渡り歩いた男よ」といえば、〝鬼ガ島〟高島の坑夫も恐れおののいたといわれる。

と同時に、しかし、他国の人間が「やつは川筋もんだ」という時、そこにはある種の差別と侮蔑の感情がこめられていたこともまた事実であったのである。

二

遠賀川が筑豊炭田の発展につくした役割は量《はか》り知れないほど大きい。他のどこの炭田よりも急速に、この「川筋」が日本資本主義のエネルギー基地としての地位を占めたのは、ひとえに天恵の輸送パイプとして、そこに遠賀川があったからである。まったく、遠賀川なしに筑豊炭田は考えられないが、それと同じように、いわゆる「川筋もん」に対する世人の軽蔑の感情もまた、筑豊炭田を抜きにしては考えられない。

この川の流域一帯における石炭の原始的な採掘と利用は、既に早く徳川時代の中期に始る。福岡藩が領内の山林を伐採して藩債償還にあてたために薪炭が甚だしく欠乏し、日常炊飯の燃料にも窮した土民が、背に腹は代えられず、代用燃料として使用するに至ったといわれる。何千年来、もっぱら山野の樹枝を燃料としてきた川筋の民にとっては、まさに古今未曾有《みぞう》のエネルギー革命であったといわなければなるまい。

樹の枝から地上に降りた猿が人間になったように、古来唯一不可欠の火種であった樹の枝を奪い去られ、黒い臭い石の火種を求めて泣く泣く地底へ降り、日の目も拝めないモグラと化す人間が、ここにあらたに発生したわけである。藩制時代、この恐怖にみちた地下労働に従事したのは、窮乏して浮浪民と化した零細農漁民や、もろもろの身分差別をしいられた極貧の下層民であった。それだけに彼らを見る世人の目は一層冷たかったであろうが、明治以降も依然として彼ら坑夫に対する偏見と蔑視は露骨をきわめている。

「明治初年より十五六年頃迄の坑夫の多くは、日本内地に於ける生蛮とも云ふ可きものにして、普通良民は殆んど同胞を以て之を見ず」と、児玉音松は『筑豊鉱業頭領伝』に記している。

あるいはまた、『福岡県無産運動史』の中には、今村等の次のような述懐も読まれる。

「労働者の種類のうちで尤《もっと》も苦しく、尤も下等なものが坑夫であり、坑夫の下にまだまだ坑夫より下等な種属があると云うのは、大晦日の後にまだ沢山日が余っていると云うのと同じ事、と考えられていた」（夏目漱石著『坑夫』よりの引用）

およそこのような風潮であったからこそ、ほとんど想像を絶するほど凄惨苛烈な搾取と圧制も可能であったのである。もしそうでなければ、八幡製鉄所の煙突一本立ってはいないはずだ。この、文字どおり「橋のない川」によって、わが国の工業化が推進されたことだけは忘れてはなるまい。

一八九一年、若松─直方間に筑豊興業鉄道が開通するに及んで、石炭輸送の主力は漸く〝鋼鉄の川〟に移ってゆくが、なお暫く遠賀川は地底の民の血と汗と涙の結晶を運びつづける。舟運の最盛期は日清・日露戦争の間であるが、統計の示すところによれば、一八九五年には七千余艘を記録している。その川舟は俗に「ヒラタ」と呼びならわされ、比良太、平太、艜などの漢字がもちいられている。五平太という男が石炭を発見したので石炭を「ゴヘイタ」、これを運ぶ舟を「ゴヘイタ舟」と呼びはじめたという巷説もあるが、これは藩の御用舟を「ゴヒラタ」と尊称したところから起ったこじつけであろう。

暗黒の地底で炭を掘る坑夫に劣らず、掘りだされた炭を一手にひき受けて輸送するヒラタ船頭の辛苦もまた非常なものであった。流れに乗っての下りはまだしも、凪《なぎ》や逆風で帆の使えない日の遡航《そこう》は、なまやさしい仕事ではなかったのである。骨までしみる冬の朝、舟を肩綱で曳きながらあえぎあえぎ川岸をのぼってゆく、まだほんの八つ九つの少年の一足ごとにふみしだく霜柱の音と、その燃えるような裸足の色が、いまでも忘れられなくて、と語る老人もある。

三

日夜、幾千艘の石炭舟の競いひしめく遠賀川は、腕と意気地を最大の誇りとする男たちにとって、この上なく聖なる「任俠の川」でもあった。

川舟船頭として遠賀川で男を磨き、一世の大親分と称せられた人物に、かつて日本一の石炭積出港であった若松の吉田磯吉がいる。おなじ若松港の石炭荷役業玉井組の若親分であった火野葦平の小説やその映画などでおなじみのとおりである。

金にあかせた赤銅《あかがね》御殿の栄華や、「筑紫の女王」と謳《うた》われた妻の燁子《あきこ》こと柳原白蓮《びゃくれん》と書生の宮崎龍介との恋愛事件などで世に騒がれた大正炭鉱の伊藤伝右衛門も、少年時代、父親の伝六と一緒に遠賀川を上り下りする川舟船頭であった。

そのほか中小炭鉱主にも小林勇平など、川舟船頭あがりが少なくない。この小林勇平、七つの年に家出して、木屋瀬の中島橋のたもとの川舟にもぐりこみ、ぐっすり眠っているところを船頭に見つけられたが、わが家へ戻る気にならず、頼みこんでその舟に雇うてもらい、十四、五の年には早くも一人前のヒラタ乗りであったという。真偽のほどはさだかではないが、「筑豊の御三家」の一つに数えられて権勢を誇った貝島太助と、この小林勇平の出会いについて、次のようなエピソードが語り伝えられている。

ある時、なにかの席で貝島太助が皆に向かって、「親とオナゴとはどちらが大切と思うか」とたずねた。皆はもちろん「親ほど大切なものはない」と答えた。勇平だけがただひとり、「オナゴのほうが大切だ」と主張した。なぜなら「好きなオナゴと駈落ちしたという話は聞くが、親と駈落ちをしたという話は聞いたことがない」というのである。太助は「面白い男じゃ」と惚れこみ、後年貝島炭鉱の納屋頭に据えたのが、そもそも小林勇平が世に出る始まりであったという話。

「川舟船頭のどこ見て惚れた、色は黒いが川筋育ち、ケンカ早いが情には脆《もろ》い、水にうつしたサラシベコ」と唄われた川舟船頭は、荒くれた坑夫の取締りには打ってつけの役であったのであろう。坑夫はそれこそ「日本内地に於ける生蛮とも云ふ可きもの」として忌み嫌われる時代ではあったが、一方、川舟船頭のほうは、川筋のいなせな若者たちの憧れの的であった。これは甚だ興味深いことだ。そこには炭鉱の納屋制度のような奴隷的な拘束はない。彼らの生まれ育った農村社会のように、一生うだつのあがらない、息のつまるような封建的なしがらみもない。ある意味では一匹狼のように自由な世界で、実力さえあれば、かなりの稼ぎがえられるという魅力が、争って彼らを川舟へと走らせたのであろうか。

いずれにしても、恐怖にみちた新興の炭山と、疲弊の底に沈下してゆく村との間に挟まれ、二者択一をせまられる、川筋の若い農民たちにとって、第三の道は遠賀川しかなく、遠賀川だけが自由への道のように思われたことだけは確かであろう。

気が弱くて川舟乗りになるのをためらう者があれば、「百姓どもしよったちゃ、嫁女の来手はなかぞ」と、おどされたものであるという。また、「赤べコかいた嫁女がほしけりゃヒラタに乗れ」といわれたともいう。当時川筋の女性で、赤い色の、それもネルの腰巻をつけているのは、川舟船頭の女房だけであったのである。いままで見たこともない赤い柔らかな腰巻を垣間見た農村の若者たちの興奮は、いやが上にも川舟船頭への夢をかきたてたことであろう。

河口の芦屋に次いで、もっとも川舟船頭の多かった木屋瀬に、高津亀吉という有名な船頭がいたそうであるが、この亀吉船頭さん、なんと新婚旅行で日本一周をして、村中をびっくり仰天させたという話である。なにしろ新婚旅行など、村中で誰ひとり、したこともなければ、見たこともない時代である。しかも東京見物にいった人間さえまれな時に、北海道まで見てまわったというのだから、村人こぞってたまげあがったのも無理はない。いよいよもって、遠賀川の水はオホーツク海に通ず、というわけである。

四

こんなふうにいえば、それまた川筋一流のハッタリが始まった、と思う人もあろう。なるほど、川舟船頭の「水にうつしたサラシベコ」と並んで、「大風呂敷」もまた、いかにも川筋流の風物詩にちがいない。惚れた相手を楽しませ、笑わせるためには、どんな苦労もいとわない、というのが川筋の人情である。

私の親しい〝ふんどし〟香月の農民の語るところによれば、川筋の夕立の男らしい折目正しさは、到底「馬の背を降りわける」というような、なまやさしいものではないらしい。田の草取りをしている時に夕立が来ると、雨の降るほうに手をさしだして泥を洗い落し、日の照るほうでその手を乾かす、という話であった。遠賀川の水がオホーツク海に通じていたところで、驚くほどのことはない。

嘘だと思う人があれば、遠賀川をさかのぼって、嘉麻峠を目指してゆくがよい。飯塚から稲築《いなつき》を通り、なおも遠賀川の源流・嘉麻川ぞいに上ってゆくと、やがて古びた街並みの大隈にたどりつく。街辻には「又兵衛饅頭」の看板が目立つ。戦国乱世の豪傑・後藤又兵衛の居城があったところからの命名である。この大隈の街筋を通りぬけると、嘉麻の清流をへだてて西の方に、「ひとくわぼり」で名高い上西郷《かみさいごう》の里がひらける。

昔、この上西郷は、「可愛い嫁ごを乾し殺す」と唱われたほど、水利のない、旱魃《かんばつ》地であった。なにとぞ嘉麻川の水を分けてくだされと嘆願したが、黒田藩は聴きいれてくれない。やっと出たのが、「一鍬《ひとくわ》だけなら許してつかわそう」という、血も涙もない言葉であった。しかし、ショージンという男が見事に一鍬で川を掘りぬいて村人を救う。一鍬という制限はあったが、鍬の大きさに制限はなかった。そこでショージンは、とてつもない大鍬を作って、土手を打ちぬいたという。

そのショージンを祭った丘を右手に眺めながら上大隈に到ると、街道のすぐ左に小さな神社がある。苔むした鳥居の額には「鮭大明神」と刻まれた文字が読まれる。産卵期になると、はるばるこのあたりまで上ってくる鮭を、神の使いとして祭ってあるのだという。社の棟札には「龍宮使」と記されていたといわれる。鮭が埋められている神域の碑文には「海神使」の文字が見える。縁起を述べた古文書には、このまぼろしの神魚が「恙《つつが》ナク上リ来レハ其年必豊穣ナリ若《もし》途中ニテ是ヲ捕ヘ食スレハ必災ニ遇フト云」と記されている。

この神聖な魚が、遠賀川の流れをさかのぼらなくなって既に久しい。炭鉱が洗炭水を川に流しはじめて以来、ぱったり姿を見せなくなったという。それからもう六十年以上の歳月が経過する。しかし、この「鮭大明神」の氏子一同は、いまなお敬虔《けいけん》に掟を守りつづけ、鮭だけはぜったい口にしない。老人ばかりではなく、若い世代もそうである。氏子組頭の大里司氏の話によれば、歳暮などで他所から鮭の荒巻が届くと、まずまっさきに「大明神」に供えてお祭りし、贈り主には悪いが氏子以外の人にまわしているということである。

ともあれ、六十年ばかり前までは、確かに遠賀川の水はオホーツク海に通じていたのである。はるばる北海道まで新婚旅行をした亀吉船頭は、ひょっとしたら遠賀川に生きる人間の代表として、鮭大明神への答礼とシャレこんだのかもしれない。なにしろ、亀吉さんは大変シャレ気の多い男であったらしい。

その最たるものの一つに、川舟を操る竹棹の頭の蒐集《しゅうしゅう》がある。しかもそのやり口がふるっている。舟を勢よく走らせながら、対行する舟に舷側《げんそく》すれすれに近づけるやいなや、すれちがいざまに向うの棹を撥ねあげる。撥ねあげた棹は、百発百中、一本の狂いもなく彼の舟にとびこんだという。奪い取ったその棹を肩に、意気揚々と家に戻ると、彼は持主の名を彫った頭の部分だけを切り取って愛蔵する。その亀吉さん自慢の棹の頭が、カマス袋いっぱいあったという。なんともはや大変な妙技というほかはない。

五

さてそろそろ、川舟船頭列伝も大関クラスに移るとしよう。もちろん「数千の川艜《かわひらた》矢のごとくつらなる」と称された遠賀川の船頭衆である。いずれ劣らぬ一騎当千の荒武者ぞろいで甲乙はつけがたい。いまならさしずめ、東名高速道路をいのちがけでつっ走るダンプカーの運転手というところであろうが、流れる川面だけに競り合いはいっそう激甚であった。制限速度があるわけでもなければ、パトカーが目を光らせているわけでもない。吉田磯吉の伝記にも述べられているように「舟の縁がさはつたとか、後から来て追ひ越したとか言ふ場合に仁義をしなかつた事から、随所に船頭どもの争闘が始まつて、血腥《ちなまぐさ》い出入は、殆んど毎日のやうにあつた」とのこと。従って、よほど人並みすぐれた腕と度胸がなければ、それこそ一日もつとまる仕事ではなかったのである。

が、この一騎当千の荒武者の中でも、ひときわ目立つ大兵《たいひょう》の若者があった。体も大きければ、力も強い。おまけに途方もなく酒が強い。さらにもう一つおまけがついて、めっぽう、ケンカが強い、となると、まるでこの川の上流に住んでいた「ひとくわぼり」のショージンさんと、大隅城主の後藤又兵衛とが、生まれ変って一つになったような男である。名を十郎といった。

この十郎さん、ある日、舟を川端にとめて一杯ひっかけた。なにしろ三度のめしより酒の好きなうえに、ケタはずれの酒豪であるから、一杯や二杯では腹の虫が治まらない。大盃を重ねたのはよいが、そのうち、ささいなことからケンカをおっぱじめた。巡査が駈けつけて取りおさえようとしたが、むろん、そこいらのコッパ巡査の手におえるような相手ではない。当時の巡査は、明治維新になって失業したチンピラ侍くずれが多く、それなりに武芸の心得のある者も少なくなかったそうであるが、この十郎さんにとっては、朝めしまえの草むしりのようなものであった。とびかかってくるをさいわい、取っては投げ、ひねっては投げ、片っぱしから川の中へ投げこんでしまった。

あきれかえった巡査の一人が「おまえのような強いやつは見たことがない。川舟の船頭など勿体ない。角力《すもう》取りになれ」といったそうである。この巡査、なかなか人を見る目が高かったというべきだろう。十郎さんは一九一一年、二十二歳で出羽ノ海部屋に入門し、一九一八年には、栃木山の後を襲って大関に昇った。初代九州山十郎である。

一時は打倒太刀山の有力候補として期待されたが、さすがの大関も酒と疾病《しっぺい》にだけは勝てず、惜しくも一九二一年五月場所限りで引退した。『木屋瀬町誌』には「浴びるほどの豪酒が祟《たた》り、腎臓を病み、大関二場所にて陥落」と記録されている。

「やっぱり十郎さんな、川筋男の花ばい。ほんにいさぎよか！」と、川筋の老人たちは妙な感心ぶりである。なお『木屋瀬町誌』には、九州山は鞍手郡出身と書かれているが、同町の郷土史家・梅本茂喜氏によれば、正しくは遠賀郡出身であるとのこと。

ところで、大関九州山十郎にもまして川筋男の勇名をとどろかせたのは、なんといっても筑後屋の応助さんであろう。ときあたかも応助青年の兵隊時代に、日露戦争の火ぶたが切られた。応助さんも勇躍出征、たまたま朝鮮と中国との境を流れる鴨緑江《おうりょっこう》の渡河作戦に参加した。なにしろ滔々《とうとう》たる大河だ。渡河は困難をきわめた。

この時、「エーイ、ものども、川筋男の腕を見よ！」と大音声《おんじょう》に呼ばわるやいなや、まっさきにこの大河を乗り切ったのが、ほかならぬ応助さんであった。その功績によって石橋応助一等卒は、たちまち二階級特進して伍長に任じられ、金鵄《きんし》勲章功六級を授けられたという。こうなればオホーツク海どころではない。まさに遠賀川の水は鴨緑江に通ず、という次第である。

鴨緑江の一番乗りで遠賀川筋を驚喜させた応助さんは、後に川舟船頭をやめて人力車夫や飲食店などして暮したが、地元の小学校の卒業式にはかならず来賓として招かれ、功六級金鵄勲章を胸に輝かせていた。一九四〇年、六十四歳をもって病歿した。戒名も、その勲功を記念して「顕功院釈正応居士」という。

六

思い出すままに、ながながと川舟船頭衆の話を並べたが、続ければきりがない。このへんで打止めとしよう。ただ、誤解のないように一言ことわっておきたい。私がこんな話をもちだしたのは、これまで紹介した幾人かの船頭衆が、いわゆる川筋男の典型であるということを強調しようとしてではない。要するにただ、こんな人たちの思い出話が、いまも川筋の住人たちから愛されており、折にふれて面白おかしく語り合われている。そのことを知ってもらいたかっただけである。

人々の話をきいていると、応助さんや亀吉さんたちが、まるで彼ら自身の父親であるかのように思われるほどだ。そしてそんな時に私は、話の主人公以上に濃密な川筋的な気質を、彼らの中に感じるのである。

一口に「川筋気質」といっても、むろんその解釈は十人十色である。甲が「馬鹿正直で青竹を割ったような気性」を強調すれば、乙は「オッチョコチョイで口さきばかりのハッタリ」を非難する。丙が「いのち知らずの男らしさ」を主張すれば、丁は「強い者に卑屈、弱い者につけこむ無頼根性」を指弾するといった具合であるが、いずれにしてもかなり任侠的な色彩が強いという点だけは、ほとんど例外なく認めているようである。流域の各郷土史誌の論調もやはり大同小異だ。ここではその一例として『芦屋町誌』を見てみよう。この町は、川舟による石炭輸送の最盛期、遠賀川に浮かぶ七千余艘の川舟のほぼ六割を占めており、もっとも川筋的風土性の強い土地柄であったといわれている。

同町誌は、遠賀川筋に生まれた任侠風の気質が、「川筋気質」である、と規定する。そしてこの独特な地域社会的生活を、頼まれたことはいやといわず犠牲になって働くといった「親分肌」、気は荒いが淡泊な気性、義理人情に生き義侠心には富んでいるが、「何ンちかんち言いなんな、理屈はなかたい」というふうに、理屈よりも先に行動で示す言論無用、腕でこい、の世界——と説いている。

確かに「なんちかんち言いなんな、腕できない!」というセリフは、川筋住民のもっとも愛用する武器の一つであり、良くも悪くも川筋気質なるものの特徴的な一面を、端的に示しているように思われる。と同時にまた、これほど甚だしい誤解を受けてきた言葉もあるまい、残念ながらこの言葉は、とかく「問答無用の暴力主義」というふうに受けとられがちであったのである。

しかし私の見るところでは、この川筋に生きる人々は、けっして言論嫌いではない。ただ、言葉のための言葉、筋の通らない屁理屈をこねまわすのを、極度に嫌うだけだ。私は坑夫時代に世話になっていた家の老婆が、よく口にしていた言葉を思い出す。

「リクツとケツの巣は、一つぞ。お姫さままでも屁は臭い」

あくまでも筋を通す。通したがる。筋を通すためには、言葉でだめなら、暴力もあえて辞せず、筋の通らないことには、殺されても屈服しない。それが、「なんちかんち言いなんな、腕できない!」という川筋気質の本領のように思われる。その是非善悪はまた、おのずから別の問題であろう。

ともあれ、人々は遠賀川に浮かぶ一片のちぎれ雲の影を愛するように、川筋気質を愛してきた。それは任侠風への愛というより、そのような気風を通して表現される、もっとも人間的なもの——というよりむしろ、我ながら愛想がつきるほど人間くさい愚かしさ、に対する共感であったかもしれない。

七

はじめて筑豊炭田を訪れる人々は、行けどもつきぬその広さに驚くとともに、いつもたえず遠賀川が行手に横たわっているのに驚く。

そのとおりだ。足の向くまま、鼻の向くまま、あてもなくさまよい歩いてみるがよい。もうずいぶん遠く遠賀川から離れたと思いながら進んでゆくと、いつのまにやら、ふたたび遠賀川の土手を歩いており、人間以上に人間くさい顔をした川面が、このアホウ、また舞い戻ってきたか、といいたげに迎えてくれる。

まったく、遠賀川は川筋の人間にとって、孫悟空の暴れまわったほとけさまのたなごころのようなものだ。

それと同じように、川筋の住人たちの話もやはり、いつも遠賀川から始まり、いつのまにか遠賀川に戻ってゆく。そしてどれもこれも、あまりにバカバカしくて泣きたくなるほど人間くさい話ばかりだ。そんな話の一つに、堀川の開削《かいさく》工事にまつわる、正助さんという男の話がある。

この堀川は、中間市街の南端のあたりで遠賀川の本流と分かれて北へ、筑豊本線ぞいに水巻《みずまき》町を経て折尾《おりお》に至り、さらに鹿児島本線ぞいに東進して奥洞海にそそぐ、長さ一〇・一キロの人工運河である。いまは微紛炭が堆積して見るかげもないドブ川と化しているが、つい五十年ばかり前までは、美しく底砂のきらめく清流であったという。「うかつに小便でもまり込みよろうもんなら、川舟の船頭さんからどなりあげられよった」と沿岸の老人たちは懐かしむ。往来する幾千の水上生活者たちは、この水で米をとぎ、鍋釜を洗ったのである。

中間・水巻・折尾の街並みは、この堀川ぞいに形成され発展した。素寒貧《すかんぴん》の坑夫や農民と違って、金まわりもよければ気っぷもよい船頭衆は、商店や料亭にとって最高の顧客であった。男を売ろうとはやる血気の若者たちの修羅のちまたも、この堀川端であった。

「朝になると、殺された船頭さんが転がっちょる。船頭ちゅうこた、一目でわかる。糸で桔梗《ききょう》やら何やらの花模様を刺した、ドンザちゅうもんを着ちょるけん。すると、すぐに船頭連中が戸板を担《かた》げてやってくる。みんな片手に線香をもって。そうしてどこかへ運んでいきよった。勝手に動かすと、警察がやかましい。けんど、そげなこた、おかまいなしたい。ほんに川舟船頭ほど、情に厚い人間はねえばい」と語る老人もあった。

この堀川の開削工事が、藩主黒田長政の命令で開始されたのは元和《げんな》七年（一六二一）である。しばしば大洪水をくり返す遠賀川の水量を調節し、あわせて御用米舟を直接に洞海湾へ出そうというのが目的であった。しかし二年後に長政が死去したため工事は百余年間中断され、漸く完成にこぎつけたのは宝暦《ほうれき》十二年（一七六二）である。最大の難関は、水巻町御輪地《おわち》から折尾に抜ける車返《くるまがえし》の堅牢な岩山であった。あまりの難工事に疲れはてた徴用人夫たちが、ホッと一息つけるのは、わずかに用便の間だけだったという。哀れな徴用人夫の一人、正助さんの話は、そんなところから始まる。川筋の老人たちは手ぶり身ぶりをまじえて、

――正助さんが糞まりにいきなったげな。長え長え時間ばかけち、そろーり、そろーり、まりなったげな。それでもやっぱり、立ちあがって戻る気色のせん。それでそのまま、ゆっくり、ゆっくり、しゃがみこんでござったげな。そのうちに、糞がからからに乾いてしもうたげな。それでもやっぱり、立ちあがる気のせん。とうとう取締りの役人のやつが、怪しいと思うち、やってきたげな。見ると、正助さんな、またぐらの間に手ばさしこんで、なにやらしきりにいじってござったげな。役人が近づいて見て、たまがったげな。正助さんな、乾いた糞の皮を、そろり、そろーり、はがしてござったげな。

崩されてゆくボタ山を見るたびに、私は正助さんの「糞の皮はぎ」話を思い出す。

八

冗談はさておき、遠賀川と並んで筑豊炭田の代表的な風物として親しまれたボタ山が、次々におし崩され、姿を消してゆくのは、なんともさびしいかぎりだ。それでもまだ住友忠隈炭鉱のボタ山など、幾つかの巨大なボタ山が、日に日に老残のしわを深めながらも生きのびている。その姿を見ると、つい「頑張れよ」と声をかけたくなるのも、川筋に生き残った者の人情の自然であろうか。

かつてこの忠隈のボタ山を王冠のように戴いて〝炭都〟を誇った飯塚を始め、川筋の諸都市の変貌もいちじるしい。中心街にはスマートなビルディングが立ち並び、つい昨日までの薄汚れた炭鉱町の面影はない。それこそ、〝変身〟というほかはないほどだ。旅人たちはその変身ぶりにあきれるとともに、「こんなにぎやかな町が幾つもありながら、盛り場にヌード劇場一つ見あたらないのはどうしたわけだろう?」といぶかる。

そういわれてみれば、なるほど、この川筋には五つの市、それに北九州市に合併された香月・木屋瀬を加えれば六つの市部があるわけだが、それらしき小屋は皆無である。不思議といえば不思議な現象かもしれないが、川筋住民の答えは単純明快だ。

「あげなフータラぬりいもん、高え銭出して見にいくバカがおるもんな」

これでは成り立たないはずだ。「フータラぬりい」とは「まだるっこい」という意味の方言である。流行のポルノ映画も、やはり同様の理由でさっぱりらしい。ここで受けるのは、なんといっても藤純子と川筋出身の高倉健主演のヤクザ映画、それも〝雁《かり》が鳴く〟遠賀川原の血闘を売り物にする作品であるとのこと。都市の外観や道路だけは近代化しても、黒ダイヤ景気にわきかえった明治以来の〝西部の町〟の任俠の血は、いまも騒いでいるのであろうか。

「切ったはったの川筋の警察医として満十年、千体の死体を解剖した飯塚市御幸《みゆき》町地検飯塚支部嘱託関口正郎氏（五一）は、近く〝解剖千体祭り〟を自宅で行なう」という朝日新聞筑豊版の記事が、さすが物に動じない川筋住民をギョッとさせたのは、一九五〇年の春のことである。それから既に二十二年の歳月が過ぎるが、関口医師は老いてますます壮健であった。

関口氏が警察医・裁判医として、過去三十年間に執刀した解剖死体数は二千にのぼっている。一人の町医者としては、おそらく全国的にも珍しいケースであろう。一日に三体解剖したこともあったという。しかし関口医師の指摘によれば、彼の担当量よりも、筑豊地区における殺人事件の発生件数が、人口と比較して見た場合、他の地区より圧倒的な高率を示している事実が注目されるという。

その原因として、第一に、住民の気性が荒く単純であること、第二に、殺さなくてもすむものをすぐ殺すこと、第三に、凶器の所持者が多いこと、第四に、特に暴力団のボス同士の争いにみられるように、仕掛ければ仕返し、仕返されればまた仕返す、というふうに争いが執拗に反復されること、などが挙げられるという話であった。

そんなわけで遠賀川流域を東奔西走することのみ多く、「本日休診」の日がつづく。おかげで本職の外科医院のほうは、さびれるいっぽうであった。そのはずだ。盲腸患者だって寄りつきはしない。事実、外科病院はどこも押すな押すなの大混雑の今日、この関口医院ばかりは閑古鳥の鳴く静けさ。それも、遠賀川をへだてて眼前に忠隈炭鉱のボタ山のそびえる、川筋一番の繁華街に位置しながらである。関口医師もまた、鉱害の最大の犠牲者の一人であるといってよかろうか。

それにしても、そんなバカらしい警察医をなぜ三十年もお続けなされた、とぶしつけな質問をすれば、みんな敬遠して引受け手がなかったからだ、と申される。関口先生の川筋気質の骨も、なかなかどうして堅いと診断した。

九

川筋の石炭積出しを一手に担った港・若松に生まれ、石炭仲仕の親分であった火野葦平は、誰にも劣らず遠賀川を愛した男の一人であった。川筋気質の血は、良くも悪《あ》しくも彼の肉体と文学とをつらぬいて色濃く流れている。川筋に生きる人間の義理と人情の世界をえがいた『燃える河』は、そのまま彼の遠賀川にささげる讃歌であると同時に、滅びゆく川筋気質への哀切な郷愁であったといえよう。彼はこう詠嘆している。

「――遠賀川。／この川の流域で、生まれ育った者にとって、いつか、遠賀川は、慈母のような、暖かくて強い愛著《あいちゃく》を、その胸に植えつける。それは、愛から一つの信仰のようにすらなる。川から生まれて、川に帰る――その宿命のなかで、人々は、その精神をも、生長させて来たといってもよいのであった。／したがって、／――遠賀川は、おれたちの命の川、生きるも死ぬるも、遠賀川で。／不識《しらず》の間に、芽ばえて来たこの観念は、川筋の人たちの骨となり、血となっていることは、疑えなかった。」

他国の人たちには、いささか不自然な誇張と思われるにちがいない。しかし、言葉は甘すぎるにせよ、虚妄ではない。確かに遠賀川は、川筋に生まれて死ぬ者たちにとって「一つの信仰のようにすらなる」――なにかそんな存在である。死んだら骨は遠賀川に撒《ま》き散らしてくれと遺言するのは、けっして葦平の小説の主人公ばかりではない。現実にそう遺言している人を、私も知っている。

ただ、私は「慈母のような」という形容にためらいを覚える。心情はそれなりに理解できるが、なおかつ私は「母なる遠賀川」というような言葉をきいた時と同じような戸惑いが感じられてならない。ほかはともかく、葦平はその一点において安易に過ぎたのではあるまいか。果たしてそれでよいのか。

奇しくもこれと酷似した表現が『筑前立屋敷遺跡調査報告』に見える。「遠賀川式土器」の名によって知られるように、この川の流域はわが国弥生《やよい》文化の発祥の地であり、大陸よりの移住民族によってもたらされた水稲を主作物とする農耕生産が、もっとも早くわが国土に定着したのはこの川のほとりであるといわれるが、その実証の端緒となったのが、遠賀郡水巻町の立屋敷遺跡である。この記念すべき遺跡調査の報告者・杉原荘介は、遠賀川の役割を重視して、次のように述べている。「立屋敷遺跡人にとって遠賀川は彼らの農耕生活に於ける母の慈愛であった。」

私は、ここに用いられている「母の慈愛」という表現を、ごく素直に受け入れることができる。もっと拡大して「遠賀川は古代日本文化に於ける母の慈愛であった」というふうに書かれていたとしても、それほど戸惑いは覚えないだろう。にもかかわらず「慈母のような」という葦平の表現にかぎって、ある異和感を覚えるのはなぜであろうか。

ほかでもない。いみじくも葦平が名づけたように「燃える河」となってこのかた、遠賀川は、この川筋に生き死にする者たちにとって、もはや「慈母のような」というような月並みの言葉をもっては到底表現できない、もっと激しく狂おしい、絶望的な渇きにみちた愛着そのものであったはずだからである。むしろそれは、年老いた、ひとりぼっちの渡り坑夫の手首に刻みこまれた入墨の「××命」という、愛する人の名の燐光にも似て「命の川」であったのではあるまいか。

祖父母の代から住みなれたヤマをあとに、あすは遠く千葉へ移住してゆこうとする一人の離職者とともに、遠賀川の土手を歩いた時のことが思い出される。彼はぎらぎら燃えるような眼で川面を見据えながらつぶやいた。

「なんも持っていくもんはなか。持っていこうとも思わん。ただ、持っていけるもんなら、こいつだけは持っていきたかと思うばい」

遠賀川はそんな川である。

十

石炭の採掘が長期かつ大規模であっただけに、遠賀川流域一帯の鉱害は激甚である。こころみに、筑豊炭田が戦後最高の出炭量を記録した一九五一年度の鉱害農地面積の統計を見てみよう。

当時、川筋における最大の農業地帯である遠賀・鞍手・嘉穂・田川の四郡の耕地面積はおよそ一万七千町歩であるが、鉱害面積は約八千二百町歩にのぼっている。そのうち、陥落の被害が約六千町歩、鉱毒水による被害が約一千七百町歩。鉱毒水被害田は遠賀郡が圧倒的に多くて一千三百町歩を占め、鞍手郡がこれにつぐ。

いまは鉱害復旧工事で埋めたてられ、様相を一変しつつあるが、私が遠賀郡水巻町の高松炭鉱第一坑で働いていたころまでは、この水巻町一帯は、それこそ見渡すかぎり、満々と鉱毒水をたたえた陥落農地であった。その不気味な死のたたずまいは、二十余年後の今日もなお、私の眼に焼きついて消えることはない。それはまったく、この地が「豊葦原《とよあしはら》の瑞穂《みずほ》の国」の祖型となった水稲栽培の定着地であり、長らく筑後川流域と並んで九州最大の穀倉であったなどとは、誰も信じがたいほど荒涼たる「豊葦原の鉱毒の国」であった。

家も田も日夜沈んでゆき、生い茂るのは葦ばかりだ。遠賀川も例外ではありえない。火野葦平のいう「燃える河」は、同時にまた典型的な「沈む川」でもあった。建設省遠賀川工事事務所の記録によれば、一九六〇年末の調査結果では、堤防総延長の約四〇％が鉱害沈下、ひどい所では一年間に一メートルの沈下を生じたことさえあるという。流水の汚濁もまた甚だしい。石炭のカロリーをあげるために洗炭が行われはじめて以来、その汚水はすべて遠賀川に棄てられてきた。規模としては全国で七十番代の中小河川でありながら、その水質汚染度は五指に数えられるという。一九六〇年秋の悲惨な豊州炭鉱水没災害に見られるように恐るべき河床の陥没もある。

まさに満身創痍《そうい》の川である。しかもなお川筋の住民は、この、よごれによごれ、疲れに疲れ、傷だらけになりつつも悪戦苦闘をやめない遠賀川を、心底から愛してやまない。人々は、そこに、なりふりも忘れて生活のために闘ってきた、貧しい人間のいのちの流れそのものを見るのである。ほかの何者でもない、自分自身の姿を見るのである。

いま手もとに原本がないので正確は期しがたいが、頭山満《とうやま》の伝記の中に、誰かが頭山を評して、「ひきぬき魔羅」といったという話があったと記憶する。あるいは逆に、頭山のほうが誰かを評しての言葉であったかもしれないが、その心は「萎えてもおらず、シャンとしてもおらず」ということであった。遠賀川もそんな川である。

どれほど多くの人々が、この一世紀の間、もっとも人間的なものへの渇きにあえぎながら、この川辺を流亡したことであろう。しかもなおかつ、どんなに多くの人々が、もっとも非人間的な痛苦にさいなまれながら、この川辺でいのち絶えていったことであろう。日本人ばかりではない。朝鮮人や中国人もそうである。朝日新聞の報じるところによれば、この川筋の寺々には、いまなお身元不明の朝鮮人労務者の遺骨が、五百体近くも放置されているという。脱走した中国人労務者の白骨死体が、山中で発見されたこともあった。

考古学者はこの遠賀川流域を、古代におけるわが国と大陸との文化交流の「前哨基地」として重視するが、同時にまた明治以降、近くは一九五〇年の朝鮮戦争当時まで、隣邦諸民族に対する、もっとも恐るべき「圧殺の基地」であったことを忘れてはなるまい。

この凄惨な川筋に、いままた、二カ所もの自衛隊基地が置かれていることほど、悲しむべき現実はない。

遠賀川こそは「人間の川」であってほしい。この川の流れるかぎり、二度とふたたび、非人間的なものをいっさい寄せつけない川筋であってほしい。

筋はあくまで通さなければならぬ。それが川筋気質というものである。

わがドロッキストへの道

思いもかけず今年の元旦は、世界に冠たる日本の〝死都〟〝穢土《えど》〟は丸の内の路上で迎えることがかない、大内山に昇る初日の出を拝す光栄に恵まれた。〝醜《しこ》の御楯《みたて》〟の齢《よわい》五十にして初めて与えられた、その大いなる感激を古歌になぞらえ、「御民われ生けるしるしありあめつちのほろぶるときにあえらく思えば」と頌したゆえんである。

筑豊の闇をすみかとしてこのかた、年々歳々、正体なきまでに酔いしれては、廃鉱の寺々の鐘をつき歩いて古き年を送り、さてまたその足で廃村の神前に柏手を打ってあらたまの年を迎えるをならいとしてきた私にとっては、まことに稀有のめぐりあわせといわなければなるまい。

それというのも、川本輝夫さんたち「自主交渉派」水俣病患者に対する、チッソ会社のあまりにも鬼畜じみた仕打ちを見て痛憤やるかたなく、おおみそかの夕刻から、私なりの「怨」の一念をこめるべく、ハンガーストライキを始めたからである。

しんしんと骨のずいまで冷えこむチッソ本社前の歩道に座して、石牟礼道子、原田奈翁雄と三人、折しも銀座上空に昇りきった満月を仰ぎながら、除夜の鐘ならぬ、東京港の船舶が一斉に吹き鳴らす除夜の汽笛のとどろきを、まさしく「あめつちのほろぶるとき」の民草の怨念のうめきとも聴いたのは、つい昨日のような気がしてならない。

非力な路傍の民の「怨」の一念に発した行動とはいえ、結果的には何らの成果もなく、いたずらに多くのひとびとに迷惑をかけたばかりである。水俣病患者の皆さんはもちろんのこと、「告発する会」の皆さんの悪戦苦闘にくらべれば、それこそ児戯に類する行為で慚愧《ざんき》にたえない。

「上野がハンスト？　バカな！　おおかた銀座あたりで飲みすぎて、腰が立たなくなったにちがわん」と笑った人もいるそうだが、じっさい、五十歩百歩の違いにすぎない。思想堅固な旧友の一人に至っては、「おまえもついにトロツキストになりさがったな！」と面罵した。私は前者のユーモアを愛する。しかし、後者の批判ばかりは、到底聴きのがすわけにはいかなかった。私は次のように言い返した。

「言葉は厳密に使ってほしいものだ。お気の毒だが、おれはトロツキストなどという、なまやさしい人種ではないぞ。よく覚えておいてくれ。おれはドロツキストというんだ！」

むろん、これは、売り言葉に買い言葉の語呂あわせにすぎない。しかし、ふり返ってみれば、ひたすら泥まみれの生き恥をさらしてきた私にふさわしい醜名《しこな》であるような気がしないでもない。

伝え聞くところによれば、いつのまにか私ごときまで、いわゆる「土着派」というようなレッテルを張られているらしい。はなはだ光栄ではあるが、商標の張り違えである。土着という言葉は、あくまでもどっしりと大地をふまえ、地中ふかく思想の根をおろした人間にこそふさわしい。さながらみみずのごとく、いたずらに泥の中を這いずり、泥まみれになってのたうちまわっている私など、土着派どころか、要するに筑豊のドロツキスト以外の何者でもありはしない。

それにしても早いものである。今年が暮れると、それこそドロッキストとしての第一歩を私が筑豊でふみだした日から、まる二十五年の歳月が過ぎ去ったことになる。そして同時に、私の人生のまる二分の一を筑豊に埋めたことになる。まだ二十五年にしかならないのに、もう二十五年もたってしまったという思いのみ、いまは痛切である。

一足の地下足袋を買うために、幾日間も足を棒にして、焼けただれた博多の街の闇市を歩きまわったのも、ちょうど二十五年前のいまごろであった。私の探し求める品物はどこにもなかった。やっと大浜の闇市で、私は白いズック靴を見つけた。が、それほど苦心して手に入れた貴重品も、まったく役に立たなかった。つきたての餅のように粘りつく坑道の泥が、一足ごとに私の足から靴を奪い取った。翌日から私は、おなじ寮の先輩たちにならって、ワラジをはくことにした。

あこがれの地下足袋の支給をはじめて受けたのは、大手炭坑に移ってからである。しかしそこでも、次の新品の配給を受けるためには、はき古した地下足袋のゴム底が必要であった。それを手に入れるために、どれほどゴミ捨場などあさりまわったことだろう。いまは人影ひとつない廃鉱の坑夫長屋に置き棄てられた地下足袋を見るにつけても、そんなことなど思い出しながら、離散して行方も知れない友たちを恋うる日々のみかさなる。

そんな私にとって、チッソ本社前でのハンストの数日は、それこそゆめのような時間となった。元旦そうそう、つぎつぎに駆けつけてくれたのは、二十五年前の鉱員寮の炊事婦であった人や、当時はまだ二十歳前後の若い労働者たちであった。誰もみな、もし私がそのような路傍でハンストをしていなかったとすれば、おそらく二度とふたたびめぐり会う機会もありえず、消息もつかめなかったであろう人たちばかりだ。私は歓喜のあまり、このような機会を与えてくれたチッソ会社に感謝せずにはいられないほどであった。もちろんその喜びは、私にとって単なる奇遇の喜びというより、もっと深い、もっと熱いものであった。

それにしても、まさかこのような時、このような所で再会できようとは！　まったく思いもかけないことであった。しかし考えてみれば、いまは幾十万の地底の民が、路傍にうち棄てられ、流亡に流亡をかさねている時である。してみれば、黒い「怨」旗たなびく日本資本主義の巨大な〝墓地〟ともいうべき丸の内の路傍こそ、他のどこよりもふさわしい再会の場ではなかったかと思う。

ひときわ激しく流離の渦巻きが筑豊をおおっていた一九六四年の春である。私たち一家もまた、その黒い渦に吸いこまれるようにして、筑豊のかたほとりの、小さな、死にたえたような廃鉱部落に引っ越してきた。

私をおしとどめて「少しは子どもの将来を考えてやるものだ。選りに選って、あんなひどい所に住みつくなんて。おまえは、わが子が可哀そうとは思わないのか」と熱心に忠告してくれる友人もあった。私は彼らの友情を謝しつつも、「もしそれで駄目になるような子なら、いっそのこと、早く駄目になったほうがよいではないか。いつまでも子どもの将来に幻想をもたずにすむ。親子ともに気楽ではないか。それになにより、あんな所で成長すれば、少なくとも日本の未来に対してだけは、決して幻想を持たない人間になるだろう。子どもの将来を考えないからではない。誰よりも真剣に考えればこそ、決心したことだ」と反論し、私が冷酷非情な親どころか、日本一熱烈な〝教育パパ〟たるゆえんを強調した。

友人連中は、やれやれ救いがたいという表情で沈黙してしまったが、これはかならずしも私のへらず口ではない。負け惜しみでもない。とにもかくにも二十五年間、私は日本資本主義の生みだした最大の生き地獄ともいうべき、筑豊の地にしがみついて生きてきた。その私が、もしわが子に残してやれる遺産があるとすれば、それは、この悲惨をわが子の魂に焼きつけておいてやることであり、それ以外になに一つありはしないのだ。それでもなお、彼がこの国の未来に幻想を持ちつづけるとすれば、白痴か、狂人を生み落としたものと諦めるほかはあるまい。

それはともあれ、私は決してダテや酔狂でこの廃鉱にころがりこんだのではない。あるいはまた、これという使命感や目的意識があって、とびこんだわけでもない。私はただ、私のゆきつくところにゆきついただけのことだと思っている。そして私の心は、やっとここまでたどりついたという気持と、やっぱりここにきてしまったという気持との間を、ゆきつ戻りつしている。いずれにせよ、ただひたすら光明を求めて暗黒の坑道をさまよい歩いて這い出した所が、ここであったということであろうか。

この廃鉱に住みついてこのかた、私はいまさらながら、筑豊の悲惨のすさまじさに圧倒されつづけている。まったくみごとに破壊したものだと、日々あきれかえるばかりだ。人も土地も、いたずらに荒廃の影のみ深まってゆく。そんな光景を見るたびに私は、生涯を足尾鉱毒事件の糾弾にささげた田中正造の、次のような言葉を思い起こさずにはいられない。

「ウカと見れば普通の原野なり。涙を以て見れば地獄の餓鬼のみ。気力を以て見れば竹槍。臆病を以て見れば疾病《しっぺい》のみ」

彼が明治天皇への直訴を三日後にひかえた一九〇一年十二月七日、甥の原田定助ほかにあてた書簡の一節であるが、これはそっくりそのまま、七十一年後の筑豊の現実についてもあてはまる言葉だ。というより、まさしく今日ただいまの筑豊そのものだ。

たしかに田中正造の説くごとく「ウカと見」るか「涙を以て見」るか、「気力を以て見」るか、「臆病を以て見」るか、四つに一つしか途《みち》はないのである。そしてそのいずれかによって、たちまち世界は一変してしまうのである。

破壊の暴力が強大であればあるほど「臆病」や「涙」によって、視座を曇らせてはならない。ますます「気力を以て」とぎすまさなければならぬ。いまの私になにより必要なものは、この凄惨な地獄の底の底まで見抜き、早くも七十有余年前に田中正造が見据えたごとく、たじろぐことなく「亡国」を見据える眼力であろう。この二十五年間の筑豊の生活が私に教えてくれたものは、しょせん、この一事であったのではないか。いまこそ、私は傲然とありたい。

「とうとう、日本という国には縁がなかったたいなあ……」

こう私に言い遺して、飄然《ひょうぜん》と南米移民となって鹿島立ちした一人の炭鉱離職者の声のみが、いまはひときわ私の心に親しい。この廃墟にうち棄てられた人々の多くがそうであるように、彼もまた、営々と三代にわたって、この国の火床を支えてきた坑夫の一人であった。いま、彼は南米のどこをうさまよい歩いているのであろう。誤解のないよう、ことわっておきたい。彼は朝鮮人でもなければ、他のどこの異民族でもない。しかもなお、彼がこのような訣別の言葉を残すほかはない祖国とは。もはや、私ごときになんの言うべき言葉があろう。

さようなら！　無縁の「亡国」の「皇紀」二千六百三十二年よ！

ボタ拾い（抄）

天井の雪かき

まったく早いものである。わたしが炭鉱で暮らしはじめてから、この一月でまる三十年になる。そして現在の廃坑生活も、この三月にはまる十四年を迎える。

ここをついの棲み家とさだめて、荒れはてた無人の坑夫長屋を一棟買いとった時、わたしの妻は一目見て、長崎の竜踊《じゃ》りみたいだといって感心したものである。細長い五軒長屋の屋根の背骨が、至る所でみごとにねじれ、激しく波打っていたからである。

なにしろ半世紀前に建てられた粗末な木造家屋である。加えて炭坑地帯特有の陥落も甚だしい。竜踊りを演じないほうがふしぎだろう。これもまた風流の一つとあきらめるほかはない。三十四坪で七千五百円のお買徳品であった。ぜいたくはいえない。

ところが、安物買いの銭失いとはまさにこのことだ。覚悟はしていたが、雨漏りのひどさときたら。洗濯ダライはもとより、バケツから炊事用ボウルまで、またたくまに総動員されて天井裏にあがってしまった。それでもたりず、雨降りには畳から床板まで、全部はぐりあげなければならなかった。

それはまだいいほうだった。竜踊り長屋ではじめて迎える冬がきて、わたしは大発見をした。つまり冬季には、大雪のあとの、よく晴れた日にかぎって雨漏りがはじまるのである。青天の霹靂という言葉はあるが、晴天の雨漏りという言葉は聞いたことがない。

わたしはしばらくあっけにとられ、この天変地異の謎に苦しんだが、ついに意を決して天井裏によじのぼってみて、思わずアッと感嘆の叫びを発した。なんと天井裏は見わたすかぎり一面の銀世界ではないか。大蛇のうろこのようにささくれ立った古瓦の隙間という隙間から吹きこんだ雪が、ふんわりと天井裏に積もっているのである。そしてそれが、晴れて暖かになるにつれ、じわじわと溶けて雨漏りと化すのである。

その大発見以来、雪が降るたびに天井裏の雪かきが、わが家の冬の定例行事となった。ほうきでそろそろと雪をかき集めては、バケツにつめ、ひもでつるしておろすのである。それを怠ったが最後、いつなんどき雪溶けがはじまるかしれない。古屋の漏りの風流は、雨にはあらず、雪にぞきわまる。

やっと思いきって瓦をふきかえたのは、一昨年のことである。以来、天井の雪かき行事はとだえたが、近隣の古長屋住まいのひとびとの身を思えば、安閑と雪見酒を楽しんでいるわけにもいかない。わがひとりよか気色になりやがって、と憤る者もあろう。そんな思わくにとらわれもしたが、すべて杞憂であった。

隣人たちは、これでやっと安心したばい、と心から喜んでくれた。じつは、シェンシェがいつ俺たちを棄てて逃げだすかと思うて心配しよったが、そうでないことが今度はじめてわかったとたい、言葉では信用でけんもんなあ。そういわれてわたしは泣いた。

鬼ガ島の猿翁

長崎港外の高島と端島、佐世保港外の蛎ノ浦島、この三つの島はわが国の代表的な海底炭鉱の所在地であり、三菱鉱業のドル箱であった。高島と端島は島名がそのまま鉱名となっており、蛎ノ浦島は崎戸炭鉱と呼ばれている。

この三つの黒いドル箱のうち、現在まで生き残っているのは高島だけである。崎戸と端島は廃棄されてしまい、〈一に高島、二に端島、三で崎戸の鬼ガ島〉という唄に圧制の名残りをとどめるだけとなった。

わたしがこの〈鬼ガ島〉と恐れられた崎戸炭鉱で働いたのは、一九五〇年の春から五二年の春までの二年間であるが、当時はあたかも朝鮮戦争たけなわの時代のこととて、佐世保湾は米軍の戦艦や航空母艦でぎっしり埋まっていた。島と佐世保を結ぶ社船が湾内を通過する間、舷側はシートで目かくしされ、亡国の民の感を深くしたものである。

淡いコバルト色の大艦隊がすぐそばを通りぬけてゆく離島も平和ではなかった。厳しいレッド・パージの嵐が吹きすさんでいた。

三菱鉱業主催の従業員慰安行事の一つとして、市川猿之助一座の歌舞伎公演がおこなわれたのは、そんな暗い時代の一日のことである。ここにいう猿之助丈は現在活躍中の猿之助の祖父にあたり、のちに猿翁を名乗った人である。

　ところが、一座がぶじに到着したのはよいが、思いがけない難問がおこった。猿之助が歩いて劇場へゆかないというのである。さてさて、これはおおごとだ。なにしろこの島は、鳥も通わぬ断崖絶壁の島だからである。数台の自転車とリアカーがある程度のもので、自動車など一台もありはしない。人も犬も息を切らして、狭い、急な坂道をのぼりくだりするほかはないのである。〈崎戸娘は一目見りゃわかる。顔はベッピンでも足はガニマタ〉といわれたものである。しかも劇場は、この断崖の島の最高所にあるのだ。

　接待役の会社職員は、ここでは鉱業所長はもとより、三菱鉱業の社長といえども、親ゆずりの足で歩かなければなりませんといって説得に勤めたが、猿之助は、社長がどうであろうと、わたしはぜったいに歩いてはゆかないと主張した。

　そこでやむなく、鉱業所は大急ぎで頑丈なオミコシ状の乗物を作って猿之助を乗せ、波止場の迎賓館と劇場との間を往復することになった。そしてこの道中は、一座の演じる歌舞伎にも劣らず、島人を驚嘆させる華麗な出し物となった。屈強の若者たちが担ぐミコシの台上にどっかと坐り、悠然と坂道を往復する千両役者の姿を見て、友人の坑夫が、歌舞伎役者は三菱の社長より偉かったいなあ、と歎息した。わたしは、鬼ガ島の鬼退治は昔から猿にきまっているさ、と笑った。

　冗談はさておき、鬼ガ島の坂道は、異国艦船の横行する青海原の背景を圧して、まこと、一世の芸能の鬼にふさわしい花道であった。

シェンシェ

〈せんせいと云はるる程の馬鹿でなし〉という川柳がある。わたしもいつのまにやら、先生と呼ばれることが多くなった。年相応に馬鹿になっているしるしだと思って、自戒しなければなるまい。ただ、現在わたしが住んでいる廃坑部落の隣人たちが親しみをこめてシェンシェと呼ぶ言葉だけは、ありがたく受けることにしている。というより、そう呼ばれるにふさわしい人間でありたいと思っている。

ふりかえってみれば十四年前、ここに住みついた当時、わたしは〝福祉の手先〟と呼ばれたものである。わたしが福祉事務所の手先として、生活保護を受けている隣人たちのひそかな稼ぎを密告しているというわけだ。

次がなんと〝高利貸〟であった。きょうの米代がないの、電気代がつかえて電気を切られたの、といって泣きつかれるたびに、わたしはなけなしの財布の底をはたいた。そしてあっというまにシャイロックの同類とみなされるに至ったのである。ここでは、他人に金を貸す人間は高利貸にきまっているからである。まだ純真な少年までが、わたしをそれと信じこんでいたのは戦慄であった。

その次が〝倶楽部の大将〟だ。ひまをもてあましてはわたしの家におしかけ、焼酎を呑んで失業地獄の悲哀をまぎらわす隣人たちがふえたからである。わが家は、まったく、労働倶楽部ならぬ失業倶楽部となり、わたしは〝倶楽部の大将〟と呼ばれるようになったのである。

そのまた次が〝剣道のシェンシェ〟だ。わたしが廃坑の子どもたちを集めて、剣道を教えはじめたからである。わたしの妻は〝剣道のシェンシェかたのおばちゃん〟と呼ばれはじめた。子どもたちがたどたどしい文字で、うちはしえんしえがすきれす、とだけ書いた紙きれを、そっとわたしの手に握らせるようになったのも、このころからである。

あれは、ラジカルな戦闘性を売り物にする二人の若者がわが家におしかけ、とうとうと武装決起を説いている最中のこと。近所のおばさんがきて顔を合わせた。彼女は見知らぬ先客の前に正坐して手をつき、自分は上野シェンシェのおせわになっている隣組の者である、と丁重に挨拶した。ところが二人の若い〝革命家〟は、ごろりとコタツに寝そべったまま起きあがりもせず、いきなり彼女に批判をあびせた。上野先生とはなにごとだ、そんな封建的な言葉を使うから日本の労働者階級はだめだ、と。

そのとたん、彼女の双眼に殺気がみなぎった。彼女は、自分たちがどんなに学校の教師から差別され、馬鹿にされてきたか、キサマたちにわかるか、とどなった。この年になってやっとここで、心からシェンシェと呼べる人にめぐり会うたとぞ、その人をシェンシェと呼ぶとがなし悪いか、とせまった。

シェンシェと呼ばれるたびに、わたしは身がひきしまる。シェンシェ、悲しい言葉だ。

脱がせたひと

みずから画狂人とも号したのは、葛飾北斎である。それになぞらえるわけではないが、筑豊は田川市弓削田の里に住む山本作兵衛さんは、文字どおりヤマの画狂である。永劫の闇にとじこめられたわが国炭鉱労働史の血と肉を、彼はツルバシを絵筆にかえて掘りおこした。昨年度の西日本文化賞にえらばれたのも、ひとえにその功績による。

山本さんが八十六歳の今日まで描きつづけてきた絵は数千点に及ぶが、そこにえがかれた女坑夫たちの肌色のなんと美しくあでやかなことか。やがて米寿を迎えようとする老翁の筆になるものとは、到底信じがたいほどの生気だ。

わたしはそのみずみずしい肉質にふれるたびに、オーギュスト・ルノワールに関する、こんな逸話を思いださずにはいられない。晩年のルノワールの手がすっかり歪んでいるのを見て驚いた訪問客が、そんな手で絵が描けるのですかと尋ねたところ、彼は、あの棒で描くのさ、と答えたとのこと。あの棒とは、いうまでもなく、男性を男性たらしめている棒のことである。

ただ、山本さんの描く女坑夫たちは、最初から、今日わたしたちの拝むような美しい裸身を、カンテラの金色の光のなかにさらしていたわけではない。十年ばかり前までは、ほとんど例外なくつつましやかに、半袖の作業着をまとっていたのである。

こころみに、一九六三年に刊行された『明治大正炭坑絵巻』を開いてみたまえ。一四一点の絵が収録されているが、入浴その他特殊な状景のものを除けば、裸体で働いている女坑夫はわずか三人しか登場していない。

　これはけっして刊行委員の中興鉱業社長・木曾重義氏や九州大学学長・山田穣氏らが女性の裸体に嫌悪の情を催し、故意に削除したわけではない。

　それでは、女坑夫たちを裸にしたのは誰だろうか。スエさんという老婆である。彼女は山本さんの絵を一目見るなり、歯のない口を大きくあけて笑った。

　じいちゃんちゅうたらまあ、こげんかスラゴツばっかりかいてから。あげんか熱かキリハで上着ばつけて仕事のでくるもんね。それにまあ、マブベコの長かこつ。これでは邪魔になってスラは曳かれん。

　山本さんは少年のようにはじらいを含んだ面をわたしに向けて、こう弁解した。

　それちゅうがですな、もし、女性のオッパイやら、あんまり見せてはいけまいと思うてですな、ヘッへへへ！

　いかにも明治二十五年生まれの日本人らしいためらいであるが、彼とおなじように明治時代から坑内で働いた老婆の一言は、その古風なためらいの衣裳を一気にひきはがした。

　もしスエさんの言葉がなかったとしたら、地底の画狂の描く女坑夫たちは、いまなお窮屈な作業着に乳房をかくし、長いマブベコを腰にまいたまま、働いていたかもしれない。

ヨウ、色男！

四年前、わたしがはじめて南アメリカへ出かけた折のこと。旅立つにあたって、暫しの別れを告げる挨拶状を親しいひとびとに送った。〈非道なエネルギー政策の犠牲となって南米各地へ移住した、炭鉱離職者の流亡の跡を見届けたいと思いまして〉と記して。

折りかえし、作家の野間宏さんから惜別の便りが届けられた。その末尾に、〈流亡しているのはいまの支配者です〉と書きそえられていた。わたしは一読して、思わず顔が赤くなった。悲哀におぼれて、つい不正確な表現をしてしまったことが、恥ずかしくてならなかった。労働者は流浪こそすれ、けっして流亡などすることはないのである。たとえ葉書の挨拶文といえど、一言一句の誤りも見逃さない野間さんは、わたしにとって、いつまでもこわい人物だ。

野間さんを案内して筑豊を歩いたのは、一九五四年の、たしか二月であったと思う。訪れた嘉穂郡二瀬町の相田の谷々は、深い雪に埋もれていた。時あたかも朝鮮戦争の特需景気が去って小ヤマという小ヤマがつぶれ、失業者の家族は餓えと寒さにふるえている最中であった。子どもたちはひどい栄養失調におちいって、学校へもゆかず、火の気もない小屋の隅に老人のようにうずくまっていた。

野間さんは焼き芋屋を見つけるたびに、釜のなかの芋を残らず買っては、大きな体をいかにも申しわけなさそうにちぢめて、そっと子どもたちに配ってまわった。そんなことをしてはいけないという感情と、そうせずにはいられないという感情とが、彼の心のなかで激しくせめぎあっているのが、手にとるようにわかった。その苦痛にみちた表情を見て、わたしはすっかり野間さんが好きになった。

その夜、飯塚市の古ぼけたちいさな公会堂で野間さんの講演会が開かれた。入場料がいらないせいもあって、かなりの数の聴衆が集まった。といってもむろん、その大半は野間宏が何者やら、文学が何やら、興味も関心もない連中であった。失業して時間をもてあまし、ひまつぶしに集まってきただけのことである。

主催者の挨拶が終わって野間さんが演壇にあがってゆくと、〈ヨウ、色男！〉という掛け声が聴衆のなかからわきおこった。

それらの聴衆を前にして、野間さんはとつとつとした調子でピカソとドストエフスキーの創造理論を語ったが、宿に戻ってから、きょうのようにびっくりしたことはない、あんな掛け声をきいたとたんにすっかりあがってしまって……、と嘆じた。

――そこが野間さんの認識不足なところです。〈ヨウ、色男！〉というのは、筑豊では最高のほめ言葉です。あなたが腹も出て恰幅がよいから、そんな声もかかるわけで、わたしのような骨皮スジエモンにはぜったいにかかりませんよ。あんな時こそ、ゆったりと片手をあげて、にっことほほ笑まなければ。わたしはこういって彼をひやかした。

悲願千人斬り

悲願千人斬りという物騒な文句がある。辞典によれば、腕だめしなどの心願にて千人の人を辻斬りにすることなりと。千人の女性と交わることを悲願とする男も、やはりおなじ文句をもちいる。棒ほど願うて針ほど叶うとか。百人はおろか、十人斬りもままならぬ憂き世だ。わたしの場合もついに目標の十分の一も達成しないまま実現不可能におちいってしまった。

わたしの悲願千人斬りは、一人でも多くの詩人や作家を、炭坑にもぐらせることであった。炭坑の現実ばかりではなく、文字どおりこの世の地獄の底から人間をとらえなおしてもらいたかったからである。

そんな悲願千人斬りの最初の一人となったのは、地元福岡出身の作家の真鍋呉夫さんである。一九五三年三月のことだ。彼は月刊文芸誌『群像』のルポルタージュを書くために日炭高松炭坑にきたが、頼る労組側の手違いのため、坑内見学が許可されなかった。

そこで、わたしは、義を見てせざるは勇なきなりとばかり、会社側と交渉して入坑の許可をとった。そのさい、労務課長は、真鍋氏は日本共産党員にあらずや、と念をおした。わたしは、ぜったいに関係なし、小生が責任をもつゆえ安心あれ、と答えた。ところが、彼を案内してぶじに坑内見学を終え、昇坑したとたんに、労務課長はわたしを呼んでこう宣告した。警察の調査によれば真鍋氏は日共の秘密党員なり。貴君は故意に当社を欺瞞せるかどにより不都合解雇。

ああ、天の時われにあらず。わたしの悲願は最初の一人目でもろくも挫折し、もはや他人をさげるどころか、わたし自身のもぐるべき坑さえ失ってしまったのである。

しかしさいわいにも地の利と人の和によって、悲願はほそぼそながら続行された。『サークル村』時代には、詩人の谷川雁や森崎和江さんたちと共に三菱上山田坑にさがり、関根弘さんとは大正中鶴坑にさがった。さらにこの地に移り住んで後は、近くに小ヤマが多かったせいもあって、随筆家の岡部伊都子さんや画家の富山妙子さんをはじめ、数多くの文人墨客の地獄めぐりを手伝った。

忘れられないのは、いまは亡き高橋和巳さんである。彼をともなって福岡商会神田坑にもぐったのは一九六五年の八月四日。折しも執筆中の『邪宗門』の取材がその目的であった。つづいてわたしは彼を貝島大之浦坑に入坑させる予定であった。しかし、彼はもう死にそうなほど疲れたから中止したいというので、ついに大之浦入坑は実現しないまま終った。これがまた、彼とわたしとのついの別れともなった。

『骨餓身峠死人葛』の野坂昭如さんと上田鉱業糒坑に入坑したのは、一九六八年の三月である。これはひとえに俳人の小松一人静さんの尽力によるものであった。そしてこれを最後として、わたしの悲願千人斬りは未遂に終った。

炭坑はすべてつぶれ、残るはわたしが独り寂かにさがるべき骨餓身坑のみ。あなかしこ。

雑草の中

わたしの家のすぐ近くに、長いあいだ、一枚のブリキ製の求人広告が掛かっていた。そしてその表には、けばけばしい色彩のペンキで「社交嬢求む　近代的明朗な女性　三十五歳まで　高級クラブ××」と記されていた。

道角の目立つ場所なので、誰にでもすぐ目につく。はじめてわたしの家を訪れる遠来の客は、なにげなくその広告を見て、思わずギョッとするのがつねであった。はなやかな市街地ならともかく、あたりは雑草に埋もれた廃屋ばかりだ。およそ場違いの広告のように思われるのであろう。

しかし、もとよりこのような違和感は、東都の文人諸公の想像力の貧困を、みずから立証しているだけのことだ。

谷間の灯ともしごろ、わが家の窓からあたりをうち眺めたことのある客人ならばかならずや、おい繁るススキやセイタカアワダチ草のなかをかきわけるようにして、白地に緑の裾模様もあでやかな和服や、黒いレースのみやびやかなドレスに身を包んだ女たちが、ゆめまぼろしのごとくあらわれいで、またゆめまぼろしのごとく姿を消してゆくのを目にしたはずである。

さては地底で息絶えた女坑夫の怨霊かと疑うのもむりはないが、心配は無用だ。彼女たちこそ、誇り高き筑豊の〝社交嬢〟たちなのである。もっぱら彼女たちの働きによって一家の崩壊を切りぬけた離職者の家庭も少なくないはずだ。昼は土方として働き、夜は〝社交嬢〟として働く人たちもあった。昼はまっ黒、夜はまっ白、それが廃坑の〝山の神〟たちの憂き世を忍ぶ姿であったのだ。

『小説渡辺崋山』などで知られる杉浦明平さんが筑豊を訪れたのは、そんな苛烈な試練の時代のさなかであった。わたしは例によって早速、彼を坑内見学に誘った。しかし、優れた歴史家である彼は、わたしが悲願千人斬りの陰謀を抱いているのを見抜いたらしい。彼はむかし三井三池で坑内見学をしたことがあるからといってわたしの誘惑を退け、それより炭坑の〝山の神〟たちの働いている酒場を見学したいと望んだ。

お安い御用とばかり、わたしは彼を案内した。ところが、トイレの匂いの漂う、坑内のように暗いサロンのソファに腰をおろすが早いか、明平先生、ウウーと大きな悲鳴をあげた。彼に侍る〝社交嬢〟たちが、股間の宝物を力いっぱい握りはじめたのである。男というやつはあそこを握ってやりさえすれば喜ぶものと、天真らんまんに信じた女は強い。

その夜、明平さんは雑草に埋もれたわたしの家で悪夢にうなされ、『雑草の中』という小説を書いた。その終わりの部分はこうだ。

〈ああ、わたしは雑草のまん中で眠っているんだ。おばけは？　そう、わたしは今日一日じゅうおばけばかりながめてきたんじゃなかったか。おばけはみんな生きている。死んだきれいな娘たちが迷い出る余地はもうないのだ。……〉

ガリ版人生

わたしの書いた原稿をはじめて受けとる編集者は、まるでガリ版みたいですな、といってあきれるのがつねである。さぞ手が疲れるでしょう、と同情してくれる人もいるが、これでは締切りに遅れるはずだ、とひやかす者もある。

なんといわれてもしかたがない。わたしの青年時代は、それこそ文字どおりガリ版人生であった。わたしの若い生命と時間の大部分は、謄写版のヤスリの上ですりつぶされてしまったように思う。そしてわたしの字は、いつともなく、ガリ版のゴチック体に固まってしまったわけである。

わたしが生まれてはじめて鉄筆というものを握って、おそるおそる蝋びきの原紙を切ったのは一九四八年の六月のことだ。当時わたしが働いていた日炭高松一坑の独身寮で『労働芸術』という文芸誌を出すことになり、わたしがその印刷を受け持ったのである。

これを皮切りとして、わたしと鉄筆との長いつき合いがはじまった。『地下戦線』など文芸サークル誌はもとより、『せんぷりせんじが笑った!』『ひとくわぼり』など一連の絵話集に至るまで、すべてその腐れ縁の産物にほかならない。鉄筆とヤスリと、手製の印刷台とローラー、原紙とインキだけが、若いわたしの全財産であり、武器のすべてであった。

そのことをわたしは後悔しているわけではない。ただ困るのは、いまでも原稿用紙とガリ版の原紙との使いわけがきかないことである。書体のことをいうのではない。世の多くの文芸家たちのように、自由自在に原稿用紙の字句を黒くつぶして傍に書きかえたり、あちこち線をひいてつなぎ合わせたりする芸当ができず、ガリ版の原紙を仕上げる時とおなじく一字一句の訂正の跡も見えないようにしないと、到底気がすまないのである。

なんとも厄介な癖だ。四百字詰めの原稿の最後の一字が間違っても、最初の一字から書きあらためることになる。時間的にも肉体的にも大変な損失だ。そこで書きなおしの労力を合理化するための手段として、書きおえた部分のアラをさがす。いやでもさがし出す。そしてやおら最初から書きなおす。

中国の毛沢東主席の書いたものを読んでいたら、かの偉大な革命文学者の魯迅先生やゴーリキー先生たちでさえ、四度も五度も書きなおしていたというのに、わが同志諸君の文章を見てみると、書きなおした形跡がないどころか、自分の書いた文を一度も読みなおした形跡さえないものが多い、というような批判が述べられていた。

むろん、わたしは毛沢東思想を実践して文章を鍛えているわけではない。否応なく書きなおさざるをえない羽目に追いこまれる場合が多いだけのことだが、おかげで読みなおした形跡さえないと笑われることだけはあまりないようだ。その点、あらためてわが古き同志鉄筆に心から感謝しなければなるまい。

非国民宿舎盛衰記

ちかごろやっと数が減ったが、わが筑豊文庫はそれこそ千客万来の盛況が十年ばかりつづいた。しかもその大半は泊まり客であり、なかには数カ月間腰を据える者もある。家族水入らずの日は、年に数えるほどしかなかったものだ。あまりの攻勢に悲鳴をあげ、西日本新聞に〈筑豊コンサルタント廃業宣言〉を書いたこともあるが、効果は一向なかった。

いっそ民宿でも始めたほうが利巧かもしれんとぼやいたこともある。筑豊文庫という看板をおろして、非国民宿舎という看板を掛けようか、と話したこともあった。国民宿舎ニ非ズ、と読ませるのである。そんなふうに読んでくれる人なんてあるものですか。われこそ非国民の代表だと思って、客がふえるばかりよ。そういって妻は笑った。

あわれ休むまもないおさんどん役の妻にとって、いちばん評価の高かったのは、一人の陸上自衛隊員であった。彼は休日を利用して泊まりにくるたびに、カン詰めの携帯食糧を持参した。朝起きると、定規をあてたようにきちんと蒲団を畳んだ。それらの行動は、大言壮語するばかりで、およそ客としての礼儀も節度もわきまえず、食いっぱなし、寝っぱなしの学生たちが多いだけに、ひときわすがすがしかった。

わたしの妻はすっかり感心して、うちの子も大学なんかにやらず、自衛隊に入れようかしら、と口走ったこともあった。

最近また、一人、奥ゆかしい青年があらわれた。妻が彼のために寝床をのべたところ、すみませんが向きを変えさせてほしい、と彼はいった。わけを聞くと、仏さまに足を向けて寝るのは気がひけますから、と答えた。

なるほど、彼の寝床の足もとにあたる出窓の棚に、丈七十センチの、一体の観音像がある。それはある老人がみずから楠の芯の部分をこつこつ彫って、わざわざ持ってきてくださったものである。裏側には、為物故坑内夫女慰霊也　明治百年七月十三日　元嗣作　と刻まれている。

しかし、いままでそんなことに頓着する客は一人もなかったのである。

わたしは彼に、わたしの生まれ故郷である山口県の小さな漁村に伝わる、一つの逸話を話して聞かせた。硬骨の社会主義経済学者として知られる河上肇は、山口高校生時代、この村に住む友人宅を訪れては泊まってゆくのがつねであったが、いつもわざと床の間のほうに足を向けて寝ていた。床の間には天皇の真影も掲げられている。友人は河上肇の非礼を咎めた。しかし彼は、俺は天皇に正対しているのだ、お前のほうこそ天皇に背を向けて寝る不忠者だ、といって譲らなかったという話である。

理屈はわかりますが、子どもの時からそうしつけられているものですから、と青年は弁解して、頭を観音像のほうに向けた。

彼はサーカスのマネジャーである。今年の年賀状は、巡業中の静岡からであった。

ああセックス

〽わたしゃ新参者　教えておくれ　ジンクロウさんちゅう人　どこにおる

筑豊の坑内唄にこんな文句がある。ジンクロウをさがしてこい、と先山に命じられた新参の後山が、モーシ、ジンクロウさんちゅう人はいませんか、と坑内じゅうを尋ねまわったという笑い話もある。

甚九郎という人の名だろうと思ったわけである。

ひとごとではない。わたしなどもはじめて坑内にさがったころは、いったいなんのことだろうと、首をひねったものだ。笑いのほしい坑内では、先山もそれを面白がって、ジンクロウさんをつれてこいなどと、わざと擬人化して呼ぶのである。

もちろん、人名とはまったく関係ない。ジム・クロウと呼ばれる、レールを曲げる道具のことである。G I M・C R O Wと綴る。金子雨石さんの労作『筑豊炭坑ことば』によれば、〈アメリカでは黒人差別待遇にも使う言葉らしい〉とのこと。一種の差別語ということであろうが、わたしは不勉強にしてそのいわれを知らない。識者の教示をえたいものである。

まったく、外国語は面倒なものだ。まして戦前の初等教育も満足に受けず、ＡＢＣのＡの字も読めない底辺労働者にとっては、それこそチンプンカンプン、唐人の寝ごとであった。そこでいきおい、卑近な日本語にひき寄せて、換骨奪胎することになる。意訳というより異訳、いわば強引な接ぎ木である。連想による苦しまぎれの記憶術である。

ジンクロウさんばかりではない。戦後も依然としてそうであった。わたしが高松炭坑にいた当時のことだが、はじめてスクレパーが使用された。塵取りのお化けみたいな道具であり、それまでは労働者がエブジョウケとカキイタで掻き集めていた石炭やボタを、一挙に動力ですくい集める機械である。しかし、もとよりそんな舌を嚙むような言葉が覚えられるものでもなければ、発音できるわけでもない。わたしの先山はついにこれをスケベーダーと命名した。あれは助平だと翻訳すれば、あとは楽なものだ。

これとはまったく逆に、使いなれた日本語をわざわざカタカナでいわなければ馬鹿にされるのが昨今の風潮である。

テレビも買えないわたしと妻子のために、親友の一人がカラーテレビを寄贈してくれた時のことである。近所のおばさんがつくづくと画面を眺め、大声でこう賞讃した。

〈ウワー、シェンシェかたのテレビは、ものすごうセックスのよかなあ！〉

わたしは驚いて彼女の顔を見た。思わず吹きだすところだったが、それができなかったのは、彼女の表情があまりに真剣だったからである。性のことをいまはセックスと呼ぶのだ。だとすれば、性能がよいというのも、セックスがよいといわなければ時代遅れであろう。そう思えばこそ、彼女はすなおにそういったまでだ。いつの世にも庶民はつらい！

花のナンバーワン

おじいさんは山へ柴刈りに、おばあさんは川へ洗濯に、というのは有名なおとぎ話『桃太郎』の序出しである。しかし筑豊では、おじいさんは川へ柴刈りに、おばあさんは山へ洗濯に、といわなければ事実に反するというような話を読んだことがある。なかなかうがった意見だ。

なぜなら、炭坑地帯の貧しい庶民の日々の燃料は、もっぱら川に沈澱した微粉炭だからである。それをすくって団子にまるめて乾燥させるのである。従って、おじいさんは川へ柴刈りに、ということになる。いっぽう、そんなまっ黒な川ばかりだから、洗濯などできっこない。洗濯をしようと思えば山奥に入って、谷間の湧き水を利用するほかはない。従って、おばあさんは山へ洗濯に、ということになるわけだ。

じっさい、この筑豊に住んでいると、なにかにつけて既成概念をくつがえされるようなことばかり多い。忘れもしない、こんなこともあった。

一夜、ある大新聞社の優秀な学芸記者が、美貌の誉れ高い夫人と共にわたしの家を訪れていた折のことである。近所のおばさんがやってきて、一目で記者夫人の美しさに魅せられてしまった。

〈ウワー、ものすごかベッピンやなあ。こげなベッピンさんなら、どこに出したっちゃ恥ずかしゅうないばい。キャバレーで働いてみない。どげな一流キャバレーに出ても、たちまち花のナンバーワンよ。うちが保証する〉

おばさんはこう誉めちぎって、やおら、かたわらの男性は何者であるかを問うた。わたしが紹介すると、彼女はたちまちくちびるをへの字にゆがめた。

〈ふーん、この人、あんたの嫁さんな。あきれたねえ、新聞記者のくせにこげなベッピンさんを独り占めにしちょるなんち。もったいなかよ。こげな美人はなあ、おおぜいの男を楽しませるごとでけちょると。早う別れんなこて。そしてあんたも新聞記者なら新聞記者のごと、まちっとましな新聞を出しない。そのほうが世のため、人のためばい〉

おばさんにそう忠告されて、温厚な記者君は、ただただ首をすくめるばかりだった。

そういうわたしもじつは、このおばさんに意見されたことがある。

〈シェンシェかたの息子も、なかなかよかアンチャンになったやないな。いっちょ、ヤクザで売り出したらどげかな。俺も一肌ぬぐばい。菓子屋の小僧なんか、もったいなか。金玉さげて生まれたからは、世のため、人のため、いのちをかける男にならんなうそばい〉

そういわれて、わたしも記者君同様、首をすくめるばかりであったが、キャバレーがよいか、ヤクザがよいかは別として、彼女の口癖の〈世のため、人のため〉を第一義に、古い常識の固い殻をたえず打ち破る〈破戒〉の努力は不可欠だ。なによりも常識を疑うのが常識でなければならぬ。筑豊はそれを教える。

箸のこと

筑豊を見学したいという客があると、わたしはなるべく農村地帯を見せることにしている。犠牲になったのは炭坑労働者ばかりではない。およそ住民の生活を無視した生産至上主義によって、筑豊の農民と農業とが、どんなにひどい害を受けているかを、見てもらいたいからである。

東京からきた一人の若い客をつれて歩いたのは、田植えが終わったばかりの、梅雨の晴れまであった。もう少し降ってくれないと夏にこまるが……、とわたしがつぶやくのを聞いてその青年は、水道の水を使えばいいではありませんか、といった。そのいいかたがあまりにアッケラカンとしているので、わたしは反論する力もぬけてしまった。

彼は水道の蛇口をひねりさえすれば水が出るものと思っている。しかし、広大な面積の水田に水道を敷設する費用はどうするのか。膨大な水量はどうして確保するのか。それにだいいち、水道だって雨が降らなければ断水になるではないか。

ああ、こんな学生が将来農林省の役人や大臣になったら……。いや、すでにこんな連中の空理空論によって、日本の農業は滅ぼされてしまっているのだ。そう思って、いまさらながら背筋が寒くなった。

もちろん、そんな人間ばかりというわけではない。ある日、熱心に部落解放運動にとり組む一人の青年を案内して、町内の鉱害田を見て歩いた折のこと。彼はあぜ路一面に生えたヨモギを見て、ああ、このへんもヨモギがいっぱい生えていますね、こいつはせっかくまいた田のこやしは吸いとるし、こまったやつですが、といった。そしてさらに、彼が子どものころはヨモギは大切な代用食の材料だったので、みんな摘みとられて、見つけるのに苦労した思い出を、とつとつと語った。

その夜、彼は夕食に出した煮魚の身を半分たべると、もったいないのであと半分はあすの朝いただきます、といって、丁寧に箸を置いた。わたしはそれを見て、この青年は信じられると思った。餓えの苦しみをほんとうに知って、つましく食欲をみたす人間は、どういうわけか例外なく、箸をきれいに揃えて置くものである。礼儀作法がどうこうということではない。おのずからそうなるのである。長いあいだの千客万来の生活のなかで、わたしはそのことを知った。

時々わたしの家に遊びにくる一人の在日朝鮮人の青年も、まことに美しく箸を揃える人だ。彼は父親を炭坑のガス爆発で奪われ、つぶさに貧苦をなめつくした人だが、いまは優しい同胞の女性と幸福な家庭を営んでいる。

〈ぼくは貧乏な労働者ですから、あなたにぜいたくはさせられません。しかし、一生懸命に働いて、あなたにひもじい思いだけはさせないようにします。それでよかったら、どうぞぼくと結婚してください〉

これが、彼の求婚の言葉であったという。

本を買った話

『地の群れ』などで知られる井上光晴は、わたしのもっとも畏敬する作家の一人である。彼が少年時代を過ごした三菱崎戸炭坑でわたしも働いたことがあるので、いっそう身近に感じられるのかもしれない。

ところで、彼の本の読者からわたしはときどき、あなたは井上光晴さんの蔵書を買ったそうですね、といわれる。彼が雑誌にそのようなことを書いたり、対談のなかで話したりするからである。昨年出た『反随筆』という本のなかにも、やはりおなじようなことが書かれている。

〈朝鮮戦争の時期、私は雑誌をのぞく大方の蔵書を崎戸炭鉱労組からきた上野英信に売り払ったが、そのなかに改造社版の『大魯迅全集』も含まれていた〉と。

しかし、より正確にいえば、わたしが買ったのではない。三菱崎戸鉱業所が買ったのである。わたしはその仲立ちをしただけだ。代金は五万円であった。一九五二年当時の五万円といえば、相当の大金だ。わたしなどの出る幕ではない。誤解を正すために、事実を述べておきたい。炭坑もつぶれたことだし、迷惑のかかる人もあるまい。

ある日一人の若い共産党員がきて、井上光晴さんが金にこまって蔵書を整理することになったが、古本屋に売れば二束三文だから、ぜひなんとか協力してほしいと頼んだのが、ことの発端である。当時、わたしは崎戸鉱業所図書館の図書購入の仕事を一任されていた。一月の図書購入費が五万円であった。そこで一月分を全部まわして、彼の急場を救うことにしたまでである。

それはまた、離島の読書人にとっても、天の佑けとなった。到底入手困難な良書が大量に揃ったからである。

ただ、いまも忘れられない一つのできごとがある。佐世保に住んでいる井上光晴さんに代金を届けにいった日のことだ。島に戻ったとたんにわたしは勤労課に呼びつけられ、大目玉をくらった。その日の行動は、すっかりつかまれていたのである。

時が時であり、事が事であるだけに、わたしはずいぶん慎重を期したつもりである。案内役の青年とも別々の港から乗船し、船内でもそ知らぬ顔で遠く離れ、佐世保に上陸後も距離を置いて歩いた。しかし、すべて筒抜けであった。さすがは独占資本の情報網だと思って、思わずゾーッとしたものである。それでもどうやらクビがつながったのは、勤労課にいた学生時代の友人のいのち乞いによるものであろう。

どうもわたしにとっては、作家の便宜を図るのは鬼門のようだ。真鍋呉夫さん以来、ろくなことはない。

冗談はさておき、崎戸炭坑もつぶれて久しい。井上さんがみずからの肉を切る思いで手放した本は、どうなっているのだろう。その本によって目を開かれ、彼の設立した「文学伝習所」につどう鬼もいてほしいものだが。

我が師

〈本題に入ります。上野さんも炭坑夫として筑豊に生きてきたこれまでの間に、多くの仲間の死を見、そして直接、殺された死体を運んだことがあると思います。僕もこの手で何人かの仲間のむくろを運びました〉

これは、北海道の炭坑で働いていた一人の文学活動家からの手紙の一節であるが、つづけてこう記されている。

〈僕は『地の底の笑い話』29ページで、明治末期から大正時代にかけての炭鉱の大災害を羅列したあとで「筑豊地区におけるものだけで、ざっとこんな調子である」という文章にぶつかった時、どきりとしたというのは、この最後の文章の裏側に、無意識的に「どうだ驚いたか、驚いたろう」という調子が働いているような気がして、そういう直感が胸にひびいたのでした〉

ここまで読んで、わたしも思わず〈どきりとした〉というのは、この手紙の裏側に、無意識的に〈どうだ参ったか、参ったろう〉という調子が働いているような気がしたからである。

まずは参考までに『地の底の笑い話』の問題の個所を見ていただきたい。

〈ふりかえってみれば、日本の石炭産業は、想像を絶するほどのおびただしい犠牲者の血の海に築かれているといっても、ぜったいに過言ではない。ちなみに年表の一頁をひらいてみよう。明治四十年豊国炭鉱ガス爆発——死者三六五、同四十四年住友忠隈炭鉱ガス爆発——死者七三、大正二年日鉄二瀬炭鉱ガス爆発——死者一〇一、同三年金田炭鉱ガス爆発——死者六三、同年三菱方城炭鉱ガス爆発——死者六五五、同六年貝島大之浦炭鉱ガス爆発——死者三六九、同七年中鶴炭鉱ガス爆発——死者三〇。明治末期から大正時代にかけてのわずか十数年間に発生したガス爆発事故の主なもの、それも筑豊地区におけるものだけで、ざっとこんな調子である。そしてこの背後にはむろん枚挙にいとまのないほど大小無数のガス爆発や炭塵爆発、炭車逸走、炭壁崩壊、落磐、出水、その他の事故がある。しかもそれはいまなお性こりもなく繰り返されている悲劇だ〉

わたしはこの部分を、激しい怒りと深い悲しみをもって書いた。〈どうだ驚いたか、驚いたろう〉などという意識は、夢にも抱いていない。しかもなお、〈そういう直感が胸にひびいた〉とすれば、この手紙の主はよほど悪魔じみた〈直感〉の持ち主だろう。

そんな不愉快な手紙をもらってまもなく、筑豊の炭坑で育った一人の青年が訪れた。彼の母親がわたしの本を読んで、明治四十二年に貝島大之浦で大事故があったはずだが……といっているという話である。年表を繰ってみると、確かにそのとおりだ。この年十一月にガス爆発があり、二五九名が死んでいる。

〈直感〉によるあげ足とりではなく、血まみれの事実によって誤りを正してくださる無名の母と父たちこそ、かけがえのない我が師だ。

ダマシ舟

戦争中は国策といわれて満蒙開拓青少年義勇軍、戦争が終わったら国策といわれて炭坑夫、国策で炭坑がつぶされたらまた国策といわれて南米移民。考えてみると一生、国策、国策でふりまわされましたばい。

農業移民として中南米各国に渡った炭坑離職者を訪ねての旅路で、わたしはよくそんな言葉を聞かされた。朝令暮改は政治のならいとはいえ、猫の目のように変わる国策にふりまわされる国民ほど迷惑なものはない。為政者のほうは法令をいじくるだけの手間だが、これに従う民衆は、そのたびに生き死にの境をくぐりぬけなければならないのである。

国策はまったく、折紙遊びのダマシ舟にそっくりだ。帆をつかんでいると思ったのもつかのま、目をあけてみれば、ヘサキにしがみついていたという具合である。非情はまさに国策にきわまるというべきだろう。ただ、今回の旅でわたしは知った。幸か不幸か、当人の意志や希望に反して、国策という名のダマシ舟に乗れなかった人もあったのである。ブラジルのアマゾン河口で胡椒栽培業を営む辻定さんもその一人だ。

彼は長崎県の日炭相ノ浦炭坑の離職者。ヤマが閉ざされた一九五四年の秋、いち早くアマゾン開拓移民として渡航した人であるが、聞いてみると、彼が海外移住をこころざしたのはこれが初めてではない。小学校を卒業するとすぐ、満蒙開拓青少年義勇軍に志願していたのである。ところが、彼が内原訓練所に入ってまもなく、私物検査がおこなわれた。そして、辻少年の私物箱のなかから、ロザリオが発見された。彼は、徳川時代から苛烈な弾圧を受けたカトリック教徒の子孫である。

〈キサマ、一天万乗の天皇陛下を戴きながらヤソを信じるとはなにごとだ。国賊だ。斬り殺してやる〉とどなられて、金玉がちぢみあがりましたばい。とにかくヤソを信じるやつは義勇軍になる資格はないといって、その場で退所を命じられました。もう一人、長崎から一緒にいっておりましたが、その子もやはりロザリオを発見されて、退所を命じられました。それから十七年ぶりに、こうしてやっと念願がかのうたわけで……。

辻さんはこう語って、吸いこまれるように澄みきった双眼をほそめた。

もちろん、辻さんばかりではない。信教の自由を求めて万里の波濤を越えた人たちは、想像以上に多いのである。わたしがサンパウロで会った一人の韓国系移民もやはり、熱心なキリスト教徒として十四歳で日本に渡り、四年後にブラジルへ逃れた人であるが、彼が結婚する時、仲立ちの日本人から、〈日本人のいちばん嫌いなのは朝鮮人とキリスト教である。日本人と結婚したかったら、ぜったいに隠しとおせ〉といわれたとのこと。

戦前のいまわしい国策の亡霊だといってしまえばそれまでだが、なにより国策に弱いのが日本人だ。あまり安心はできない。

酒仙、酒を断つ

筑豊の〝画狂〟山本作兵衛さんは、たぐいまれな酒仙でもある。若いころは、一日三升は軽かったという。今年八十六歳になるが、この元日に少し飲みすごして聴力が落ちたので、現在は一日一升を限度にしているということであった。

しかしこの酒豪も、一九一六年に結婚した当時は、一年間禁酒を守ったということだから面白い。当時、作兵衛さんは二十四歳、妻のタツノさんは十六歳であった。なぜ山本青年は禁酒したのであろうか。理由はほかでもない。仲に立った炭鉱の労務主任が、作兵衛という男は酒も飲まん、バクチも打たん、女も買わん、といったからである。まだうら若い乙女のタツノさんはその言葉を聞いて、一人前の男が酒も飲まん、バクチも打たん、女も買わんなんち、頭がおかしいか、それとも肺病やみではあるまいか、といった。生涯を託すべき男の問題だ。彼女が真剣に気づかうのも当然である。

ところが労務主任はすっかり誇りを傷つけられ、タツノさんに因縁をつけはじめた。もとよりそんなことにひるむような弱い女ではない。彼女は猛然と反撃した。

〈オーッ、とか、コメロー、とか、人を馬鹿にしたことをいわんでおくれ。親は炭坑のせわになっておるばってん、わたしゃお宅とはなんの関係もなかとですけん〉

タツノさんは屈辱にたえきれず、父親をそとにつれだして、あたりを指さした。沢山のヤマの煙突が、もくもくと黒い煙を天高く吐きだしていた。

〈こげまで馬鹿にされて、このヤマで働くことはいらん。あのとおり、ヤマはいっぱいあるとですけん、ここをやめて、どこかへ移りまっしょう〉

彼女はこういって熱心に口説いたが、父親は筑後の山村から出てきたおとなしい男で、ヤマを替わる勇気は持たなかった。そしてとうとう、タツノさんは一度も花むこの顔を見ないまま、山本家に嫁いだ。それから一年間、夫の作兵衛さんは、好きな酒をぴったり断っていたという話。さぞかしつらかったことだろうが、仲に立った労務主任がそういって売りこんだ以上、なんとしても実行するほかはなかったのである。さすがはヤマの男らしい意気地だ。みごとに双方の顔を立てたわけである。

それからすでに六十二年。夫妻そろって壮健そのものだ。筑豊に生きる人間にとって、こんな嬉しいことはない。

健康の秘訣はなにであろうか。わたしの見るところでは、なんといっても、翁の画業こそ若さの泉であろうと思う。日々うむことを知らず彼は絵筆をかついで明治時代の坑道にさがり、輝くばかりに美しい女坑夫のいのちを掘り出しつづけているのである。これでは、年のとりようがあるまい。

わたしも廃坑の哀ればかりを詠ってはいられない。

わたしの三・一五

お前の書いたものは借金の匂いがする、と人はいう。じっさいそのとおりだから、否定のしようがない。文学にもさまざまのジャンルがあるなかで、わざわざ記録文学を選んだのが運のつきだ。記録文学ほどぜいたくな文学はない、とつくづく思う。時間と金と労力を幾ら食っても食いたりない、貧婪なけだもののようなやつだ。なんの因果でこんなやつにとりつかれたのだろう、とわが身の不運を歎きたくなることもある。おのれだけならまだしも、罪のない妻子まで苦しませなければならないのだから、心は鬼だ。

これまでにもっとも多く売れた『追われゆく坑夫たち』にしても、借金の山登りのようなものであった。やっと本になって入った印税を借金の返済にあてたら、残りがただの百数十円也であったというのは、いまでもわが家の語り草だ。

それから二十年近くになるが、情況はいっこう変わらない。南米大陸の原始林で悪戦苦闘する炭坑離職者の実態を報告した『出ニッポン記』も、やはりそうである。取材旅行の経費として、わたしは三百万円借金した。書きあげるのにまる二年をついやした。そして昨年十一月中旬、やっと印税が入った。税金その他を差引かれて、わたしの手取りは五十一万円ばかりであった。

しかもいままた、わたしは次の仕事のために、四百万の借金をしようとしているところだ。じつはこの連載随筆の原稿料まで、あつかましく前借してしまっている。もちろんそれとて、冷厳に一〇パーゼントの税金を差引かれてである。ついてゆきたい気持ちだ。

せめて税金がもっと安かったら、と思わない日はない。しかし税務署は、わたしがいかに経費がかさむかを説いても、けっして五〇パーセント以上の必要経費を認めてくれないのである。要するに文学の必要経費は、紙と鉛筆の代金だけだと思っているらしい。それなら、お役人は、わたしたち以上の税金を払ってくれなければ不公平だろう。わたしたちは紙一枚、鉛筆一本だって、身銭を切って買わなければならないが、お役人は無料で使っているからである。それもわれわれの納めた税金のかたまりだ。

ともあれ、わたしのように借金文学に憂き身をやつす人間にとって、一年でいちばん嬉しい日は三月十五日だ。確定申告の締切日だからである。あとは首を長くして、取られすぎた税金の還付を待つばかり。まるで長期間人質に取られていたわが子の生還を待つ母親の気持ちである。ひょっとして手を一本切り落とされてはいまいか、足を一本折られてはいまいかと、ぶじの顔を見るまでは、夜の目もおちおち眠れない。

しかし現実には、税金地獄の釜の蓋が開いただけのことであって、やれ嬉しや、お懐かしやと随喜の涙にむせぶまもなく、ふたたび地獄の底へひき戻されてゆくぞ無情なる。

借金訓

福沢諭吉の生地として知られる大分県中津市に、松下竜一という作家がいる。『豆腐屋の四季』をはじめ『檜の山のうたびと』や『砦に拠る』など、かずかずの力作を世に問うており、愛読者も多い。

彼はまた、若き日の福沢の血をつぐ先覚の子でもある。豊前火力発電所による環境破壊に反対して、九州電力会社を相手に環境権訴訟を闘うなど、竜のおとし子そっくりの瞑想的な風手に似あわず、なかなか骨っぷしの強い行動派として注目を集めている。

ところで、この竜のおとし子センセ、自分は独り勝手に上野英信を師と定めている、というようなことを書いたらしい。するとたちまち、愛読者である一人の女性から忠告の手紙が届いた。聞くところによれば上野という男は私生活に問題があるということだから、そんな男とつき合っていると、竜一先生の情純な心がけがされるのではあるまいか、といった趣旨の切々綿々たる文面だ。こんな清純かつ熱烈なファンを持つ竜のおとし子センセは、まったく天下の果報者というべきだろう。いっそわたしのほうが、彼を師と仰ぎたいほどだ。そうすればわたしも清純な心とやらをとり戻し、私生活を問題にされることもなくなるにちがいない。

しかし、ちかごろやっと、わたしの罪悪感も一掃された。松下センセの発行する『草の根通信』に彼が書いた随筆によれば、わたしは彼にとって借金術の師ということだからである。

〈それはそうではないか、喰いつめたら借金の相談に乗ってもらえるほどに頼もしい師はあるまいではないか〉と説かれている。

松下センセの清純さに恋いこがれる諸姉妹も安心あれ。文学や人生の師ならば魂に悪影響を受ける恐れもあろうが、借金術の師ならその心配はない。天下に雄名をはせる松下センセの御墨付きを頂戴したのだから、わたしもこのさい、思いきって職業を〝借金業〟と改めようか、と思ってみたりしている。

生命の母なるふるさとの海を破壊から護ろうとする竜のおとし子よ、若いうちに大いに借金したまえ。昔からいうではないか、朝魔羅の立たぬやつに金を貸すな、と。

ただ、その借金は、かならず至上の誇りをもってできる種類のものでなければならぬ。相手もきみに金を貸したことを生涯の誇りにできるような仕事のためにのみ、金は借りたまえ。そうでない借金は、自分を辱めるばかりでなく、相手をも辱める。自分を不幸にするばかりでなく、相手をも不幸にする。まかりまちがっても怠惰と虚栄の尻ぬぐいのために借金してはならぬ。借金の理由にチリほどの嘘もあってはならぬ。

きみは、わたしを借金術の師と呼ぶ。しかし、わたしはきみに借金術は教えない。借金道だけを教える。借金道は、要するに、もっともきびしい人間道だ。天稟ゆたかな詩人のきみは、そのことを理解してくれると思う。

生活者の論理

〈シェンシェ、モーシ、俺のいうことが正しいか、間違うちょるか、教えてやらんな〉

表で割れ鐘のような声が響いた。二キロばかり離れた三菱新入炭坑の納屋に住むGさんの到来だ。彼はなにか口争いするたびに、こう大音声に呼ばわって、わたしの家におしかけてくるのが癖である。そんな時、彼はかならず焼酎を飲んで、したたか酔っぱらっている。

この日もやはりそうであった。ただ口論の相手と争点が、いつもとはいささか異なっていた。相手はNHKの受信料集金人であり、カラーテレビの受信料を払え、払わん、というのが争点であった。受信料のことを、彼はジシン料と発音した。なかなか適切な発音である。なにしろ相手は天下のNHKだ。争いも大地震といえる。わたしも思わず膝をのり出して彼の意見を拝聴した。

〈なあ、シェンシェ、ようっと考えてみない。テレビも俺が自分の金を払うて買うたんばい。毎月の電気代もぜーんぶ、俺が自分の金で払いよるんばい。それに、なし、俺がNHKにジシン代とかいうもんを払わんならんとかいな。そらなあ、NHKがテレビも持ってきて、どうぞこれを見てください、ただで貸します、電気代もうちで払うてあげますちゅうことなら、話は別ばい。俺も喜んでジシン代を出してやるよ。ばって、シェンシェ、NHKのやつどま、一銭も出してくれちょらんとばい。そのくせ、太えつらしやがって、ジシン代を払え払えち。これでは泥棒といっちょん変わらんやねえな。そげな理屈がいまの世の中に通用するもんやろか。シェンシェはどげ思うな〉

わたしは思わず大笑いしながらも、Gさんの考えかたに感じ入った。これは、朝日新聞社の本多勝一記者が主張するところの〈NHK受信料拒否の論理〉などよりも遙かにパンチのきいた論理だ。もとよりわたしごときが屁理屈をさしはさむ隙はない。わたしは、徹底的に頑張るがよか、といって彼を激励し、大いに焼酎を飲み合った。

どちらが正しいとか、間違っているとかではなく、既成の価値基準にとらわれない、一人の生活者としての素朴な、しかし切実な疑問こそ、この世をよりよくするもっとも大切な宝であるとわたしは信じる。

〝筑豊の画狂〟山本作兵衛さんも、たえずそんな疑問に生きている人だ。先日も彼はこうわたしに疑問を投げかけた。

〈人間は生まれるまでに、母親の腹の中で一年近うも生きちょるとですばい。ところがアメリカ式にいうと、生まれて一年間はゼロ歳げな。いったい、これでよかとでっしょうか。これは一種の人権ジュウリンちゅうことになりはしますめえか、モシ。大いに矛盾しとりますなあ〉

山本さんはアメリカ式にいえばこの五月に満八十六歳、胎児時代からの人権を尊重していえば今年八十七歳である。

言の葉橋

現在、ＮＨＫの放送番組には六本の外国語講座が設けられている。しかしそのうち五カ国語は欧米圏の諸民族語であって、東洋圏の言語は中国語だけである。日本と一衣帯水の距離にあり、歴史的にも文化的にも密接不可分の関係をもつ隣国の言語でありながら、朝鮮語講座が開設されないのは、いったいどうしたわけだろう。なんとも奇怪なことだ。

そこで有志つどい、「ＮＨＫに朝鮮語講座の開設を要望する会」が結成された。わたしもその呼びかけ人の末席に加えさせてもらった。朝鮮民族の血と涙のしみこんだ筑豊の地に住んでいるゆえ、無関心ではありえないからである。

しかしいま、わたしは、朝鮮語講座の開設を要望する運動だけで満足してはいられないことを痛感している。そんな思いにわたしの心をかりたてたのは、二度にわたるブラジルの旅である。日本からもっとも遠いこの外国で、わたしがなにより感動させられたことの一つは、ラジオやテレビに日本語の番組が設けられていることであった。日本語講座ではない。日本語でおこなわれる音楽やニュースなどの番組である。

もちろん一定の曜日の、それもごく限られた時間ではあるけれども、日系人には待望の番組となっている。わたしの下宿していたアパートの女主人もそうであった。日本へは一度もいったことのない二世であるが、彼女はその放送が始まると、古い、傷んだ携帯ラジオにかじりつくようにして、一心に耳をかたむけていた。

ブラジルに渡った日本人移民の歴史は、今年やっと七十年を迎えたばかりだ。それだけに数も少ない。二世や三世を含めて、七十五万人程度だという。しかもその移住後日の浅い少数民族のために、日本語による番組が設けられているのである。

日本もブラジルも、一億の人口をかかえた国である。そして日本に住む朝鮮人も、ブラジルに住む日系人とほぼ同数である。違う点は、在日朝鮮人は日本に居住する他民族の中の圧倒的多数であり、しかも彼らの多くは、本人の意志を無視して日本の国益のために強制連行された、犠牲の民であるというところだ。

ブラジルにおける日本語放送をきくにつけても、わたしは、せめてＮＨＫくらいは率先して毎日一定の時間を、在日朝鮮人の視聴者に解放して当然だろうと思う。

もしそれが実現されれば、単に在日朝鮮人の利益になるばかりではない。わたしたち日本人の受ける利益も多大であろう。わたしたちは居ながらにして、隣邦の民の美しい言葉と、民族のたましいにふれることができるのである。両民族がより深く理解しあい、交流し合うために、これにまさる電波の掛け橋はあるまい。

わたしが朝鮮語講座開設の運動だけで満足しきれなくなったゆえんである。

地底の反戦歌

ある評論家の指摘によれば、わたしの書くルポルタージュのたぐいには、よく数字が出てくるそうである。自分では気づかなかったが、労働者の生活を書くことが多いだけに、おのずからそうなるのであろう。

その日その日の仕上払い制によって生活する人間にとっては、数字は生き死にのバロメーターみたいなものだ。いきおい、肉体的に敏感にならざるをえない。筑豊の坑内唄を聞いて感じ入るのも、その点である。数字を詠いこんだものがすこぶる目立つ。数字のごろ合わせを楽しむ種類のものも少なくないが、そんな遊びのなかにも切実な生活感情がこめられている。それがまた、労働者の歌の生命でもあり、魅力でもあろう。

〽ソリャ逃げろ　いのちあっての二合半　親子四人で　一升のいのち

いのちあってのものだね、昇坑すれば二合半のあがり酒も飲めるというのと、それを四倍にした一升を親子四人の一生に掛けたところがミソだが、一生には一緒という意味も含まれているかもしれない。

〽飯場一人口ゃ　借金だらけ　夫婦二人口ゃ　銭だらけ
〽つめたつめたよ　弁当箱五つ　銭になるのは　ただ一つ
〽会いたさ六寸　見たさが四寸　会いたさ見たさで　シャクになる
〽ヤマは八尺ヤマ　男は五尺　ヘコの長さは　十二尺

多くを紹介できないのが残念だが、とにかく数字を詠いこんだものが多い。一山二山三山越え、で知られる選炭節のなかにもやはり、数字が重要な役割を果たす文句が見られる。たとえば、

〽あなた二十一　兵検査　わたしゃ十九の　厄の年
わたしの十九は　いとわねど　さまちゃんの二十一　気にかかる

戦前、男は数え年二十一になると徴兵検査を受け、合格すれば兵隊にとられた。いっぽう、女の十九は、三十三歳と並んで災厄の年とされ、結婚も忌まれた。若い恋する娘にとっては、もっとも残酷な年である。が、それにもまして気にかかるのは、二十一になった愛人が兵隊にとられ、二人の仲を

裂かれることだという心を詠ったものである。

いつごろ、誰が作った唄か知らないが、こんな哀切な唄がひそかに選炭場の陰で口ずさまれていたと思うと、胸が熱くなる。地底の反戦歌ともいうべき大切な唄だ。

日本一

〽三十五間の　この走りこみ　ノソン心で　さがりゃせぬ

これは、晩年わたしの家に同居していたスエ婆さんが、いつも好んで口にしていた坑内唄である。彼女は三年前に亡くなったが、その悲痛な調べは、いまもわたしの耳にやきついて忘れられない。それというのも、三十五間という数字の重さが、彼女自身の人生の重さそのものになっているからである。

走りこみとは、金子雨右著『筑豊炭坑ことば』によれば、炭坑の初期、雨水流入を防ぐため、一段高く築いた馬の背のさきの、少しく急傾斜の部分をいったもののとのこと。それが後には、坑口から一気に地底へと下ってゆく斜坑の部分の通称となったらしい。また、ノソンとは、藪敏二著『炭坑用語註解』によれば、仕事をするため入坑したが、道具がないとか、病気になったとかで、作業をせずに昇坑することなりという。ノソン腹をせかせた、というような言葉もある。

唄の大意は、傾斜のひどい走りこみだけでも三十五間、すなわち六十五メートル近い距離だ、ふざけた気分で入坑できるものではないぞ、ということであるが、その三十五間という言葉の迫力は圧倒的だ。なぜならその一言によって、その長い険阻な斜坑は、坑夫——それも恐らく女坑夫自身の肉体にうがたれた坑道そのものとなっているからだ。

三十五間という数字は、ここでは生きた肉体自身である。労働者にとって、数字とは、もともとそのような生理であり、みずからの肉体以外のいかなる抽象的観念の入る余地もない世界である。それこそが、数字の階級性だ。

これに比べれば、官公庁の統計数字のなんと肉体性の稀薄なことか。坑内唄に、痩せたおかたはしんから可愛い、骨と皮とでニクはない、という文句もある。ニクはない、というのは〝肉はない〟と〝憎うはない〟との双方に掛けられている。官公庁や学問の世界の数字も、まったくそのとおりだ。

先日も飯塚家庭裁判所で、〈一般非行の中に占める粗暴凶悪犯の割合い〉に関する数字を閲覧させてもらった。その示すところによれば、いまなお筑豊地区の少年非行率は、日本一の高さを示しているという。数字とグラフは、確かにその事実を証明していた。

しかし、その数字の陰で、どれほど多くの少年少女たちが、狂い死にたいほどの悲惨に耐えて、必死に生きようとしているか。その率もまた、疑いもなく日本一の高率を示しているのではあるまいか。そこを明らかにすることができない、というより、明らかにしようともしない官庁や学府の数字は、それこそ、骨と皮とで肉はない、ということになる。

もしわたしが彼らの境遇に置かれたとすれば、日本一の凶悪非行少年になったにちがいない。わたしはその聖なる予感から出発する。

わたしの減税政策

明治時代の優れた自由民権思想家として知られる中江兆民はまた、身をもって世俗の論理や倫理をくつがえした奇行の人物として、数々のエピソードを残している。彼がわが子を丑吉と命名したのもその一つだ。

なぜそんな下賤な名をつけたのかと問う者に対して兆民は、それが真実の親の愛情であると答えたという。世の親たちは、子ができると、末は総理大臣か陸軍大将、娘なら伯爵夫人にでもなるような名ばかりつけているけれども、そんな身分になれるのは万人に一人もありはしない。むしろ、人の卑しむ人力車夫や酌婦に身をおとす可能性のほうが強いのである。その時にふさわしい名をつけてやるのが、親心というものではないか。丑吉ならば、車夫になっても、わが名を恥じることがなくてすむ。兆民はこう信じたのである。その哀切な親心にはぐくまれて、中江丑吉は、後年たぐいまれな中国学者となり、永くその名を青史にとどめる大人物となった。

わたしの友人の中にも、男では負太郎、女では賤という名の人がいる。それぞれひとかどの見識のある親を持ったものだと、わたしは感服する。

なにごとによらず、名はひなびたに勝る美はない。ちかごろ殊にいまいましいのは、菓子類から店名に至るまで、いたずらに優雅を装う風潮だ。いっそ馬の糞とでも名づけたがぴったりするような旨くもない饅頭に、ことさらみやびた名をつけたりしている。宮内庁や宮家に献上したいばかりだろう。

鹿児島の「馬ん魔羅」なども、まことにそのものずばりの珍名を持つ郷土菓子だ。しかし、これでは天覧に供されないというような理由で色も上品になり、大きさもちぢまり、現今の「春駒」と改名されたらしい。天皇の行幸があるとろくなことはない、とわたしにぼやいた薩摩隼人がいるが、どこの県でもおなじような自己規制があったことだろう。

おかしみのないお菓子の名など、塩気のきかない砂糖のかたまりにすぎない。ひとつ筑豊で「けつわりせんべい」とか「すかぶらまんじゅう」などという名の菓子を作ってみてはどうだろうと、悪友つどえば話題にして憂さを晴らしている。〝けつわり〟というのは逃走を意味し、〝すかぶら〟というのは怠け者を意味する炭坑の土俗語である。

それだけにちかごろ、福岡県宗像町に「すかぶら堂」という看板をかかげた古書店がお目見えしたので、わたしは一陣の清風が吹きこんだように喜んでいる。店の通信販売目録の名も「兎」というのだから心憎い。兎坑夫から借りたものにちがいない。兎坑夫とは、上り坂には速く、下り坂には遅い兎とおなじで、入坑するのはいちばん遅いくせに、昇坑するのは誰より速い〝すかぶら〟の異名だ。

とにかく、気どった外語の商品名や店名ほど嫌なものはない。ブラジルでは、外国語の看板に高い税金をかけたこともある。いっそ日本でも実施したらどうだろう。庶民の減税政策にもなる。

国のまほろば

ときどき未知の人から手紙をいただく。その中に一通、わたしと井上光晴と石牟礼道子さんあてのものがあった。差出人は、親の代から筑豊の炭坑で働いたという六十歳の人。文面の趣旨は、ある高名の作家が筑豊をえがいた長篇小説を、〈民衆作家としての責任において抹殺して下さい〉というものであった。

〈封建時代の奴隷農民と同様に権力財閥の犠牲者の果てた人柱の姿を浮かび上らせずして、また明治以来長い間暗黒の地底でいちずに祖国だけをささえて来た最底階級の坑夫の生きざまを具象せずして何の小説価値があろう。未曾有の石炭時代に生まれ合わせたために避けられなかった貧困、無知、屈辱、差別にあえぎ呻吟しなければならなかった坑夫としての民衆を書きあらわさずして何の筑豊小説か、まったく坑夫に筑豊に対する冒瀆小説だ〉

狂おしいばかりの憤りがひりひりと伝わる文章であったが、とりわけてわたしが目を釘づけされたのは、〈エルサレム筑豊聖地をダシにする、したことはゆるせないのだ〉という絶叫であった。

筑豊ほど人情が厚くて住みよい土地はないという言葉はよく耳にする。しかし、聖地という表現に接するのは、これが初めてであった。それもいまは筑豊を離れて、大都会の片隅にひっそりと流転の身を養う人の言葉であるだけに、いっそうわたしの心に熱く焼きついた。

路傍にころがるひとかけらのボタにも坑夫の万斛の血涙がこもる、この黒き聖地に〈国のまほろば〉を発見したのは、中国文学者の竹内好さんである。師は惜しくも一年前に病死されたが、一九七〇年五月に初めてこの地を訪れた折の印象を雑誌『中国』に発表し、〈一日やそこらの見学で筑豊炭田を語るのはおこがましすぎる〉とことわりながらも〈その第一印象は、国のまほろばであった〉として、その実相が納得されたのは得がたい収穫であった、と述べている。そして最後に〈国のまほろばが荒廃すれば、人の心もまた荒廃する〉と記している。

偉大なる師父たちの胸奥に去来する〈国のまほろば〉の風景は、果たしていかなる貌であったのか。そんなことを想うたびに心に浮かぶのは、足尾鉱毒闘争に生命を献げた田中正造の次のような言葉である。

〈ウカと見れば普通の原野なり。涙を以て見れば地獄の餓鬼のみ。気力を以て見れば竹槍。臆病を以て見れば疾病のみ〉

鬼哭啾々たる谷中村の風景に託しての感懐であろうが、それはとりもなおさず〈エルサレム筑豊聖地〉そのものの受けとめかたにほかならない。

ウカと見るか、涙を以て見るか、それとも気力を以て見るか、はたまた臆病を以て見るか、四つに一つの見方しかないのである。それによってボタ山のボタ一つ、遠賀川原の枯れすすき一本、生きもすれば死にもする。

土呂久つづき話

毎日のようにあちこちから、さまざまな運動の機関紙やサークル誌が届けられる。その中には、まるで商業雑誌みたいにぜいたくなものもあるが、粗末なガリ版刷りもある。

わたし自身、若いころ、ガリ版の上で悪戦苦闘した時期が長かったので、よけいに親近感がわくのかもしれないが、概してガリ版刷りのもののほうが、とり組む姿勢も真剣であれば中味も充実しているような気がする。

多色刷りの部厚い雑誌が、美しい箱づめの洋菓子だとすれば、手書きの粗末なガリ版刷りのほうは、小石だらけの山をきり拓いて、汗まみれ、泥まみれで育てた芋やゴボウの感じだ。手にとると、作者の息吹きまで伝わってくる。こんな人たちがいるかぎり、日本も亡びることはないのだと思って、気分が明るくたぎる。

それら数多くの貴重な手作りのメッセージの中でも、とりわけ、わたしが毎月首を長くして到来を待っているのは、宮崎から送られてくる〈土呂久つづき話〉『亜砒鉱山』という記録である。

土呂久鉱山は、天孫降臨の聖地として知られる高千穂の峰や天の岩戸に近い、標高一六三三メートルの古祖母山の山裾に位置する亜砒鉱山。一九二〇年に中島鉱山がここで亜砒酸の製造を始め、一九六二年閉山したが、その猛毒の被害はいまも跡をたたず、村も人も業火の苦しみにもだえている。その悲惨な状況については新聞などでも報道されているので、ここではくり返すまい。鉱業権者である住友金属鉱山を相手どって闘われている土呂久訴訟についても、すでに周知のことであろう。

〈土呂久つづき話〉は、この地獄の苦痛にあえぐ人びとからの聞き書きを、こつこつとガリ版で刷り、毎月一日と十五日に発行してきたものである。つきぬ怨念を刻みこもうとするかのように、その字は太く力づよい。漢字には丹念にふりがながつけられている。学校教育を満足に受けていない読者への配慮であるが、そんな心くばりにも記録者の並々ならぬ志がうかがわれて感服させられる。民衆史は、誰よりも民衆自身のためのものでなければならない。そのことを一つ一つの小さなふりがなが主張している。

毎回ザラ紙三枚＝六ページ平均のこの記録には、素朴な色彩の版画まで二、三点刷りこまれている。記録者の妻として生きる人の仕事だ。夫は鉄筆を握ってガリを切り、妻は彫刻刀を握って板に挿絵を彫る。その若い新婚夫婦の姿を想像すると、わたしは思わず眼頭が熱くなる。

こうして今日までに二人が生みだした〈土呂久つづき話〉は、三十二回を数え、一九〇ページに達した。そして今月をもってひとまず前半の区切りをつけ、やがて新たな後篇への旅にとり組むという。一年有半にわたるお二人の労苦を遙かに謝すとともに、今後のご健闘を心から祈ってやまない。

トンチャン

わたしがせわになっている町は、国鉄鹿児島本線の遠賀川駅からの支線にそってひろがっている。支線の名を室木線というが、住民はボロ木線と呼びならわしている。線路も客車も、あまりに老朽しているからである。ボロ木線に乗ると船酔いが起きる、と悪口をいう者もいる。上下左右の振動がひどく、ちょうど船に揺られている感じだ。

しかしわたしは、この、働くだけ働いて見棄てられた老人のような支線がいちばん好きである。遠賀川駅で電車を降り、この線の古ぼけて薄暗い客車の木の椅子に坐ると、それだけでもう、わが家に戻ったようなやすらぎがえられる。なにより懐かしいのは、ニンニクと焼酎のほのかな匂いだ。それは、北九州の工場や港湾の底辺労働者として通勤する人びとが、日々の激しい疲れと怒りをいやす、大切ないのちの糧の香りである。

わたしの鼻孔がいち速くその香りをかぎつけると、たちまち腹の虫がトンチャンを食いたがって泣きはじめる。

トンチャンというような下品な言葉は使ってはいけません。こういって、わたしは東京の上品な朝鮮美人からたしなめられたことがある。トンチャンというのは、日本語になおせば、くそぶくろとでもいうような意味だからである。しかし、ホルモンと呼んだところで、目くそ鼻くそを笑うのたぐいだ。なぜならホルモンも、要するに捨てるもの、つまり〝放るもん〟のこじつけにすぎないということだからである。

ともあれ、ホルモンというような関西渡来のえげつない商人語では気分が乗らない。昔からいうではないか、郷に入りては郷に従えと。少々柄は悪くても、筑豊流にトンチャンで押し通すとしよう。

筑豊では、なにかといえばすぐ、いっちょトンチャンでも食いにいくか、という。筑豊のもっとも大衆的な料理といってもよいほどだ。店も多い。しかしいまのようにホルモン料理という看板が目立つようになったのは一九五五年ころからのことで、それまではごくわずかなものであった。わたしの記憶によれば、中間市の香月線新手駅の近くにある「中間ホルモン」という店が、川筋における元祖であるように思う。一九五〇年の創業だ。

石牟礼道子、河野信子、谷川雁、森崎和江さんたちと共に一九五八年に旗上げした『サークル村』の運動も、連日のごとくこの店を会合の場としていた。一日に二度通った猛者もいる。食物史的に見れば、トンチャン抜きに『サークル村』の運動は考えられないほどである。

しかし、現在はもうどの店も堂々たるレストランに変って、一合が十五円から二十円程度の迷酒

〝京城桜〟に心身の渇きをいやした時代は遠くなってしまった。

〈昔はふんどしいっちょでいきよったがなあ。いまはなんち、ネクタイを締めんないかれんごとあるばい！〉こう嘆いた男もある。

債鬼退治

きれいなバラにはとげがある。教育ママにはひげがある。サラリー・ローンには鎖がある。その非情な金の鎖に縛られて、自殺や一家心中をとげるというような悲劇があい次いでいる。そんなやりきれないニュースを聞くたびに、わたしの隣人たちはこう語り合う。

〈死んで花実が咲くもんか。なし死なんならんかなあ。借金苦にしていちいち死によったら、俺どま、いのちがなんぼあってもたらんばい。逃げんなこて。逃げて逃げて、逃げたくらんなこて〉

かつて炭坑の納屋制時代は、前借金で坑夫を縛りつけ、一種の債務奴隷として自由を拘束するのが常套手段であった。縛られたほうもまた、鎖をたち切ってケツワリするのが日常茶飯事であった。こんな坑内唄もある。

〽負うた借金　払わんとは言わん　時節待ちなされ　納屋頭

夜陰にまぎれて着のみ着のままで逃走すると、隣人たちが早速かけつけて、鍋釜、茶碗までわけ合って持ち帰る。たとい、不幸にして逃走者が途中でつかまり、連れ戻されても心配はいらない。隣人たちは持ち帰った家財道具類をただちにきちんと返納してくれるので、なんの支障もなかったというような話も聞いたことがある。また、小さな子をかかえて逃げるのは足手まといだからといって、すすんで幼児を預かってくれる仲間もおったという。

そんな運命共同体的な生活によって、債務奴隷の苦海を泳ぎ渡った人たちである。当世の小市民階級の絶望的な孤独は、到底〈料簡に及ばん〉ということになるのもやむをえまい。

わたしの友達に一人なんとも威勢のよい男がいる。彼は少年時代、親が債鬼に苦しめられているさまを見かねて債鬼退治を決行することにし、坑内からこっそりダイナマイトを持ち出した。そして、親には黙って独り敢然と鬼の館に乗りこみ、借金返済の延期を要求した。むろん相手は冷淡に拒絶したが、するとたちまち少年はふところからダイナマイトをとりだし、〈俺のいうことが聞かれないならこれに火をつけ、体ごとお前の家を爆破してやる！〉と宣告した。債鬼はすっかりあわてふためき、延期を認めたという話。

こんな親思いの勇敢な少年も、いまは二児の父親である。そして彼の娘も、親ゆずりのやさしい心根の少女に成長している。

飯塚オートレース開催中のある日、彼女は父親の顔色を見て、こういったという。

〈とうちゃん、オートレースにいきたいとやろ。かあちゃんにいうと、また夫婦げんかになろうもん。あたしの貯金を貸してあげるけん、そろっといっておいで。その代わり、あとで利子つけて返さんなばい〉

債鬼退治の英雄も、さすがにこの愛らしい娘鬼にだけは勝てないらしい。

担ぎ屋の弁

わたしの隣町に、井上為次郎という、明治三十一年生まれの老坑夫がいた。戦後いち速く炭坑労働者の血涙の歴史を、絵筆で記録する作業にとり組んだ人物であり、いわば山本作兵衛さんのさきがけである。惜しくもいまから八年前、七十二歳で亡くなられたが、彼は戦後初めて九州採炭笹原炭坑労組の産婆役を勤めた人でもある。しかし彼はその功を誇ろうとはせず、〈食糧品の担ぎ屋を勤めただけですたい〉というのがつねであった。組合員の餓えを充たすために、彼はもっぱら、芋や米麦の買い出しと運搬に精を出したのである。

〈担ぎ屋〉という言葉は、わたしを感動させた。労働者のために汗水たらして食糧を担ぐのが、労組幹部の役目である。ところがいつのまにやら、組合幹部を国会に担ぎ出すのが労働者の役目みたいになってしまった。

ふりかえってみれば、文字どおり、わたしも文字の担ぎ屋だ。どれほど他人の原稿を担ぎつづけたことだろう。

いまは亡き正田篠枝さんは、戦後初めて広島の被爆体験を詠った歌人として知られている。彼女は、やはりさきごろ故人になられた九州大学教授正田誠一氏の令姉であるが、わたしは彼女が精魂こめた『ちゃんちゃこばあちゃん』など、一連の優れた作品の原稿を担いで、平凡社や理論社など、どれほど多くの出版社をめぐり歩いたことだろう。しかしお百度詣りもむなしく、ついにこれを一冊の本にまとめようという社はなかった。

〈原稿を返される、と、いうものは、さえない悲しいものでございますね〉

こう記された手紙を受けとって、わたしは腸をひき裂かれる想いであった。

有機水銀中毒に苦しむ水俣漁民の魂をえがいた石牟礼道子さんの『苦海浄土』は、公害運動の〝聖書〟にもたとえられる名著であるが、その運命もやはり当初は、『ちゃんちゃこばあちゃん』に劣らず孤独のかぎりであった。

三一書房にも容れられず、岩波書店に持ちこむ時、評論家の谷川健一さんはわたしをこう慰めた。〈石牟礼さんの文体を岩波の体質が受け容れてくれればよいが……〉と。案のじょう、六カ月たっても岩波側の承諾はえられなかった。編集長は気の毒そうにわたしに説明した。

〈当社は編集部員全員に回覧し、過半数の賛同をえたものを出版することにしていますが、お預りした原稿は、小職を除いて一名の評価もえられませんでした〉と。

やむをえず、わたしは、またしても原稿を担いで講談社に持ちこみ、やっと単行本にしてもらうことになった。

わたしは無名の人の優れた作品の担ぎ屋であることを、日本の思想文化のための、光栄ある義務であると自覚している。しかし、金儲けや売名のための原稿を担ぐことだけは、断じておことわりだ。いちばん重い魂の俵を担がせてほしい。

桜蕾忌

予告なく来る死もあらむ明日のために香を焚く思ひに洗ふ坑帽

亡き友、山本詞くんの歌である。彼は十六年前の一九六二年三月三十日、福岡県鞍手郡小竹町の古河目尾《しゃかのお》炭坑で、炭車事故のために生命を奪われた。三十三歳であった。

これより四年前の一九五八年、やはりわたしにとってかけがえのない文学運動の友の国上伸雄くんが、日炭高松炭坑で三十三歳の生命を絶った。

〈函でやられたのも、みたもねえぞ。エブジョーケでひろうてあるかにゃならんもんな〉と、彼は手製のノートに書きとめているが、国上くんのいのちを奪ったのも炭車事故であった。

〈予告なく来る死〉は生産至上主義のわが国の炭坑で働く人間の避けがたい運命であるとはいえ、あまりにも残酷なさだめだ。国上くんは遺稿集『地底の手記』を、山本くんは遺歌集『地底の原野』を、それぞれ筑豊への遺書として残した。

山本詞くんが亡くなって十六年目の今年三月二十六日、彼の友人たちがあい集い、「桜蕾忌」を営んだ。年年歳歳、桜のつぼみがふくらむたびに、亡き友が想起されてならないところから、そう名づけられたのである。故人の姉さんと末の弟さんも、わざわざ駈けつけてくださった。弟さんは中学校時代に野球部員であったが、下級生の部員にボールを拾わせるさまを兄の詞くんに見られた。その夜、兄は、奴隷を使うように下級生を球拾いに使うとはなにごとぞ、と厳しく弟を叱ったという。山本詞くんの人柄がしのばれて、わたしは涙がこぼれた。そんなかぎりないやさしさがあればこそ、こんな歌も詠えたのであろう。

　酔ひ痴れて人を刺し来し若き坑夫と何ほどの差異を吾はもてりや

「桜蕾忌」の席上、彼の歌碑建立の話も出た。しかし、石碑を建てることよりも、彼が遺した歌の定本を出すことのほうが大切ではないか、という結論に達した。来春の「桜蕾忌」は、ぜひその出版記念会でもあってほしい、とわたしは願う。

一九六二年三月二十五日、彼は福岡板付基地撤去を要求する十万人集会に参加し、次の二首を作った。これをいまわの歌として、彼は五日後に地底で息をひきとったのである。

　一歩一歩基地に近づく示威の列にわきやまぬ「ヤンキー・ゴーホーム」

　板付基地つつまんとして寄り来たるアカハタ遠き野の果に炎ゆ

あくまで成田国際空港の廃絶を要求して闘う若者たちが、新空港の管制塔を襲撃、占拠したのは、あたかも「桜蕾忌」のさなかであった。

わたしは〈遠き野の果に炎ゆ〉るまぼろしを追うて一夜眠れず、けさから酒ばかり。

笑う民には福来たる

皆さんと共に寒夜の暖をとるべく、わが心のボタ山でボタ拾いを始めたのは、寒風身にしむ去年の暮れでした。皆さんの暖かいお励ましは、共に掘りごたつで友情を暖める喜びでありました。覚えず時のたつのも忘れる思いでしたけれども、ふと窓外に目をやれば、いつのまにやら花吹雪の候となっています。

これ以上いたずらに残り火をかき立てたところで、夏炉冬扇のそしりはまぬかれますまい。花は桜木、人は武士とか。ひきぎわこそ大切であります。わたしもこのあたりでおいとまごいすることに致しましょう。次にはさわやかな緑の風で、長い冬ごもりの袂の塵をはらいきよめていただきたく。

わざわざ唐津の湊から海のさちを山ほどかついでかけつけてくださった明治女の池田さんをはじめ、湯治のお招きをいただいた玉名温泉郷の老人会、たえず手紙や電話で一喜一憂くださった未知の読者の皆さんに対し、この場を借りまして幾重にも厚く御礼を申しあげます。日々の稿債に追われて、返事をさしあげることもかなわなかった非礼を、あわせて深くおわび致します。

わけても、ボタ拾いとはなにごとぞ、君は大学教育まで受けながらボタが燃えると思うか、ボタ拾いではなくてイシ拾いというのがほんとうだ、と叱正を賜わった志免炭坑の御老人に対し、衷心より感謝とおわびを申しあげます。

確かに仰せのとおりであります。正しくはボタの中のイシ拾いというべきでありましょう。ただどうしたわけか、わたしの住む筑豊炭田では、そのあたりの厳密な区分にこだわらず、ごくおおざっぱにボタ拾いと呼びならわしているものですから、その慣習に従わせてもらいました。提灯の中の蠟燭に火をつけるというべきところを、提灯に火をつけるということきたぐいとおぼし召して、なにとぞ御寛恕ください。

ただ、わたしは、いまこそボタが燃えあがってほしいと思っています。なんとしてもボタが燃えさかる時であってほしいと切望しています。人も村も、いや筑豊ばかりではありません、国全体まで、ボタのごとくに打ち棄てられ、ボタのごとくに踏みにじられてゆく時代であるだけに、いっそうその想いは切実であります。

そうした時代であればこそ、地の底から、体の底から、どうとばかり吹きあげるような笑いが、何より大切でありましょう。そんな笑いを創出できない民族は、坐して滅亡を待つ民族です。苦痛のどん底で笑いを創出できる民族は、かならずや滅亡の淵から脱出するにちがいありません。

わたしがこのつたない随筆にこめた願いも、ただその一事でした。微意をお酌みとりいただければ、こんなしあわせはございません。

わたしもまた暫く、沖縄よりの移住者の跡を追って、ラテンアメリカへ旅立ちます。いつかお目にかかれる日まで御機嫌宜しく！

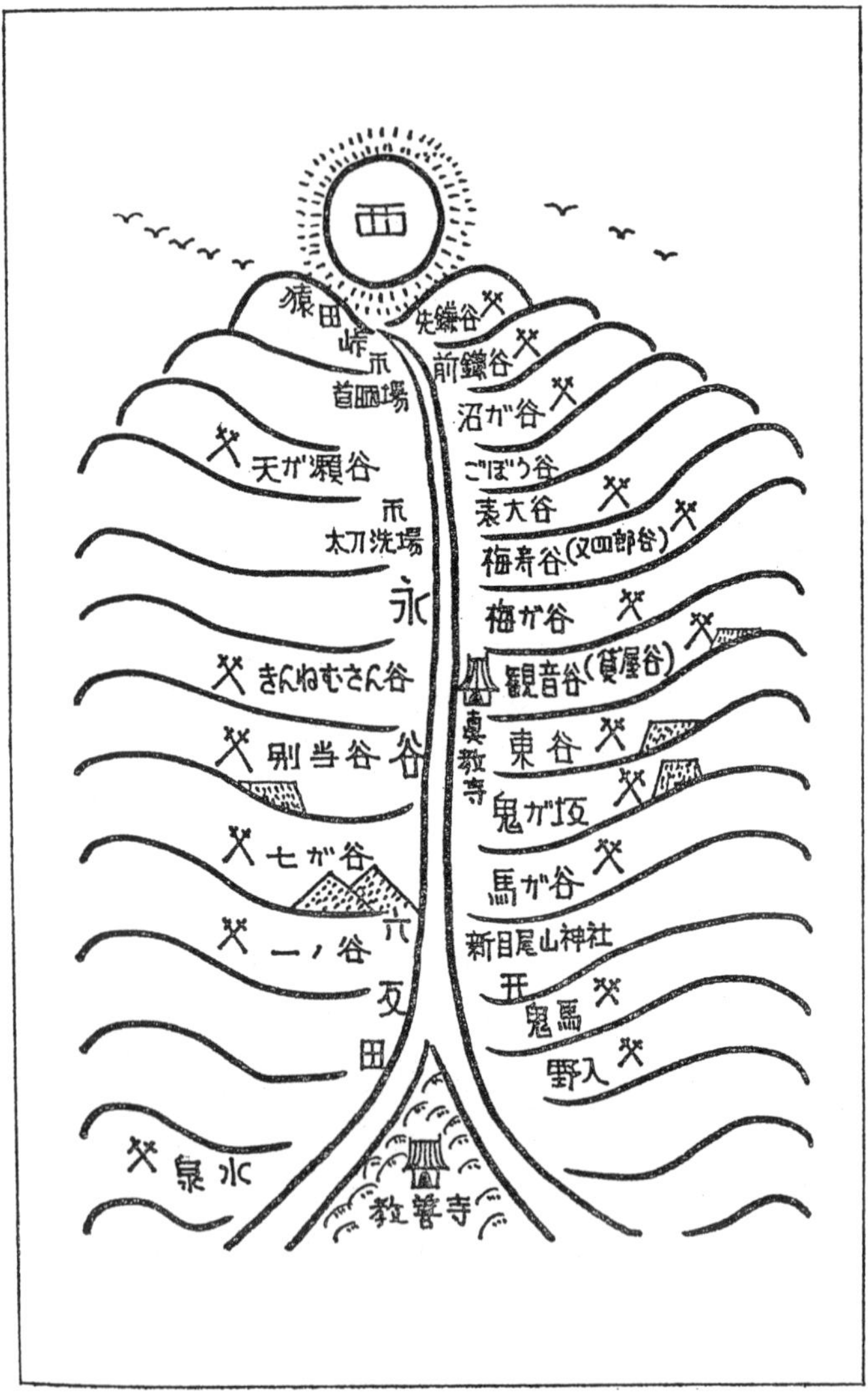
西
猿田峠
先鎌谷
前鎌谷
首晒場
沼ガ谷
天ガ瀬谷
ごぼう谷
表大谷
太刀洗場
梅寿谷(又四郎谷)
永
梅ガ谷
きんねむさん谷
観音谷(箕屋谷)
真教寺
東谷
別当谷
谷
鬼ガ坂
七ガ谷
馬ガ谷
六
一ノ谷
新目尾山神社
反
鬼馬
田
野入
泉水
教善寺

わが廃鉱地図（『廃鉱譜』あとがきに代えて）

へたくそな地図をかいてみました。これが『廃鉱譜』の舞台のあらましです。

土地の古老の話によれば、昔、この長い谷を東西につらぬく一本道は、北九州と博多とを結ぶ大切な街道であったそうです。昭和初期の写真などを見てみましても、大きな松の並木がつづいていて、いかにも古い街道らしい風情《ふぜい》が残っています。また、慈光山真教寺を中心にして軒をつらねる永谷の家々も、かつての繁栄をしのばせる、どっしりした構えです。

といっても、史書の伝えるところによりますと、この谷に人が住むようになったのは、いまからせいぜい二百六十年ばかり前からのことだそうです。『鞍手郡誌』には「宝永七年庚寅黒田忠之此所にて立山一万五千坪を与へらる。宗像《むなかた》郡赤間と遠賀郡底井野との間人家なくして往来便利ならざりしかば、谷中に新に民屋を作（り）て此村を立てたり。此処は田圃墾開のために招き集めたる者に共に貸し与へし所なり」と記されています。貸屋谷という名称がいまに残っているのも、ここに由来すると説かれています。

この谷でいつごろから石炭の採掘が始まったかは、記録にあきらかではありませんが、おそらく貸屋谷の開拓と時を同じくするものであろうと想像されます。これより二十数年さかのぼる貞享年間のことですが、黒田藩では累積した藩債を償還するため、国中の竹木を伐ってこれを売り、一時の急を逃れたのはよいが、これによって人民の薪炭が甚しく欠乏し、その代用として石炭を盛んに使用するようになったといわれています。

貝原益軒が元禄十五年（一七〇二年）に著わした『筑前国続風土記』の中にも「遠賀・鞍手・嘉麻・穂波の中諸所の山野に燃石《もえいし》なるものあり。村民之《これ》を掘り採りて薪に代用せり。遠賀・鞍手には特に多し。頃年《けいねん》粕屋の山にても掘れり。煙多く臭悪しと雖《いえど》も、燃えて火久しく、水風呂の釜に焚くに適し、民用に最も便なり」という一節があります。

藩政不如意《ふにょい》のため、未曾有《みぞう》のエネルギー革命をしいられた人民こそあわれのきわみですが、年ともに石炭の採掘は盛大になるいっぽうであったわけです。またこれにともなって、石炭の採掘を専業とする貧民も増加していっています。

私の住む六反田から一粁ばかり東のほうに加藤山教善寺という西本願寺派のお寺がありますが、その過去帳を調べてみますと、明和三年四月九日に死亡した又右ヱ門という人の名があり、戒名は元心、職業は六反田石山稼《いしやまかせぎ》と記されています。明和三年は一七六六年にあたります。石山稼というのは、石炭採掘を業とする者のことです。当時筑前は、石炭を、石《いし》、生石《なまいし》、燃石《もえいし》、焚石《たきいし》などと呼びならわしており、炭鉱を石山と称していました。

又右ヱ門という男が何歳で死んだか、いかなる経歴の人か、もとより知るすべもありませんが、いずれにしてもいまから二百数十年前、すでにこの谷で石炭採掘を専業として生活する人びとがいたという事実を、教善寺に伝わる過去帳の「石山稼」という三字が、私たちに教えてくれます。

当時、掘り出された石炭は、そのまま薪代わりに使用されるばかりでなく、むし焼きにして粗製コークスに変え、木炭の代用として使われていました。これを生石《なまいし》と区別して、焼石《やきいし》、石ガラ、石炭《いしずみ》などと呼びます。石ガラは略して単にガラとも呼ばれます。私たちが現在用いる石炭という言葉は、木炭に対する石炭《いしずみ》の意であって、生石《なまいし》を意味するものではなかったわけです。木をむし焼きにして木炭を作るように、石をむし焼きにして石炭《いしずみ》と名づけたということです。三池地方では登治《とじ》とも呼んでいたそうです。石ガラを製造する山は、焼石山と呼ばれています。

弘化三年（一八四六年）の文書にも「六反田焼石山にかるわざ役者参り、見物の人大勢参る由也」という文字が見られます。六反田ばかりではありません。この細長い谷々のそこかしこに石炭を焼く煙がたなびいて狐狸どもをおびやかしたことでしょうが、それは新しい時代の夜明けを告げる狼煙《のろし》でもあったわけです。

やがて明治維新を迎えて藩制時代の統制が解かれ、いわゆる〝自由掘り〟の戦国乱世が開けるとともに、われもわれもと石炭採掘業を始める者たちが続出します。明治もようやく八歳を数える一八七五年の調査によれば、この谷ぞいの炭鉱だけでも七鉱にのぼっています。

もっともこの当時の経営者の大部分は、地元の田地持ちであり、資本も少なければ鉱区もごく小規模であったようです。採掘許可のえられる条件が、鉱区面積一万坪、資産五万円以上と定められたのは、大鉱区制を図るために日本坑法が改正された一八八二年以降のことです。

しかし、この谷をまず揺籃《ようらん》の地として男を磨き、中原《ちゅうげん》に駒を進めた者たちも少なくありません。麻生、貝島と並んで「筑豊御三家」と称された明治鉱業の始祖・安川敬一郎もその一人。彼の遺稿集『撫松余韻』に収録されている「日記抄――不具の旅寝」には、彼が二十五歳で東谷の炭鉱経営に乗り出した当時の模様が、次のように記されています。

「明治七年二月、叔兄松本より電報あり。季《き》兄《けい》幾島徳、官兵小隊長として江藤新平・島義勇の反軍鎮定の為め佐賀に向はんとする途中、三瀬峠に於て戦死を遂ぐと。／斯《か》くて余は急遽旅装を調へ、品川より千里丸に搭じ神戸に到り、同港より博多に航する某船に乗り換へ、福岡に帰着す。／然して幾島の専任せし炭坑事業は規模固《もと》より小なるも、兄弟四家生活の係る所重大なるものあるを以て、松本兄と熟議の後、余は鞍手郡長谷（永）に在る東谷と号する小炭坑の経営に任じ、松本兄は穂波郡相田炭坑に任ずることとなりたり」

「明治九年、余は妻と共に長男澄之助を福岡なる徳永家に托し、健次郎（二男）を伴ひ永谷に仮寓し、芦屋との間を往復したり」

「明治十年、春余は友人故越智・久世・建部・舌間等の志士、鹿児島の西郷・桐野・篠原等と相通じ私学党の蹶起《けっき》に相応すべく挙兵の企図に出づべきを察知し、徳永一家を挙げて芦屋に転居す。（中略）此の年西南擾乱《じょうらん》の為め稼働者少く採炭意の如くならず。僅かに現状を維持するのみ」

明治九年に父敬一郎とともに永谷に移った二男の健次郎は、父の経営する東谷炭鉱の思い出を、後にこう語っています。彼が六歳当時のことです。

「東谷炭坑は、私の家の南側横手の坂を登って行くと程遠からぬ所にあって、所謂《いわゆる》狸掘式の横坑があり、坑口までは坑夫が一尺足らずの短い木杖をつきながら、殆んど地面を這うようにして石炭笊《ざる》を天秤棒で背と腰に担い、女坑夫はスラを曳いて坑内から出て、坑口の所に設けてある大きな竹囲の中に石炭を入れる。見張人はその坑夫の名前と笊の数を呼んで坑夫にその採出量を知らせていた。坑口からの運搬は竹囲の中に積み上げた石炭を車力に載せ、車夫は一人か又は後押付きで、松板を敷設した車道の上を曳いて坂を下り、町の南端の小川岸に設けてある小型艜《ひらた》の積込場まで運ぶのである。小型艜は現在の遠賀川駅の西側を流れている西川を通過して遠賀川本流に出て、この合流点で更に大型艜に積み替えたのである」（『松本健次郎懐旧談』）

この時代の採炭・運搬手段は、いまだ徳川時代と大差のない原始的なものであったのであります。西南の役が勃発したために稼働者の確保が困難になったことを安川敬一郎は嘆じているが、これは、炭鉱で働くよりも官軍の官夫として働くほうが賃金が高かったからであります。とはいえ、当時、この谷中の家屋のなかでガラス戸のはまっているのは、安川の事務所だけだったということですから、それなりに利益は多かったのでしょう。安川は東谷鉱につづいて観音谷にも開坑しております。

時代は下って二十世紀に入りますが、後年九州一の大親分とうたわれ、権勢をほしいままにした吉田磯吉が、初めて炭鉱経営に乗り出したのも、七ガ谷の新延炭鉱であったといわれます。時は一九〇五年です。賃金の代わりに払われる斤券を現金に替えるさいには一割引き、ひどい時には三割も引いたとか、農業用水池が一つ破壊されたとか、いまだに悪名を残しているのが、この磯吉親分経営のヤマです。

児玉音松著『筑豊鉱業頭領伝』に雄名をつらねる頭領たちの中でも、若いころ、この谷で坑夫や納屋頭、あるいは小ヤマの坑主をしていた者たちの名が散見されます。さぞかし弱肉強食の殺伐な雰囲気であったにちがいありません。その豺狼《さいろう》あい食む悽惨な修羅場の様相は、たえて久しく消滅することはなかったのです。教善寺の過去帳をめくってみましても、明治の末から大正時代にかけて、「七ケ谷デ飲酒争論ノ上互ニ凶器ヲ以テ斬傷シ遂ニ死セリ」「七ケ谷ニテ銃殺サレル」「七ケ谷坑ニテ斬殺サレル」というような文字が見えています。

しかし、日清・日露の戦争をへてわが国の資本主義化が進むにつれ、この群雄割拠の血なまぐさい谷々にもようやく中央大手資本の爪がくいこみはじめています。一九一〇年には古河鉱業が六反田の地に新目尾《しんしやかのお》炭鉱を開設し、鬼馬鉱や鬼ガ坂鉱などを吸収して七十六万坪にのぼる鉱区を手中に納めました。

古河鉱業がしきりに筑豊炭田への進出を図ったのは、同社の経営する四国別子銅山の燃料を確保することが目的であったといわれます。新目尾炭鉱の経営もその一環であったのでしょう。これより後、古河鉱業は新目尾鉱の機械化を精力的に推進し、たちまち西川地区最高の出炭量を誇る大ヤマになりました。一九一九年度の出炭量は九万六千余トンと記録されています。

しかし、第一次世界大戦後の不況さなかの一九二四年、古河は新目尾炭鉱を放棄し、経営は古河時代に納屋頭として勢力をふるった猪口浅吉の手に移りました。次いで、一九三一年には藤井鉱業の手に渡り、一九四〇年には日満鉱業に買収されました。つづいて一九五四年には室井鉱業へ、一九六〇年には大島鉱業へと渡り、一九六二年四月、最終的に閉山されました。

それが劣悪な条件のヤマの運命だ、といってしまえばそれまでですが、身売りにつぐ身売りの、まことに薄幸な生涯であったと思わずにはいられません。西川地区最大のヤマでさえこんなありさまですから、他の小ヤマの運命は推《お》して知るべしでしょう。あまりに転々と人手に渡っているので、系図を作るのも困難なほどです。

私が妻子とともにこの無残な廃鉱の谷に住みついたのは、新目尾炭鉱がつぶれて二年目の春です。ついきのうのような気がしますけれど、いつのまにやら十四年の月日が過ぎてしまいました。この間に、さまざまのできごとがありました。去った人たちはどこでどうしているのやら、まったく消息も知れません。そのなかでただひとりこまめに手紙をくれるのは、北朝鮮に引揚げた呉さん一家だけです。その第一報は次のとおり。

拝啓、こよみも年末になり、毎日を忙しくお過ごしの事と思いますが、先生方一家はお元気でしょうか？　私達も無事に祖国の地に着き、やっと落ちついたところです。日本にいる時は本当に御世話になりました。先生方には最後の最後まで御迷惑をかけ、何の恩返しもしないで、本当に申し訳なく思っております。それに八幡までわざわざお見送りまでしていただきまして、ありがとうございました。

私達は新潟を予定通り出港して十月二十四日に清津《チョンジン》港に着き、その招待所で約三週間過ごしました。この間名所や工場、学校を見学して、祖国の事を少しでも早く分ろうと勉強しました。そして十一月十七日に私達は량강도《ヤンガンド》혜《ヘ》산시《サンシ》に来ました。ここは朝鮮でも一番寒いところで、압록강《アムロッカン》という河のほとりに住む事になりました。だからすぐとなりは中国が見え、家々もよく見えます。今こちらはもう氷もはっていて、子供達はスケートをしています。（中略）

私達はこうして祖国での生活に一歩をふみ出しました。六反田に住んでいらっしゃる皆様はいかがでしょうか？　又、私達の住んでいた家はどういう風に変ったでしょうか？　二十年間も住んだ家を離れるという事は本当にさみしいことですネ、何もかもがなつかしい思い出となりましたけれど……。（中略）

上野先生が「帰るところがあるからいい」とおっしゃられた言葉がうらめしく思われます。私は今、帰るところを又見つけたいところです。

それではぐちもこれくらいにしてこの辺でペンを置きます。ごきげんよう。

日付は一九七一年十一月二十二日となっています。呉夫人の金末粉さんが口述し、娘の誰かが筆記したものでしょうか。美しく整った書体です。それではもう一通、帰国後六年経った一九七七年五月十日付の便りを紹介させていただきたい。

拝啓、上野先生をはじめ御家族みなお元気でしょうか？　私達もみな元気に仕事に勉学に励んでいます。長い間御無沙汰致しておりますが、どのようにお過ごしでしょうか？　私達が帰国して早くも六年の月日がたちました。（中略）六年という長いようで短い間、いろいろな事があった事と思います。私達もいろいろな事がありました。はじめの頃は親戚をはじめ多方から手紙が来たりしていましたが、今はさっぱりと途絶えてしまいました。鞍手も大きく変化した事と思います。御近所の方々は御達者でしょうか？　泉水にいる私の母はどうしているやら……。今母は七十三歳になりますが、ひとりで暮らしているのやら、弟夫婦といるのやら、分りかねています。分る事がありましたら知らせて下さい。お願いします。それから上野先生はブラジルから無事お帰りになられたでしょうか？　ブラジルではどのように過ごされたのでしょうか？　他の外国に行くような事はありませんか？　一度私らの祖国にも来て下さい。今日本の方々が我国を訪問している報道をきいています。そのたび、上野先生が来られはしないかと耳をかたむけています。是非一度機会をみて訪問して下さい（中略）

それではこの辺で私達の事をお知らせしましょう。主人は帰国した時からと同じ近くの機械工場に勤めております。忙しくもなく、日本にいた時より楽に勤めに励んでおり、仕事に勉強（？）に家の仕事に毎日を過ごしています。家の中がひっそりとしてしまったので、ひとりで昼食をして、夜もひとりで召しあがる時が少なくないので、それだけが寂しいようです。

私も食堂で働いているので、家にいる時が多くありません。朝出勤すると、夜遅くならないと帰れません。こうして毎日忙しくすごしています。

百合子（英順）はおととし嫁にゆき、チョンジンで暮らしています。五月には子供が生まれる予定です。京子も去年四月に嫁にゆき、スンチョンで暮らし、九月に子供が生まれます。娘二人共遠くに行ってしまったので、なかなか家に来る事がありません。成培はピョンヤンの大学で勉強しています。一人息子なので主人の期待もひと一倍です。これからどうするのやら、成培の思う通りいろんな事をさせています。順枝は高等芸術専門学校美術科二年です。どんな才能があるかしれませんが、画家としての道を歩みはじめました。

こうして家の中は順枝と三人になってしまいました。毎日仕事に追われていても、上野先生の事や日本の事を忘れる事はありません。

今年四月十五日は偉大なる我首領キムイルソン元帥の誕生六十五年を迎え、全国の幼稚園、小、中、高、大学生の学生達に無料で夏、冬の服をはじめ、かばん、学用品、くつ、ネッカチーフなどが配られました。又日本にいる朝鮮学校の学生達にも同じような配慮がありました。学校は無料だし、この上にこんな配慮があり、私達父母よりも学生達、子供を見守って下さいます。

私達はこのように何の心配もなく毎日を過ごしていますので、どうか安心して下さい。そして私の弟やらを見る事があれば、手紙をするようにお伝え下さい。（中略）

それではかんたんながら今日はこの辺でペンを置きます。どうか御体にはくれぐれも気をつけて御達者でいて下さい。暇をみてお手紙を下さいませ。ごきげんよう。

差出人は末粉（初子）となっていますが、代書したのは、たぶん末娘の順枝ちゃんでありましょう。幼いころ、私の家の表戸に体あたりしながら「なんか、キサン、偉そうなことというな。キサンだちばっかり、よかことのジョウ、しやがって」と、声をかぎりに罵った娘です。その子がいつのまにか高等芸術専門学校の学生になって、画家への道をふみ出していようとは。私はいまさらながら、光陰の速さを驚かずにはいられませんでした。

異国日本に生まれ、この谷で育った妻子をつれて、まぼろしの祖国へ帰ってゆく人もあれば、いっぽうには、幾十年ぶりかで孤影悄然と筑豊にまい戻ってくる男たちもありました。

その一人は、少年時代から九州各地のヤマを転々としたあげく、一九三六年、あくらつな周旋屋にだまされて琉球列島最南の西表島《いりおもて》の炭鉱に放りこまれた人です。マラリアの猖獗《しょうけつ》するこの島に渡った時、彼は二十六歳でした。それからじつに三十五年ぶりに、彼はちいさな風呂敷包み一つを手にさげて帰ってきました。敗戦後に一度、望郷の念にかられて那覇《なは》まで辿り着きながら煩瑣《はんさ》な帰国手続きの壁に阻まれ、わずかな路用も使い果たし、またもや西表島にひき返したということでした。

南アメリカの奥地から独りさびしく引揚げてきた人もあります。彼は炭鉱離職者対策の一環として強行された中南米移民に応募して一九六〇年夏、妻子五人と共にボリビアのサンファン移住地に入植しましたが、営農には失敗し、家庭は崩壊し、ついに一九七五年の単身帰国となったものです。彼が五十六歳の秋のことです。

私は傷心の二人をそれぞれの親族にゆだねようとしましたが、どちらも受け入れを拒まれたため、結局私が一手にひき受けざるをえなくなって、この谷の住人となりました。

さまざまな人間の歴史を沈めながら、この〝燃える石〟の谷は、ひっそりと暮れてゆきつつあります。もし私の書きとめたものが、いまは緑と化した谷へのささやかな弔魂の唄ともなれば、私も少しく慰められましょう。

きょう、わが文庫の古い記録類の山を整理していましたところ、次のような一通の「屍体検案書」が出てまいりました。医師は、福岡県鞍手郡西川村大字室木の「全科医士」大村常吉であり、検案を受けたのは、おなじく西川村大字長谷の田代リエという二十四歳の女坑夫です。

一、明治卅六年三月八日午前二時鞍手郡西川村大字八尋松山炭坑第三納屋ニ於テ検案候処左ノ如シ

体格営養共ニ佳良　女子ノ屍体頭首ハ北ニ向ヒ　伏臥ノ位置ニ在リ

一、原因　坑道天井崩落之為メ圧死

一、傷所　無数

即チ

(1) 死屍全体粉炭附着シ汚穢色　前面ハ屍斑ヲ呈シ全身皮膚剝落大小無数　処々溢血セリ

(2) 強直ナシ

(3) 頭髪散乱処々ニ創傷ヲ被リ　后頭部ヨリ圧セラレシ者ノ如ク其前后径短縮セリ

(4) 顔面ハ大ニ膨大シ紫赤色ヲ呈シ　鼻ハ扁平セラレ出血セリ　口内ニハ炭末ト汚穢色液少許《ばか》リ含有シ　舌尖ハ咬傷シ膨大セリ　眼ハ眼瞼腫脹ノ為メ閉鎖シ　角膜ハ溷濁《こんだく》瞳孔散大

(5) (抹消)

(6) (抹消)

(7) 胸部腫大シ紫黒色ヲ呈シ　右乳房ハ圧縮セラレ　左乳房ハ腫大シ波動ヲ触ル　其他浅キ小創傷及小出血ヲ処々ニ見ル　胸骨肋骨異常ナシ

(8) 腹部ハ膨満シ他部ト一般損傷ヲ除クノ他ニ異常ヲ認メズ

(9) 背部ハ一般ニ腫大シ筋肉圧縮セラレタル部アリ　臀部ハ前后ニ圧平セラレタリ

(10) 陰門ハ破裂シテ尿道膣肛門凡テ相通シ　子宮ハ直腸ヲ被ムリタル儘肛門ヨリ四仙迷《センチメートル》圧出

セラル
⑾　上肢ハ前項記スル皮膚変化ヲ除クノ他異常ナシ　下肢ハ股部腓腸部等前后ニ圧平ヲ被ムリ処々皮剝ノ他骨折等ナシ

これぞわが廃鉱地図そのものでありましょう。私たちは世界の未来図をこの若い女坑夫の圧殺屍体図の上にえがかなければならないのです。
長期にわたって私のわがままな仕事を助けてくださった筑摩書房の多くの友たちに、心からお礼を申しあげます。

一九七八年二月一六日　雪の中で

著者しるす

『写真万葉録・筑豊 1』人間の山　あとがき

この記念すべき大仕事の、それも最初の巻のあとがきを、こともあろうにこのような悲しみと怒りの言葉をもって書きおこす羽目におちいろうとは……。

おおぜいの有志諸君の献身的な協力によって二年にわたる準備も一段落し、ようやくこの巻の編集にとりかかったとたん、戦慄すべき惨事が起きたのである。去る一月十八日のことだが、その戦慄はいまだに消えない。古くから魔の囚人ヤマとして悪名をとどろかせた三井三池鉱業所の有明鉱で坑内火災が発生し、八十三名の作業員が一酸化炭素中毒によって惨死をとげたのである。救出された負傷者十六名もやはりCO中毒症にかかっているという。

いったい、三井鉱山は、どれほど多くの人命を奪えば満足するのだろうか。おなじ三池鉱業所三川鉱の炭塵爆発によって四百五十八名の生命が奪われたのは、一九六三年十一月九日である。それからわずか一年半後の一九六五年六月一日には、ここ〈筑豊〉の山野鉱ガス爆発によって、二百三十七名の生命が奪われている。そうして今度はまた、最新鋭を誇る有明鉱の災害である。死者の数は、この三大事故だけでも七百七十八名にのぼる。さらにまた、いわゆるCO患者として〝生ける屍〟同然の過酷な運命を負わされたひとびとの数は、死者のそれを遙かに上回る。これでもまだ三井鉱山には人命をあずかる資格があるのだろうか。できることなら即刻剥奪したい思いのみ切実である。

山野鉱の場合もそうであったが、今回もまた、〝組夫〟として下請企業で働いていたひとびとの犠牲が甚だしい。そのなかには、山野鉱でいのち拾いをしたひともある。奇蹟は二度とおとずれなかったのである。

その呪われた日の夕暮から九州の中北部一帯が記録的な大雪につつまれたことも、この凄惨な大事故の記憶とともに忘れがたい。亡魂をとむらうかのようにすっかり白装束に身をくるんだボタ山をふり仰ぎながら、想いを巻頭にかかげた山本詞の歌に馳せたひともあったはずである。それにしてもあの黒いボタ山がひとたび雪をかぶると、恐ろしいまでに白く輝くのはなぜだろう。

ボタ山は
いいつくせないほどの歴史を秘めている。
無じんぞうに石炭が埋まっているときも
落ばんや炭じん爆発で多くの人が死ぬときも
デモの赤旗と鬨《とき》の声がヤマ全体を包むときも
もくもくと黄色い煙を吐き
めらめらと赤い炎を上げて
黙っている。

排水ポンプが止まり
ロープを捲き上げる音が止んで
安全燈をかかげた坑夫たちの姿が消えても
汗と炭塵でまっ黒になった男たちが見えなくても
親しかった者どうしが離ればなれに別れても
ボタ山は
ペンペン草に覆われながら
じっとさびれていくヤマの町を見つめている。

これは、芝竹夫編『炭鉱の子等の小さな胸は燃えている』に収録されている高校一学年の女生徒の詩「ヤマの歴史」であるが、誰もやはりボタ山に〈筑豊〉の歴史を見るのであろう。喜びにつけ、悲しみにつけ、感慨を詩や短歌や俳句に託している。〈筑豊〉に生きる人間にとって、ボタ山は、みずからの肉体の一部であると言ってもよいほど親密な生きものであった。そのあらあらしい、直線的な姿が、〈筑豊〉独特の坑夫気質をはぐくんだことは否定しがたい。

また、その特異な風物詩は旅人の旅情をそそってやまなかったのであろう。一九三〇年の初冬、この地をおとずれた漂泊の俳人・種田山頭火も、田川郡を行乞した一夜、その日記に「日が落ちるまへのボタ山のながめは埃及《エジプト》風景のやうだつた、とでもいはうか」と記し、次のような句を詠んでいる。

逢ひたいボタ山が見えだした

ボタ山はまた、カメラを持つ者にとって絶好の被写体となっている。ただ残念ながら、敗戦前の写真は皆無に近い。軍の機密を守るため、〈筑豊〉一帯は要塞地帯に指定され、ボタ山の頂上ひとつ撮影することを許されなかったからである。この巻に収められたボタ山の姿はすべて、敗戦後〈筑豊〉に平和がよみがえってのちの撮影になる。そして、いまはもはや写真のなかにしか生前の雄姿をとどめていない。そのどれがどこの何という炭鉱のボタ山であるかを問う必要はあるまい。ここではむしろ個名を退けることによって、一つの〈筑豊〉を抱きとめてほしいと願うからである。

それぞれ愛蔵の写真をこころよく使わせてくださった皆さんに対し、厚くお礼を申しあげるとともに、今後のお力ぞえを切望してやまない。撮影者の氏名は別表のとおりだが、不明のものは提供者の氏名のみ記しておく。もし読者に心あたりのある場合は、ぜひご教示をお願いしたい。

有明鉱の大災害から早ひと月、例年になく猛威をふるいつづけた異常寒波もようやくおさまり、かすかに早春のいぶきが感じられるようになった。悲しみにうずくまったボタ山の雪渓も溶けている。その燃えつきた褶曲を若草がやさしく蔽いつつむ日も近かろう。山頭火になぞらえて、逢いたいボタ山があるうちに。

一九八四年二月十六日

上野　英信

私と炭鉱との出会い（上野英信集1『話の坑口』あとがき）

私が炭坑夫としての第一歩をふみ出したのは、一九四八年の一月である。

なぜ選《よ》りに選って坑夫になったのか、という質問をよく受けるが、うまく答えることはむつかしい。私自身、よくわからないのである。青年期のふっとした出来心と言ってもよい。気の迷いと言ってもよい。あるいは、魔がさしたと言ってもよかろう。その場の雰囲気によって、あれこれもっともらしい理由を並べるものの、しょせん、あとから考えついた屁理屈にすぎない。食うにこまってとか、募集人にだまされてとか、ということなら答えるのも楽だが、そうでないから余計に厄介である。

ただ、一時の出来心にせよ、魔がさしたにせよ、あのとき、なぜ私の心を炭鉱がとらえたのか、それにはそれなりの理由があったような気がする。

私が幼少年期を過ごしたのは、北九州の洞海湾に面した、黒崎《くろさき》という町である。黒煙におおわれた北九州工業地帯の西端に位置しており、西のほうの低い丘陵を越せば、そこは遠賀《おんが》川流域の筑豊炭田であった。そんなわけで私は小学生のころから、遠足や海水浴のたびに、よく炭鉱町を歩かされた。目的地が遠賀川口の芦屋松原であったため、折尾《おりお》隧道《ずいどう》をくぐって、遠賀郡水巻町の高松炭鉱の中を通りぬけることが多かったが、もちろんその当時、炭鉱名を教わったわけではない。そこが石炭を採掘する所ということさえ知らず、教師の尻にくっついて、てくてくと歩いていただけである。ただ、ふしぎなことに、その地形や風景だけは、いまもくっきりと脳裏に焼きついている。

眼に見える風景が、それほど異質であったわけではない。えんえんとつづく炭鉱の長屋街も、私の住む場末の長屋街とおなじように煤塵をかぶってくろずみ、気がめいるほど貧乏くさかった。それゆえ、退屈こそすれ、眼を見張る新鮮な風物など、どこにもなかったはずだが、それにもかかわらず炭鉱が見えはじめると、少年の心はにわかにさわいだ。なにか得体の知れない闇にひきずりこまれてゆくような感覚に襲われるのであった。通り過ぎる長屋街の屋根のうねりから、痩せたいちじくの枝のとがりぐあいまで、眼をつむればくっきり浮かびあがるのは、ほかでもない、その恐怖の感覚のしわざであろう。

その、異常な、重い、闇の正体がなにであるか、少年の私にはもとより理解できるはずもなかった。ただ、それまでに経験した、どんな闇とも違うことだけを、本能的に感じておびえたにすぎない。それが深い地底からにじみ出る闇であることに気づいたのは、ずっとのちのことである。むろん、その闇が、やがて私の光になろうなどとは、夢にも思わなかった。

少年の私をとらえた闇が、それこそ地底からにじみ出るように、青年の私の心によみがえるきっかけとなったのは、一九四五年八月六日——私が満二十三歳を迎える前日の朝のできごとである。

その日、私は陸軍船舶砲兵として広島の宇品にいた。そして、その朝、原子爆弾の洗礼を受けた。

いのち拾いはしたが、心は完全に廃墟と化した。京都での学業生活も、その廃墟を生き返らせてはくれなかった。それどころか、ますます絶望的に荒廃させるばかりであった。みずからいのちを絶つことだけが、私にとって、ただ一つの救いであるように思われる夜がつづいた。

久しく忘れていた、あの得体の知れない闇がひそやかに私のまえにたゆたいはじめたのは、そのさなかのことである。その闇にいざなわれるままに、私は京都を去り、故郷を棄て、夢遊病者のようにふらふらと筑豊炭田の地底へさがって行った。気がついてみれば、炭鉱に入っていたと言うほうが、事実であったかもしれない。気の迷いとか、魔がさしたとか、と言うよりほかに説明のしようがないわけである。そんな状態だから、むろん、炭鉱へ行ってなにをしたいとか、どうしようとか、というような積極的な目的も意欲もありはしない。ましてもとより、炭鉱で文学にとり組もうなどとは、まったく思ったこともない。私はただやみくもに、私の心からヒロシマを消したかっただけである。あの、人間が見てはならない凄絶な生地獄の光景を消さなければ、到底、生きて行かれなかったのである。

もしあのとき、筑豊の闇が私をつつんでくれなかったとしたら、私は果たしてどうなっていたことか。そう想像するたびに、血が凍るような戦慄に襲われずにはいられない。

それにしても、ふしぎな闇の絆《きずな》であったと思う。

私が最初に掘進夫として雇われたのは九州採炭会社の海老津《えびつ》炭鉱というヤマであり、そこを「学歴詐称」の廉《かど》で放逐されたあと、ほかに雇ってくれるヤマもないまま、たどりついた所が日本炭鉱会社の高松炭鉱であるが、この古い大きなヤマこそ、少年の私の心に忘れがたい闇をしみこませたヤマであった。もちろん、私はそのことを意識して雇われたわけではない。まったく偶然のめぐりあわせにすぎないが、それだけにいっそう、私は底知れない地底の闇の絆をつよく感じた。

私はこの筑豊炭田北端の日炭高松炭鉱で掘進夫や採炭夫として、また坑外雑夫として、二年間を過ごした。次の二年間を長崎県佐世保港外の三菱崎戸《さきと》炭鉱で過ごした。この崎戸炭鉱は、東シナ海に浮かぶ蠣之浦《かきのうら》島という小島にあり、古くから「一に高島、二に端島、三で崎戸の鬼が島」とうたわれ、圧制をもって鳴りひびいた海底炭鉱である。高島と端島は長崎港外にあり、後者は「軍艦島」の異名をもって知られる。三山とも長らく三菱鉱業によって経営され、「三菱のドル箱」として繁栄したが、今日まで生き残っているのは高島だけである。

この荒波洗う「鬼が島」崎戸での生活は、おなじ九州の炭鉱とはいえ、筑豊とはまた肌触りの違う世界を私に見せてくれた。新鮮な驚きにみちた日々がつづいた。しかし、到底ここは自分の生きられる世界ではないという思いがつよまるのをどうすることもできないまま、私はひき寄せられるようにふたたび筑豊へとまい戻った。筑豊のどろどろした濃密な闇が、私にはむしょうに恋しかったのである。

ボタ山の麓にまい戻った私は、再度、日炭高松炭鉱で働くことになった。前に働いていたのはその第一坑であり、今度はその第三坑である。第一坑にくらべれば歴史も浅く、規模もずっと小さかった。それでも私は、生き返ったようにしあわせであった。しかし、なんと短い命のしあわせであったことか。まだ半年も働かないうちに、私は即時解雇処分を受けてしまった。私が身元保証人となって坑内見学をした作家の真鍋呉夫氏が、警察当局の調査によって、日本共産党の秘密党員であることが判明したというわけである。私がその事実を知りながら、故意に会社側を欺瞞《ぎまん》した罪は重大であり、許しがたいと言う。

もとより到底承服しがたい処分である。労組もとりあげて抗議運動を共にしてくれ、ひとたび会社側は処分を撤回したが、雇用契約にあたって私の身元保証人となった友人二名の苦境を見過ごすにしのびず、やがて私はみずから退職する途《みち》を選ぶことになる。私が退職しなければ、その友人たちが責任をとって退職せざるをえない羽目に追いこまれたからである。

こうしてあえなく私の坑夫生活は終わりをつげることになった。私はもっと長く、もっと多くのヤマで働きたいと思っていた。誰にも負けない腕と人間味をもつ掘進サキヤマとして一生をヤマで終えることが、私の夢でもあり、念願でもあった。しかし、現実には、もはや私を雇い入れてくれるヤマはどこにもなかった。私が日炭高松第三坑を追われた一九五三年は、朝鮮戦争が終わった年である。黒い色さえしていればボタまで飛ぶように売れた特需景気が去り、筑豊炭田は深刻な不況に襲われていた。人を雇うどころか、小資本のヤマは軒並みにつぶれ、生き残った大資本のヤマは空前の規模にのぼる人員整理と「合理化」という名の労働強化に狂奔している最中であった。

そんな失業地獄のまっただなかに投げだされた私を、あたたかく守ってくれたのは、かつて労働と闘争の日々を共にしていた高松第一坑の友人たちである。

「飯のことは心配せんでよか。アゴは干《ほ》させせん。あんたは字が書けるとやけ、書いて俺たちに読ませない、面白か話ば。頼っちょるばい」

こう言って、彼らは独身寮の一室を私にあてがい、自治会のガリ版道具と紙を運びこんだ。私を筑豊へとひき寄せた地底の闇をインクとして文字を書く日が、ここから始まったのである。

それはまったく思いがけない出発であったが、なんのためらいもなく私はそのしごとをひき受けた。私は筑豊を去らずに生きてゆけることだけで無性にうれしかった。暗黒の地底で結ばれた友情を、このときほど熱く強く感じたことはない。発行するガリ版刷りの文芸誌を『地下戦線』と名づけたのも、一つにはその友情に対する感謝をこめてである。

この『地下戦線』は一九五三年五月に創刊号を発行し、翌年三月に第五号をもって廃刊したが、その間、私はもっぱらガリ切りと製本にあたった。専門の業者に依頼する資金など、到底捻出できなかったからである。表紙の版画は、当時高松第一坑の採炭夫として働いていた千田梅二さんにお願いした。どれだけの部数を発行したか忘れてしまったが、毎号少なくても百部から百五十部は刷っていたはずである。しかも表紙として使ったのは、小学生用の粗悪な画用紙である。刷り師としての千田さんの苦労は、並大抵ではなかったろう。若いとはいえ、彼はすでに三十歳を越しており、細い体は苛烈な労働強化で弱りきっていた。しかし、彼はいやな顔ひとつ見せず、毎号力強い坑夫像やボタ山の版画を刷りあげて私たちを驚喜させた。

千田さんの努力は、どれほど『地下戦線』の評価をたかめたかしれない。ヤマでの人気はもっぱら彼の版画に集まり、「中身はいらん、表紙だけほしい」とせがむ者まであらわれる状態であった。それはともかく、これからのち、表紙に版画を使うことが、さまざまのヤマの文芸サークル誌の一つの流れとなった。また、若い労働者の中から版画をこころざす者が生まれるきっかけとなった。なおまた、これまで交わる機縁のなかった文芸好きの若者たちと美術好きの若者たちとが、すすんで創造的な交流を深め、協力し合うことにもなったわけである。千田さんの功績は、その意味でも大きい。

『地下戦線』の発行が始まってまもなく、私は臨時書記として国鉄労組直方《のおがた》分会で働くことになり、残念ながら第五号をもって刊行を打ち切らざるをえなくなった。その号では創作を特集し、私の『あひるのうた』もその一篇として発表したものである。

当時、私はこの短い物語の舞台となっている「アリラン租界」に住み、家主のとめばあさんの家に身を寄せていた。三人の孫の勉強を見てくれれば部屋代は不要、借家人が家賃代わりに納める「アリラン焼酎」は好き勝手に飲んでよろしい、という好条件である。その好条件にもまして私を酔わせたのは、狭い前庭で日夜演じられる、泣きたくなるほど人間くさいドラマのかずかずであった。一羽のあひるの死にも、なんと切ない思いの人間模様が塗りこめられていたことか。私もそのあひるの死に立ち会い、その肉をたべた一人である。生まれて初めて朝鮮人の家に招かれ、山羊のアバラ肉や肝サシをごちそうになったのも、やはりここである。炭鉱の内部に住んでいては、もはや見ることができなくなったもう一つの炭鉱があることを、私はここで教えられた。戦争中は奴隷のように酷使され、敗戦後は忌《い》むべき「第三国人」として人権をふみにじられた「アリラン租界」の住人たちは、いまここでどう生きているのだろう。そして、あの、雪のような純粋な魂をもったギリ少年は……。

『地下戦線』の発行を打ち切った一九五四年の夏からのち、私はまたもや千田梅二さんに重労働をしいることになった。私が文字で話を書き、彼が版画を彫る。それを組み合わせて「絵ばなし集」を作ろうと思い立ったのである。

すでに筑豊炭田はきびしい冬の時代に入っていた。労働強化はとどまる所を知らず、生活は日に日に苦しくなるいっぽうであった。殊に中小炭鉱では早くも賃金の遅払いや不払いが慢性化し、労働者はその日の糧食にもこと欠く状態となっていた。そのような人たちが手にとってくれるような、そして力づけられるような、そんな読みものを作ってみたいという思いにかられての発想であったが、そのためには、なによりもまず、読みやすくしなければならない。文はできるだけ短くし、絵はできるだけ多くしなければならない。要するに「労働者の絵本」作りをしなければならないわけである。

これは私が炭鉱に入って驚かされたことの一つだが、ほとんど漢字の読めない人が多かったのである。それも中高年齢層ではない。むしろまだ二十歳前後の青少年たちのほうが多かったのである。呪われた時代の申し子と言うほかはない。彼らはほとんど小学校で読み書きの教育を受けるひまもなく、名誉の戦死をとげる訓練と勤労奉仕に追いまくられたのだ。労働組合の役員選挙にしても、投票者の氏名を書けない若者たちがなんと多かったことか。彼らにとっては、激烈な階級用語に埋まった労働組合や左翼政党の機関紙も、便所紙以外の価値も用途もなかった。

私のささやかな願いはただ一つ、便所紙以外に使いみちのないものだけは作りたくないということであった。さいわいにして、願いはかなえられたと言えよう。『せんぷりせんじが笑った！』と題して編んだ四篇の「絵ばなし集」は、これまでになく熱い共感をもってヤマの仲間たちに迎え入れられた。もちろん、その成果は私の予想どおり、ひとえに千田梅二さんの版画に負うものであるが、同時にまた、彼の辛苦の甚だしさも私の想像を超えるものとなった。

私はガリ切りをしてローラーをまわしさえすれば、何百枚でも印刷できる。しかし、千田さんのほうは本文だけでも五十七点にのぼる版画を、墨と刷毛《はけ》とバレンを使って、いちいち各ページに刷りこまねばならないのである。それも相手は粗悪なザラ紙である。十部製本すれば五百七十枚、百部製本すれば五千七百枚、刷りあげねばならない。刷り損じも少なくない。バレンに力を加えれば、たちまち紙が破れる。まったく気が遠くなるような骨折りであった。

そうでなくても採炭夫の労働はひどい。文字どおり、焦熱地獄の責苦である。その倒れこむような疲労困憊《こんぱい》に耐えながらの力仕事だから、常人のわざではない。彼の気力は、それこそ炭鉱労働者の不屈の闘志そのものであった。血と汗の結晶、という言葉を、私はこのときほど切実に感じたことはない。

戦争中に強制連行された朝鮮人が収容されていたところから、戦後も「半島合宿」と呼ばれたバラック建ての長屋の一角で、こうして最初の「絵ばなし集」は生まれたのであるが、これにつづいて翌一九五五年、さらに一冊の「絵ばなし」が、おなじ千田家の天井の低い一室で産声をあげることになった。『ひとくわぼり』である。

福岡県嘉穂《かほ》郡上西郷《ぐんかみさいごう》の農村に伝わる話そのものは、昔この里にショージンさんという力持ちがいたこと、ひと鍬だけなら嘉麻《かま》川の水を分けてやろうと言われたこと、ショージンさんが畳半枚ほどもある大鍬を作って土手を打ちぬいたこと、用水路の石橋の上で役人に殺されたことなどであり、それ以外の枝葉の話は、すべて私の虚構である。ただ、私があまりに空想の翼をひろげすぎて話が長くなったために、千田梅二さんの苦労は、さらに前回をうわまわることになった。

そこで窮余の策として、前回のように版画をザラ紙に直刷りする方法は避け、別に用意した和紙に刷ることにした。それを所定のページに張るのである。糊づけに手間どるが、紙の無駄も少なければ、刷りの効果も格別である。さらに千田さんの発案で彩色することになり、裏面から顔料を施した。多い場合には、一枚の絵に五色施すこともあった。その手間もまた大変なものであったが、おかげで見るからに美しい絵本が生まれた。いまこの『集』でその色刷りを再現できないのは残念である。子供の塗り絵のように、それぞれ好きな色を塗ってみるのも一興であろう。

一九六〇年、「総労働対総資本の決戦」とうたわれた三池闘争の折のこと、これに参加した筑豊の労働者の一人が、決死の闘争にあけくれ、ひまさえあれば『ひとくわぼり』を読み返し、心の支えにした、と語った。作者の一人として、こんなうれしいことはない。千田さんもおなじ気持であろうと思う。

これからのち、私たちは三冊目の「絵ばなし」を編む機会はなくなった。やがて私は谷川雁や森崎和江らと共に「九州サークル研究会」を組織し、『サークル村』の編集に専念することになり、千田さんも断末魔の筑豊に別れを告げて故郷の富山へまい戻ったからである。

「黒い朝」「ぼた山と陥落と雷魚と」、「伝八がバケモノを見た話」、「大回転」の四篇は、いずれも『サークル村』のアナ埋め用として書きなぐったものである。

これを最後として、私はたえて虚構の世界に心の憂いを託すことはなくなった。筑豊の地底で幾百万人の生き血を吸って成長した日本資本主義は、私ごときの貧困な想像力をもってしては到底想いもえがけないほどの恐るべき棄民地獄を、もののみごとに白日の下にえがきあげてしまったからである。そして、私は「黒い朝」の私として生きるほかはなくなったのである。この世とも、あの世とも見定めのつかない世界に投げだされて、その私が拾わされることになった「記録」という名の不思議な物質は、いったい骨なのだろうか、それとも石炭なのだろうか……。

とまれ、いまは、少年の私をとらえた、あの闇の輝きばかりなつかしい。

〈付記〉この『集』への収録にあたり、初出誌・書の行文を少しく訂正した箇所があることをおことわりしておきます。

一九八五年一月十六日

著者

闇のみち火（上野英信集2『奈落の星雲』あとがき）

——それにしても、あのころは、なぜ、あんな怪談のようなものばかり書いたのだろうか。一九五八年から五九年にかけて、『サークル村』に発表した幾つかの短い創作をふりかえってみるたびに、そんなことを思う。

たぶん、私が、底知れない恐怖と絶望の淵に追いつめられていたせいであろう。その当時、私は『追われゆく坑夫たち』を書くために、寸陰を惜しんで筑豊の小炭鉱を歩きまわっていた。一つの坑口をさがるたびに恐怖は深まり、一つの坑口をあがるたびに絶望は強まるばかりであった。まるでこの世の地獄めぐりをしているような日々がつづき、私は夜ごと悪夢にうなされていた。深夜、焼酎の酔いをかって書きなぐる創作が怪談仕立てになったのも、しょせん、避けがたい因果とあきらめるほかはあるまい。

なんとかしていのちの火を掘りおこしたいと思えばこそ、筑豊の地底の闇に身をひたした私である。しかし、それから十年もたたないいまに筑豊炭田は無残な破局を迎え、至る所に失業と飢餓の谷間を死斑のように浮きあがらせた。朝鮮戦争による特需景気が去ると同時に未曾有の石炭恐慌が襲来し、中小炭鉱が将棋倒しにつぶれていったのである。

福岡県嘉穂郡二瀬町（現在は飯塚市）の北はずれ、白旗山麓の相田の谷々も、その深刻な失業地獄の一つとして知られた。私がこの相田の谷に住んでいたのは、一九五五年から翌五六年にかけての短い期間であるが、例年になく雪の深い冬のあけくれ、眼にふれる情景のすべてが、信じがたい悪夢のように感じられた記憶のみ強い。私は世話になった失業者組合書記長のあとについて、餓え衰えて死んだ子の死亡届けや火葬手続きのために歩きながら、なすすべも知らず、日本資本主義の罪業を呪うばかりであった。荒れ狂う吹雪の夜、屋根紙の破れ目から吹きこんで寝床の私のひたいを濡らす雪は、虚空に慟哭《どうこく》する死霊の涙のように感じられた。

作家の野間宏氏をこの谷に案内したのも、その当時のことである。重い足どりで坂道をのぼりくだりしていた彼が、ふと路傍の焼き芋屋を見つけ、芋を買い求めておろおろと幼児たちにくばってまわり、ついにその店のひと窯を空にしてしまったことなどが、ついきのうのことのように思いだされる。

この相田の谷の忘れがたいひと冬は、やがて私に『追われゆく坑夫たち』を書かせる動機となったばかりでなく、さらに私を現在住まう鞍手郡の廃鉱へとみちびく契機となったわけであるが、その話はさておき、ここでひとまず中小炭鉱についての簡単な説明をしておくことにしたい。私がとり組んできた記録文学の大半は中小炭鉱に関するものであり、その特異な存在理由の概略を知っておくことは、日本資本主義について、読者の認識を深めるためにも有効であろうと信じるからである。

中小炭鉱とは、単に規模の小さい炭鉱という意味ではない。出炭量の少ない炭鉱という意味でもない。また、資本の小さい炭鉱という意味でもない。石炭問題についての優れた学究の一人、故正田誠一氏（元九州大学教授）は次のように規定している。

――それは大手炭鉱の独占鉱区の周辺を囲繞《いにょう》する補充的な鉱区のうえになりたち、また大手炭鉱で老廃し、不具化した労働者を収容する機構である。下請制でつくり出される中小工業とちがって、大炭鉱も中小炭鉱も石炭という自然物を掘りだし、抽出するかぎり、またこれにとどまるかぎり、大手と中小は同質である。（岩波新書版『追われゆく坑夫たち』跋）

中小炭鉱の多くは大手炭鉱に従属し、後者は前者を支配した。資本として独立した中小炭鉱はきわめて少ない。圧倒的に多いのは租鉱権炭鉱であり、広大な優良鉱区を独占する大資本の鉱業権を租借して経営された。租鉱権という名称が生まれたのは、敗戦後、鉱業法が改正されてからであり、それまではながらく斤先《きんさき》という名で親しまれていた。彼ら鉱業権や租鉱権の所有者の下には、さらに多くの請負業者が寄生する。租鉱権者はトン当たり一定の租鉱料を鉱業権者に納める代わりに、採掘した石炭の所有権を持つが、請負業者に対してはその権利は与えられず、採掘した石炭はすべて鉱業権者の所有に帰する。恐るべき経済外的強制をもって悪名をとどろかせた九州の「納屋」も北海道の「タコ部屋」も、特異な請負掘り制度の一種にほかならない。

鉱業権者が租鉱権業者や請負業者に採掘をゆだねるのは、劣悪な条件の鉱区や炭層である。おしなべて炭層も薄く、炭質も悪い。いきおい、明治時代そのままの原始的な採掘手段に頼る率が高くなる。「唐津ゲザイ人のスラ曳く姿、江戸の絵かきもかきゃきらぬ」と唄われたのは遠い昔であるが、「江戸の絵かきもかきゃきらぬ」苛酷な労働そのものは、じつに〝昭和元禄〟の太平と繁栄を誇る一九六〇年代に至るまで、この国の地底から消えることはなかったのである。

わが国の石炭産業合理化政策は、その非情な「先祖返り」をうながしこそすれ、ついに阻止する方法も意欲も持たなかった。戦前は斤先業をほとんど見なかった北海道においてさえ、戦後合理化期に入って大量の租鉱権炭鉱がつくりだされたのは、その事実のなにより雄弁な証明であると指摘されている。

ここ遠賀川筋の筑豊炭田に割拠した租鉱権業者の生い立ちをたどってみると、かつて大炭鉱の納屋頭や労務係として勢力をふるい、野心に燃えて企業に忠勤を励んだ一匹狼が多い。租鉱権は、資本がその忠誠をめでて与えた論功行賞と言ってもよかろう。小なりといえども一山の首領になりたいという彼らの野心を満足させることによって、鉱業権者は労せずして大きな利益を吸いあげることができたのである。これに味をしめた石炭企業の中には、名のみ単一炭鉱をよそおいながら、その実は無数の零細炭鉱の集合体に過ぎなかったという例も少なくない。

租鉱権業者が親ヤマの坑夫をひきぬくことは固く禁じられていたが、労働力の確保に不自由することはなかった。独特の義理人情で結ばれた子分や弟分を中心とし、彼らの血縁や地縁の者をかき集めることができたからである。技術と経験を必要とする採炭夫や支柱夫の確保にこと欠かなかった。大手炭鉱を定年や傷病その他で排除されたり、大手炭鉱の窮屈な規律と拘束を嫌って、小ヤマから小ヤマへと渡り歩く者が跡を断たなかったからである。おおぜいの家族をかかえた、貧しい労働者にとってなによりの魅力は、働けるかぎりの親兄弟、妻子を動員して稼げることであった。稼働人員が多ければ、ひどい低賃金とはいえ、絶対量において大手炭鉱をうわまわる収入を得ることも不可能ではない。そのことを彼らはせめてものしあわせと感じ、およそ奴隷的な労働に耐えたのである。

このような租鉱権炭鉱を中心として、ここ遠賀川流域にむらがる無数の中小・零細炭鉱に生きたひとびとの苦悶の軌跡を書きとどめておきたいというのが、『追われゆく坑夫たち』など、一連のルポルタージュにこめた私の愚かしい情念であった。われながら愚かしいと知りながら、なぜ性こりもなく書きつづけたのか。

――やはりその最大の理由は、私以外にだれひとりとして書く者がいなかったからだ、というほかはない。だれも書きとめず、したがってだれにも知られないまま消え去ってゆく坑夫たちの血痕を、せめて一日なりとも一年なりとも長く保存しておきたいというひそかな願いからであり、そうせずにはおれなかったからである。ただそのひとすじの執念――妄執といってもよい――にかられて、私は仕事をつづけてきた。

私は岩波新書版『追われゆく坑夫たち』のあとがきにこう記しているが、その心情にいつわりはない。私はあらがうすべもなくその「妄執」にひきずられて、来る日も来る日もやみくもにボタ山の裾野をさすらい、小ヤマの坑底を這いずりまわったのである。もちろん、小ヤマの経営者たちが、私の入坑を歓迎するわけはない。けんもほろろに拒絶されることのほうが多かった。むりもないことではある。ひそかに婦女子を坑内労働に使っているヤマも少なくなかった。保安無視も甚だしければ、他鉱区の盗掘もある。言わば脛《すね》に傷をもつヤマばかりである。その警戒を解いたのも、ひとえに「妄執」の力であった。

私がこのぶざまな「妄執」の記録を読んでほしいと願ったのは、ほかの誰でもない、大手炭鉱の労働者たちである。彼らは中小炭鉱労働者の犠牲のうえに生きのびながら、ほとんど中小炭鉱のことを知らなかった。知ろうともしなかった。大手労組の優越感に曇った彼らの眼には、そのあたりの貧弱な小ヤマの労働者など、階級意識も闘争意欲もない、哀れむべきルンペン・プロレタリアとしか映らなかったのである。おなじ一つの坑内で働く下請けの組夫まで差別し、入昇坑時の人車が満員の場合、さきに乗っていた組夫を降ろしてその席を占めるようなことさえ、平然とおこなわれていた。

このような救いがたい差別の壁を打ち破るために、私の書いたものがいささかでも役立つとすれば、そして両者が血をわけた兄弟として運命を共有する方向がきりひらかれるならば、私の苦労もけっして無駄ではなかったはずである。しかし、現実には、私が「中小セクト」というレッテルを張られただけであった。福岡市の血液銀行まで血を売りにいった労働者が、親切な警察官から弁当をもらって食ったというような話を書くとはなにごとか、と言って、激しく私の「反革命的思想」を非難する大労組の幹部もいた。

事、志に反して、そんなみじめな結果に終わったとはいえ、『追われゆく坑夫たち』は私に計り知れないほど大きな恩恵をもたらしてくれた。気が遠くなるほど、長い、険しいみちのりであったが、その旅を通して私は初めて深く小ヤマの労働者たちとまじわり、彼らの心にふれることができたのである。と同時にまた、小ヤマこそ、この国のもっとも深い地底であることを教えられたのである。その歓びは、なにものにも代えがたい。

私はなんとしてもぜひ小ヤマに住みたいと思った。いや、住みたい、という言葉は正確ではない。戻りたいと思った。少年の私をとらえた、あのふしぎな闇のふるさとを、私はいまようやく見つけ出したのである。一刻も早くそこに立ち戻りたいという思いはつのるばかりだった。しかし、なかなかその機会はおとずれないまま私はむなしく焦燥の日々を過ごし、一九六四年の春になってやっと念願を果たした。いま暮らしている福岡県鞍手郡の北西部、旧西川村のちいさな炭鉱に住みつくことができたのである。

もちろん、私は最初からこの廃墟をついの住処《すみか》として希望していたわけではない。たまたまそこに住まう場を与えられただけのことだが、思えばふしぎなめぐりあわせであったと言えよう。そこは、私が坑夫としての第一歩をふみだした海老津炭鉱を放逐されたあと、まずまっさきに職を求めてたずねたヤマであった。不運にして雇い入れてもらえなかったが、思いもかけず十六年ぶりに舞い戻ってくることになったのである。

私がここに住みついたとき、すでにヤマは閉じられて二年を経過していた。しかし、住民の大半は草深い廃墟に残っており、私を物好きな知人として、あたたかく迎えてくれた者も少なくなかった。私が『追われゆく坑夫たち』を書くために、たびたびこのヤマに足を運んでいたころ、親身に世話をしてくれた人たちである。

この因縁浅からぬ廃鉱のかたほとりに住みついた当時、私は『地の底の笑い話』を書きすすめている最中であった。それだけにいっそう、焼けただれたボタ土の上での新しい人生は、私にとって実り多いものとなった。廃鉱の隣人たちは、これまでとは別人のように打ちとけて率直に、日夜、「笑い話」の花を咲かせてくれることになったからである。もし私がこの深い地底の闇のふるさとに戻っていなかったとしたら、果たしてぶじに話の花が咲いたかどうか。たとえ咲いたとしても、造花のように無味乾燥なものになってしまったろう。

朽ちて倒れかかった納屋住まいの笑い話家たちは、ほとんど文字と縁遠い人たちであった。「七つ八つからイロハを習い、ハの字忘れてイロばかり」と彼らは笑いとばす。それこそ七つ八つの幼いころから親につれられて坑内にさがり、読み書きの代わりにスラの曳きかたを習った人ばかりである。仕事を奪われて日長夜長をもてあましながら、ひまつぶしの娯楽もない。生活保護家庭がテレビを持つことを許されていない時代であった。気のおけない仲間が集まっては「笑い話」の花をめでることだけが、なにより楽しいひまつぶしになっていた。

そんなところに、ひょっこり「笑い話」を聞きたがる酔狂者がとびこんできたのである。無聊《ぶりょう》に苦しむ話家たちは大喜びして私を迎えてくれた。むろん、これは私にとって、願ってもないしあわせであったが、おかげでゆっくり寝るまもないほど忙しくなった。この世でもっとも忙しい仕事は、この世でもっともひまな人の相手をすることだ、と私はつくづく悟ったものである。

こうして集まった話の一部が『地の底の笑い話』になったわけだが、いまも心残りに思うことの一つは、男女の性関係についての印象深い話を割愛せざるをえなかったことである。炭鉱労働者のいかにも人間臭い真実を、これほどいきいきと物語ってくれる話題はない。私は腹の皮がよじれるほど笑ったり、一転して悲哀に胸をふたがれたりした。しかしもとより活字にできるようなことがらではないので、「笑い話」の真髄がそこにあるとは知りながら、あえて見送るほかはなかった。それを書かないから蒸留水のような味気ないものになった、と批判する人もあったが、岩波新書の性格を考慮すれば、やむをえない自己規制と諦めるほかはあるまい。

それはともあれ、愚かな私に多くの知恵を与えてくれた「笑い話」の語り手たちも、いまはもうほとんどこの世から姿を消してしまった。ひょっとしたら、あれは、地底の闇が私に語ってくれたのではあるまいか、という思いのみしきりである。

終わりにひとこと、『地の底の笑い話』の扉にかかげた「歌は唖《むご》にききやい／道ゃめくらにききやい／理屈《りくち》ゃつんぼにききやい／丈夫なやちゃいいごっばっかい」という鹿児島の俚諺に関して、私の悔いをつけくわえておきたい。

この限りない闇をたたえた俚諺は、かつて私が筑豊炭田への出稼ぎのふるさと——薩摩地方のシラス台地にひろがる農村をたずねた折、地もとの人から教わったものであるが、方言になじみの薄い読者もあろう。言葉を要約すれば、ほぼ次のとおりである。

——歌を聞くなら唖者に聞け／道を聞くなら盲者に聞け／理屈を聞くなら聾者に聞け／丈夫なやつは言いごとばかり。

つまり、真実の歌がうたえるのは口のきけない人間だけである。真実の道が見えるのは眼の見えない人間だけである。真実の理論を知っているのは耳の聞こえない人間だけである。五体五感の健全なやつの言葉など、口さきのたわごとに過ぎない。ゆめゆめ信用してはならないぞ、と厳しく戒めたものであり、その鋭い真実の知恵は聞く者の肺腑《はいふ》をえぐらずにはおかない。

ふりかえってみれば、私もまた、なんと長いあいだ、「丈夫なやつ」の言いごとに迷わされたり、踊らされたりふりまわされたりしてばかりきたことか。その迷夢から私を覚ましてくれた地底の「笑い話」は、まさしく私にとって「むごの歌」であり、「めくらの道」であり、「つんぼの理屈」であったと言ってよかろう。

ただ、果たして私は「むごの歌」を聞く耳を持っているのだろうか、「めくらの道」を見る眼を持っているのだろうか、「つんぼの理屈」を悟る心を持っているのだろうか。

そう思い至って、いまさらながら身がすくむ。それらの、人間が人間として生きるためになにより大切な能力を、もはや完全に破壊され、喪失してしまっている者たちこそ、ほかならぬ「丈夫なやつ」であるとすれば、私もその救いがたい種族である。

その絶望的な認識から一歩をふみだすほかに、私の生きる道はない。

一九八五年三月十三日

著　者

「死ぬるも地獄、生きるも地獄」（上野英信集3『燃やしつくす日日』あとがき）

今年はこれで二度、東京へ出かけたことになる。一度目は三月二十二日、この『集』の刊行記念会にまねかれてである。思いもかけず多くのみなさんが全国各地からかけつけてくださり、あたたかい励ましを頂いた。こんなうれしいことはない。この場を借り、あらためて厚くお礼を申しあげたい。二度目は五月二十一日、ある民放局のテレビジョン番組にひっぱり出されてであるが、これは前回とは打って変わって、気の重い旅となった。つい六日前の五月十五日に起きた三菱南大夕張炭鉱のガス爆発災害について、忌憚《きたん》ない感想を語ってほしい、というわけである。こんなつらいことはない。――犠牲になったひとびとの遺体がめずらしく速やかに収容されたのは、不幸中のさいわいとはいえ、死者の魂は、いまも地底深く迷いつづけているのではあるまいか……。死んでも死にきれないだろう……。

そんな恨みごとをしどろもどろに喋《しゃべ》ったものの、なにを喋っても無駄だという思いのみつのって、まったくやりきれない。

それにしても、なんと悲惨な大災害が性こりなく繰りかえされることか。福岡県大牟田市の三井三池炭鉱有明坑《ありあけ》の坑内火災によって八十三名の犠牲者を出したのは、昨年一月十八日であるが、その衝撃も消えない今年四月二十四日には、長崎県の三菱高島炭鉱で死者十一名を出すガス爆発があり、それに追い打ちをかけるようにまたもや今回の三菱南大夕張の災害である。一月もたたない間に二度、それもおなじ三菱資本の大炭鉱で仲良く大災害を起こしたのだから、あきれてものが言えない。

今年は元号が昭和と改まって六十年を迎えたということで、「昭和還暦」と称されている。まるでその還暦祝いとして、炭鉱労働者が火あぶりのいけにえにされているようなありさまである。いたましすぎる。

ふりかえってみれば、天皇制日本の歩みと共に炭鉱労働者の犠牲は甚だしい。ちなみに一八九五年（明治二十八年）以降一九八五年（昭和六十年）五月に至る間、三十名以上の死者を出した災害事例を示せば、ほぼ別表のとおりである。死者の数は各資料によって多少の差があり、かならずしも正確は期しがたいことをお断りしておく。

日本において死者三十人以上を出した炭鉱災害事例（一八九五年〜一九八五年五月）

災害発生年（元号）	月・日	所在地	炭鉱名	経営	死者数	摘要
一八九五（明治二八）	7・9	福岡筑豊	小松	片山逸太	四七人	地盤陥落
一八九九（〃三二）	6・15	〃	豊国	山本貴三郎	二一〇人	ガス・炭塵爆発

一九〇一（明治三四）	7・15	福岡筑豊	岩崎	岩崎久米吉	六九人	坑内水没
一九〇三（〃三六）	1・17	〃	二瀬	製鉄所	六四人	坑内火災
一九〇三（〃三六）	4・2	〃	大峰	古河	六五人	坑内火災
一九〇五（〃三八）	1・6	北海道	夕張	北炭	三六人	ガス爆発
一九〇六（〃三九）	3・28	長崎	高島	三菱	三〇七人	ガス・炭塵爆発
一九〇七（〃四〇）	7・20	福岡筑豊	豊国	明治	三六五人	ガス・炭塵爆発
一九〇八（〃四一）	1・17	北海道	新夕張	石狩石炭	九一人	ガス・炭塵爆発
一九〇九（〃四二）	11・24	福岡筑豊	大之浦	貝島	二五六人	ガス・炭塵爆発
一九一一（〃四四）	3・3	山口	潟	三炭組	七五人	海底陥没・浸水
一九一一（〃四四）	6・1	福岡筑豊	忠隈	住友	七三人	ガス・炭塵爆発
一九一二（〃四五）	4・29	北海道	夕張	北炭	二六七人	ガス・炭塵爆発
一九一二（大正一）	12・23	〃	〃	〃	二一六人	ガス・炭塵爆発
一九一三（〃二）	1・13	〃	〃	〃	五三人	坑内火災
一九一三（〃二）	2・6	福岡筑豊	二瀬	製鉄所	一〇三人	ガス・炭塵爆発
一九一四（〃三）	6・2	〃	金田	三菱	六三人	ガス爆発
一九一四（〃三）	6・21	〃	金谷	谷茂平	六三人	地盤陥落・水没
一九一四（〃三）	11・28	北海道	若鍋	東京瓦斯	四二三人	ガス・炭塵爆発
一九一四（〃三）	12・15	福岡筑豊	方城	三菱	六八七人	ガス爆発
一九一五（〃四）	4・12	山口	東見初	藤本閑作	二三五人	海底陥没・浸水

一九一七（大正六）	3・19	長崎	松島	松島	四一人	坑内火災
一九一七（〃六）	12・21	福岡筑豊	大之浦	貝島	三六九人	ガス爆発
一九二〇（〃九）	1・11	北海道	若菜辺	北炭	二三三人	ガス爆発
一九二〇（〃九）	6・14	〃	夕張	〃	二〇九人	ガス・炭塵爆発
一九二一（〃一〇）	12・30	山口	新浦	新浦	三四人	海水浸入
一九二四（〃一三）	1・5	北海道	上歌志内	坂	七七人	ガス・炭塵爆発
一九二四（〃一三）	8・19	福島	入山	大倉	七五人	ガス・炭塵爆発
一九二七（昭和二）	3・27	〃	内郷	磐城	一三四人	坑内火災
一九二七（〃二）	10・12	北海道	美唄	三菱	三九人	ガス爆発
一九二九（〃四）	6・25	長崎	松島	松島	四二人	海底陥没
一九二九（〃四）	8・5	北海道	上歌志内	住友	七〇人	ガス・炭塵爆発
一九二九（〃四）	12・30	福岡筑豊	山野	三井	三六人	ガス・炭塵爆発
一九三二（〃七）	8・5	北海道	空知	北炭	五七人	ガス・炭塵爆発
一九三三（〃八）	6・3	長崎	崎戸	九州炭礦汽船	四四人	ガス爆発
一九三四（〃九）	11・4	北海道	弥生	東邦	四四人	ガス・炭塵爆発
一九三四（〃九）	11・25	長崎	松島	松島	五四人	坑内出水
一九三五（〃一〇）	5・6	北海道	茂尻	三菱	九五人	ガス・炭塵爆発
一九三五（〃一〇）	5・30	福島	入山	入山	四九人	ガス爆発
一九三五（〃一〇）	7・13	福岡筑豊	田川	三井	六七人	ガス爆発

一九三五（昭和一〇）	10・25	福岡筑豊	赤池	明治	八三人	ガス爆発
一九三六（〃一一）	4・15	〃	忠隈	住友	五七人	人車逸走
一九三六（〃一一）	6・11	〃	大谷	武内禮藏	三五人	ガス・炭塵爆発
一九三六（〃一一）	10・12	〃	鋼分	麻生	三九人	ガス爆発
一九三八（〃一三）	6・8	福岡粕屋	新原	海軍省	五〇人	ガス・炭塵爆発
一九三八（〃一三）	10・6	北海道	夕張	北炭	一六一人	ガス・炭塵爆発
一九三九（〃一四）	1・21	福岡筑豊	大之浦	貝島	九二人	ガス・炭塵爆発
一九四〇（〃一五）	1・8	北海道	真谷地	北炭	五一人	ガス・炭塵爆発
一九四一（〃一六）	3・18	〃	美唄	三菱	一七七人	ガス・炭塵爆発
一九四一（〃一六）	4・15	〃	弥生	東邦	三〇人	ガス・炭塵爆発
一九四二（〃一七）	2・3	山口	長生	山田新松	一八三人	海水侵入
一九四二（〃一七）	2・13	北海道	砂川	三井	四二人	ガス・炭塵爆発
一九四二（〃一七）	12・12	佐賀	立川	大日	四五人	ガス爆発
一九四三（〃一八）	10・28	長崎	高島	三菱	四九人	ガス・炭塵爆発
一九四三（〃一八）	11・29	樺太	白鳥沢	樺太鉱業	六〇人	ガス爆発
一九四四（〃一九）	3・22	福岡筑豊	飯塚	三菱	四五人	ガス・炭塵爆発
一九四四（〃一九）	5・16	北海道	美唄	三菱	一〇九人	ガス爆発
一九四四（〃一九）	8・20	〃	美流渡	北炭	三四人	坑内火災
一九四四（〃一九）	9・16	福岡三池	三池	三井	五七人	坑内火災

一九四五（昭和二〇）	4・22	福島	小田	小田	六五人	坑内火災
一九四八（〃二三）	6・18	福岡粕屋	勝田	三菱	六二人	ガス爆発
一九五〇（〃二五）	10・30	山口	若沖	濱田淺一	三二人	海底陥没・浸水
一九五四（〃二九）	2・20	熊本	志岐	久恒	三六人	古洞出水
一九五四（〃二九）	8・31	北海道	春採	太平洋	三九人	ガス爆発
一九五五（〃三〇）	4・16	長崎	佐世保	安部栄	七三人	ボタ山崩壊
一九五五（〃三〇）	11・1	北海道	雄別茂尻	雄別炭礦鉄道	六〇人	ガス爆発
一九六〇（〃三五）	2・1	〃	夕張	北炭	四〇人	ガス爆発
一九六〇（〃三五）	9・20	福岡筑豊	豊州	豊洲	六七人	河床陥落・水没
一九六一（〃三六）	3・9	〃	上清	上清	七一人	坑内火災
一九六三（〃三八）	11・9	福岡三池	三池	三井	四五八人	炭塵爆発
一九六五（〃四〇）	2・22	北海道	夕張	北炭	六二人	ガス爆発
一九六五（〃四〇）	4・9	長崎	伊王島	日鉄	三〇人	ガス爆発
一九六五（〃四〇）	6・1	福岡筑豊	山野	三井	二三七人	ガス爆発
一九六八（〃四三）	7・30	北海道	平和	北炭	三一人	坑内火災
一九七一（〃四六）	7・17	〃	歌志内	住友	三〇人	ガス突出
一九七二（〃四七）	11・2	〃	石狩	石狩	三一人	ガス爆発
一九八一（〃五六）	10・16	〃	夕張	北炭	九三人	ガス爆発
一九八四（〃五九）	1・18	福岡三池	三池	三井	八三人	坑内火災

一九八五（昭和六〇）	5・17	北海道	南大夕張	三菱	六二人	ガス爆発

ここに記録された事例だけでも、一度に三十名以上の死者を出した炭鉱災害は、過去九十年間に七十九回をかぞえ、生命を奪われた労働者の数はおよそ八千四百にのぼる。そのなかでもとりわけ頻度も高く、犠牲者の数も多いのは、ガスと炭塵の爆発災害である。坑内の水没災害と出火災害がこれに次ぐ。

とはいえ、これらの大災害は、あくまで氷山の一角にすぎない。今日までにもっとも多くの人命を奪い去った災害の筆頭は、坑内の落盤事故と炭車事故である。ガス爆発や水没事故のように多数の人命を一挙に奪うことこそまれだが、圧倒的に頻度が高いだけに、犠牲者の数もまた圧倒的に多い。日本の炭鉱では五万トンの石炭を掘るごとに一名の労働者が死亡していると言われるが、過去百年間にこの筑豊炭田で三十億トンの石炭が採掘されたとすれば、筑豊地区だけでも約六万名の労働者が生命を断たれたことになる。

犠牲になったのは日本人だけではない。朝鮮人や中国人、太平洋戦争中に日本の捕虜となった米英軍の兵士たちも、数多く生命を奪われているのである。とりわけ、朝鮮人の犠牲は甚だしい。いまなお引取り人のないまま、どれほど多くの遺骨が筑豊各地の寺々に放置されていることか。彼らはまだしもしあわせなほうかもしれない。ついに掘り出されないまま、地底深く放棄された遺体も少なくないのである。

日本の石炭産業こそは、第二の戦争であったと言ってもよかろう。これほど多くの人命を奪った産業を、「産業」という名で呼ぶことは不遜《ふそん》であろう。そんな実感のみ強い。

敗戦後最初の大災害となった三菱勝田炭鉱のガス爆発が起きたのは、私が炭鉱で働きはじめてまもない一九四八年の六月である。当時、日炭高松炭鉱の掘進夫であった私も労働組合の動員を受けて勝田炭鉱労組の抗議闘争に派遣されたが、なにしろ初めて目にする悲惨な大災害である。あすは我が身、と思えば血の凍るような恐怖を覚えずにはいられなかった。その日以来、私は、どれほど多くの災害を目撃しつづけなければならなかったことか。思えば、血と涙の海ばかり泳いできたような気がしてならない。とくに一九六〇年代はそうであった。

その六〇年代に書きちらした雑文集『どきゅめんと・筑豊』のあとがきの中で私は、「文字どおり恥も外聞も忘れて十年一日の泣きぶしである」と自嘲しているが、これは謙遜でもなければ誇張でもない。いつわりのない泣きごとであり、悔みごとである。ここ筑豊地方では、とり乱して身も世もなくばた狂うことを「もがりまわる」と言う。私もやみくもに世を呪ってもがりまわるよりほかに、なすすべを知らなかったわけである。その不甲斐ない自嘲の言葉につづけて、私はこうも書き記している。

「ただこの機会にわれながらあさましく取り乱した筆の跡をかえりみて、いまさらのごとく痛感するのは、この六〇年代が炭鉱労働者にとって、なんと残酷な月日であったかということである。それはまったく、絶望的な流離と悲惨な死の連続と反復の十年であった。これほどおびただしい労働者の血が地底で流され、これほどおびただしい失業者群が地の果てまでさすらいつづけた十年は、そうざらにあるものではない。滅びゆく石炭産業の挽歌《ばんか》というには、あまりにも痛ましい犠牲である。やがて開けるであろう七〇年代が、どのような時代となるか、もとより私ごときには想像もつかないが、願わくばこのような暗黒だけは打破し、せめて一条の光明を発見したいものである」と。

しかし現実には、光明どころか、ますます暗黒が深まるばかりである。そして、その恐るべき暗黒の犠牲となって、あまたの労働者が殺傷されつづけている。その悲報あい次ぐ今年もまた、私たち筑豊の廃墟に生き残る人間にとって、到底忘れがたい忌日がめぐってきた。六月一日である。まる二十年前のこの日、旧三井山野炭鉱でガス爆発が起き、二百三十七名の生命が一瞬にして奪い去られたのである。

いったいこの二十年は、何のために、誰のために、あったのか。そう思うといまさらながら、狂おしい絶望に襲われるのを防ぐすべもない。このような状態がつづくかぎり、非業の最期をしいられたひとびとの魂は、永久に浮かばれまい。これこそ、まさに地獄である。いまから三十五年あまり昔のことだが、「地獄極楽、行ってきたもんのおらんけんわからん。この世で地獄におるもんが地獄たい」と語った老婆の言葉が、あらためて私の胸をえぐる。

「去るも地獄、残るも地獄」というスローガンが叫ばれたのは、総資本対総労働の決戦とうたわれた一九六〇年の三井三池闘争当時のことであるが、この闘争が労働側の敗北に終わって以来一気に、「死ぬるも地獄、生きるも地獄」の死相が全国の炭鉱に深まったのである。いまなお記憶になまなましい人も多かろう。三井三池三川坑の大爆発によって四百五十八名の生命が奪われたのは、三池闘争が終わって三年後の一九六三年十一月九日であり、山野炭鉱の大爆発によって二百三十七名の生命が奪われたのは、それからわずか二年後の六五年六月一日である。直接的な原因はどうであれ、苛烈な人減らしによる労働強化と狂気の増産が招いた惨劇である点で両者の災害は共通している。

山野炭鉱の下請組夫として働き、災害直前にかろうじて逃げ帰った一人の労働者の告白を、私は忘れることができない。彼はしばらく会わないまにげっそり肉のおちた頬をひきつらせて、こう私に告げた。

「いってみたらジゴク、ジゴク！　いまの大手にくらべると、昔の圧制ヤマはゴクラクばい」と。

彼はそれからまもなく出稼ぎさきの千葉県で急死したが、まだ四十代の男ざかりであった。彼がもし生きていて、北炭夕張炭鉱や三菱南大夕張炭鉱で働いていたとしたら、いったいなんと語ったことだろう。

せっかく与えられたあとがきの場である。書きとめておきたいこともないわけではなかったが、あまりに頻発する大災害に心が乱れて、筆をとる気力もない。この一カ月間にしたことと言えば、別表の災害事例記録を作るために、あれこれ資料をめくりつづけたことと、山野炭鉱大災害の二十周年を記念する写真集『六月一日』を編むために、遺族をたずね歩いて犠牲者の生前の写真を借り集めたことだけである。

欲は言わない。ほんの少しでよい。楽しいことも書ける世の中にならないものだろうか。

一九八五年六月七日

著　者

目隠しの鬼

（上野英信集4『闇を砦として』あとがき）

私は自分が坑夫としての第一歩を踏み出したのが中小炭鉱であったことを、つくづくしあわせに思っている。歳月が過ぎれば過ぎるほど、その思いはつよまるばかりである。

そのことについては、折にふれてくりかえし話したり書いたりした。また、この『集』第一巻のあとがきにも記しておいたとおりであるが、もし私の炭鉱生活が大資本経営のいわゆる大ヤマで始まっていたとすれば、私の眼はおそらく小ヤマの底へ向くことはなかったろう。まして現在のように小ヤマの廃墟に根をおろすことはなかったろう。

『廃鉱譜』の舞台になった新目尾炭鉱一帯の歴史は古い。いつごろからこの細長い谷々で石炭採掘が始まったのか明らかでないが、西暦一七〇〇年代の記録は残っている。たとえばその一つが寺の過去帳である。私の住む六反田から一キロメートルばかり東のほうに加藤山教善寺という西本願寺派の寺があり、その過去帳を繰ってみると、明和三年四月九日に死亡した又右ヱ門という人の名があり、戒名は元心、職業は六反田石山稼《いしやまかせぎ》と記されている。明和三年は一七六六年にあたる。石山稼というのは、石炭採掘を業とする者のことである。

又右ヱ門という男が幾歳で死んだのか、いかなる経歴の人か、もとより知るすべもないが、いずれにしてもいまから二百数十年前、この谷で石炭採掘を専業として生活するひとびとがいたという事実を、教善寺に伝わる過去帳の「石山稼」という三文字が私に教えてくれる。落磐で死んだのであろうか。

当時、ここ筑前地方では、石炭を、石《いし》、生石《なまいし》、燃石《もえいし》、焚石《たきいし》、などと呼びならわし、炭鉱を石山《いしやま》と称していた。貝原益軒が元禄十五年（一七〇二年）に著わした『筑前国続風土記』の中にも、「遠賀・鞍手・嘉麻・穂波の中諸所の山野に燃石なるものあり。村民之を掘り採りて薪に代用せり。遠賀・鞍手には特に多し。頃年粕屋の山にても掘れり。煙多く臭悪しと雖、燃えて火久しく、水風呂の釜に焚くに適し、民用に最も便なり」という一節がある。これを見れば、すでに一六〇〇年代から民用燃料として、石炭の採掘がおこなわれていたことが窺われる。

掘り出された石炭は、そのまま薪代わりに使用されるばかりでなく、むし焼きにして粗製コークスをつくり、木炭の代用として使った。これを生石と区別して、焼石《やきいし》、石炭《いしずみ》、石《いし》ガラ、などと呼ぶ。石ガラは、略して単にガラとも呼ばれた。

このように石炭採掘を業とした「石山稼」を、世人は俗に「イシヤマト」と称した。石山党、または石山人の漢字があてられる。その俗称は長く明治時代の末期まで使われ、炭鉱で働く人間に対する、もっとも露骨な侮蔑語の一つになっていたと言われる。

——町をさるけば、イシヤマト、イシヤマト、ち、まるで野蛮人のごとあざけられたもんたい。なんぼ隠してん、鼻の頭のすすけちょるち。

こう私に語った一人の老婆の重い表情は忘れがたい。坑夫の子として生まれ、明治時代の炭鉱でスラを曳きつづけた人であった。彼女はよく「ゲザイ人」という言葉を使っていた。彼女の父親の代までは、採炭現場を「キリハ」とは呼ばず、「ゲザイ場」と呼んでいたとも語った。
「ゲザイ」とは、もともと金山や銀山、銅山などで働く人間の総称である。つまり、金掘りのことをこう言いならわしたのである。下才、下財、下在、外財、などの漢字があてられている。その古い金属鉱山の用語が、石炭産業の勃興にともなって、炭鉱へも流入したわけであるが、なぜか九州のあたりでは「ゲザイ」とは呼ばず、「ゲザイ人」と呼びならわす。坑内唄にしてもそうである。
〽唐津ゲザイ人のスラ曳く姿　江戸の絵かきもかきゃきらぬ
〽汽車は炭曳く　せっちん虫ゃ尾曳く　川筋ゲザイ人はスラを曳く
また、好んで「下罪人」という文字があてられる。筑豊炭田が生んだ最高の記録画家として知られる山本作兵衛翁の画文にも、しばしばこの漢字が用いられている。一つには日本資本主義の勃興期、三井三池炭鉱や三菱高島炭鉱などで多くの囚人を使役していたためであろうか。三井三池では昭和初期まで囚人使役を継続している。そうでなくてもわが国の炭鉱労働者は長らく囚人同様の苛酷な暴力支配の檻にとじこめられ、奴隷的な重労働を強制されてきたのである。およそ人間としての権利も自由もみとめられず、それこそ「下罪人」という文字をもって象徴される惨状であった。
そんなわけで、私も「下罪人」という文字に深い抵抗は覚えずに使ってきた。また、イシヤマトとおなじく、この言葉も炭鉱労働者に対する侮蔑語の一種であると信じこんでいた。私ばかりではない。筑豊各地の郷土史の類にも、おなじような解釈が散見される。

そんな誤用と濫用をいましめてくれる人があらわれたのは、私がこの廃鉱に移り住んでまもなくである。

「あんたは炭鉱で働く人間をだれかれなしにゲザイ人と思うておるようじゃが、それは大きなまちがいですばい。おれはゲザイ人と名乗れるとは、親子二代以上、ヤマで生きぬいた者だけたい。きのうきょう、ふらっと銭儲けにきたげな連中は、ぜったいにそげは言われんと。坑夫には違いなかばって、ただの坑夫たい。ゲザイ人ではなか」

こう忠告して彼は、自分は三代目の坑夫であり、誇りをもってゲザイ人を名乗れる、と言って胸を張った。

ゲザイ人という言葉が、それほど誇り高い坑夫の一枚看板であろうとは。私はただただみずからの無知を恥じるばかりで、返す言葉はなかった。思えば、長いあいだ、私はゲザイ人を辱《はずか》しめただけではない。ゲザイ人という言葉をも辱しめていたのである。そのことを知っただけでも、私はこの廃鉱に住んだ甲斐があったと感謝している。

ここは、まったく、ゲザイ人のふるさとのような土地である。幾代にもわたって炭鉱ひとすじに生きたひとたちばかりだ。しかも筑豊炭田はもとより、九州各地のヤマヤマを数えきれないほど渡り歩いたひとが多い。それだけに各地で仕込んだ炭鉱節や坑内唄も多彩をきわめる。「うたでやらかせこのくらいのしごと、しごと苦にして泣くよりも」という文句のとおり、小ヤマの渡り坑夫にとってなによりの慰めは唄であり、唄に折々の心情を託すことであった。

炭鉱節と言えば、この『集』第三巻に収められた「炭鉱節のふるさと」の中で、私がある老婆から思いがけない言葉を聞かされて、強い衝撃を受けたことを記しているが、はたして事実はどうなのか。私がようやくその疑問を解く機会に恵まれたのは、つい数年前である。炭鉱節の発祥地として知られる田川市で一人の老爺と会った折のこと。その人は被差別部落に生まれて幼年時代から三井田川炭鉱で働き、長じて水平運動の闘士として活動した人であるが、炭鉱節の名人と言われるほどの唄上手でもある。

彼は私の質問にこう答えた。

「そう、わしもなんべんか耳にしたことがある。エタ節ち言いよった。たしかにそげ言いよった。あれはわしが選炭夫をやめて、坑内にさがりはじめたころのことたい。まだ十五、六の歳で、選炭場で覚えた唄しか知らんもんじゃき、坑内でなにげなしにうたいよったところが、その唄をうとうてはいかん、ちゅうてとめられたもんたい」

しかし、昔の選炭節、のちの炭鉱節は、けっして被差別部落で発生した唄ではない、と彼は断言した。彼の証言は正確でゆたかな事実の記憶にうらづけられており、私を十分に納得させるものであった。

ただ、そうでありながら、選炭節がなぜ選りに選って謂《いわ》れなき差別語を冠してさげすまれ、忌み嫌われる運命をたどったのか、たどらざるをえなかったのか。いまさらながら、この国の地底の闇の深さに私は立ちすくむばかりであった。もちろん、古い時代の選炭場で働くひとたちの中に被差別部落民が多かったというような現象論でかたづけられる性質のものではあるまい。わが国独特の支配の論理がとりわけ好んで猛威をたくましくするのは、深い暗黒のなかである。そのことだけは見逃さないようにしたいと思う。

——ただこの機会にわれながらあさましく取り乱した筆の跡をかえりみて、いまさらのごとく痛感するのは、この六〇年代が炭鉱労働者にとって、なんと残酷な月日であったかということである。それはまったく、絶望的な流離と悲惨な死の連続と反復の十年であった。これほどおびただしい労働者の血が地底で流され、これほどおびただしい失業者群が地の果てまでさすらいつづけた十年は、そうざらにあるものではない。滅びゆく石炭産業の輓歌《ばんか》というには、あまりにも痛ましい犠牲である。やがて開けるであろう七〇年代が、どのような時代となるか、もとより私ごときには想像もつかないが、願わくはこのような暗黒だけは打破し、せめて一条の光明を発見したいものである。

これは、一九六九年に社会新報社から発行された『どきゅめんと・筑豊』のあとがきの一節であるが、私などの願望をあざ笑うかのように、暗黒は深まるいっぽうである。この当時はまだまがりなりにも炭鉱離職者対策の積極的な推進を説く声も高く、いわゆる〝エネルギー革命〟によって生活苦にあえぐひとびとへの手厚い援護が叫ばれていた。ところがそれからわずか十六年後の今日は、もはやそのような声はたえて耳にできない。

それを言うことが「正義」ではなくなったのである。反対に、炭鉱離職者をあしざまにののしることが「正義」になったのだ。このような新「正義」派の跋扈《ばっこ》ぶりは、ここ数年来、とりわけ目ざましい。その姿を見ると、私たち日本人がいかに「正義の味方」好きの民族であるかを再確認させられる。彼ら新「正義」派が異口同音に主張するところによれば、福岡県勢が振わないのも、筑豊復興がはかどらないのも、すべて筑豊に滞留する炭鉱離職者とその子弟が労働意欲を失って生活保護にあまえているためであるらしい。諸悪の根源は炭鉱離職者にあり、というわけである。

もちろん、これは、かならずしもいまに始まった動きではない。無知と偏見のかたまりは、いつの代にもころがっている。しかし、そのような救いがたい迷妄が支配的な勢力となったのは、やはり最近のことである。差別意識もまた、日本資本主義とあしなみを揃えて「高度成長」をとげたのだろう。差別することが最大の生き甲斐であり、至上の快楽であるような趣が深い。

現職の福岡県知事が臆面もなく「筑豊は県の恥部である」と発言して問題になったことがあるが、これはけっして知事の個人的な言葉ではなく、おのずから県民大多数の思いを代表した発言であったろう。

私はこれを「失言」として取り消しを求める気はない。心底から「県の恥部」として受けとめているかどうかを質《ただ》してみたいと思うだけである。もし知事が、筑豊を荒廃させた責任の一端が行政にあると自覚し、そのつぐないがたい「罪」の意識が「恥部」という表現をとったとすれば、それはそれなりに人間らしい、誠実な姿勢であると言えよう。

私など、この筑豊は、ひとり福岡県の恥部であるばかりでなく、日本国の最大の恥部であり、日本資本主義の最大の恥部である、と思っている。権力と資本がこれほど恥知らずの凌辱《りょうじょく》をほしいままにした地域は珍しい。そのなりふりかまわぬ暴力支配と冷酷無慙な収奪の歴史は、ほとんど華麗なまでに凄絶をきわめている。その鬼気せまる歴史を忘れないかぎり、日本資本主義に対する希望を抱くことは不可能だろう。

それにしても日本資本主義とその走狗たちは、いったいどこまで破廉恥をきわめれば飽きるのか。自責の念がないばかりか、みずからの救いがたく腐乱した恥部を人目からそらすために、いやがうえにも炭鉱で働いた人間に対する差別意識をあおりたててやまないのである。

これが、彼らの展開する筑豊恥部論だ。これほど卑劣に居直られると、あきれはてものも言えない。二字で足りなくなったら、際限なく恥の上塗りをかさねることだろう。恥恥部、恥恥恥部、恥恥恥部……と。


ふりかえって見れば、この呪われた地底の民の血と涙の痕《あと》を書き残しておきたいと思い立ってから、かれこれ四十年近い歳月が過ぎ去る。あせりのみ熱く、筆はいたずらに闇路に立ちすくむ日々であった。詩人の谷川雁や森崎和江たちと棟つづきのあばら家に住みながら、『サークル村』を編集していた当時のことだが、谷川雁が私の書いたルポルタージュに目をとおして、こう慨嘆したことが思い出される。

——きみの書くものは、どれもこれも、鬼ゴッコみたいな感じだな。いつもきみが鬼だ。鬼サン、コチラ、手ノ鳴ルホウヘ！　目隠しされた鬼は、あっちへうろうろ、こっちへうろうろ。そのうしろから、鬼サン、コチラ、手ノ鳴ルホウヘ！　これが上野のルポルタージュだよ。

小鬼の首をとったような表情でそう皮肉られたものだが、言われてみれば、残念ながらそのとおりだろう。目あきから見れば、さぞこっけいな姿にちがいない。当の本人が真剣であればあるほど、ますますそうだろう。

このたび、図らずもこの『集』が編まれることになったおかげで、私は校正のために否応なく古い作品に目をとおす羽目になったわけだが、中には自分が書いたことさえすっかり忘れはてていたものも少なくない。それらを読み返してみて、あらためて谷川雁のやさしい毒舌が的を射ていることをつくづくと悟る。

長いあいだ、よくまあ性懲りもなくさまよいつづけたものではある。まったく、我ながらあきれるほどだ。しかし、それができたのも、ひょっとしたら私が目隠しされていたからではあるまいか、と思いなおしてみたりもする。目があいていたら、とても堪えられるものではなかったろう。

これからさきもやはり、私は目隠しの鬼のまま、ますます深まる日本の恥部の闇路をさまよいつづけるほかはあるまい。鬼サン、コチラ、手拍子に躍らされるままに。

ただ、血のにおう方向だけは見失わないように努めて。

一九八五年十一月一日

著者

「業担き」の宿命（上野英信集5『長恨の賦』あとがき）

日本帝国の降伏によって第二次世界大戦が終わった一九四五年、私は二十二歳になっていた。日本軍がいわゆる〝満州事変〟という名の侵略戦争を起こしたのは、私が八歳になった一九三一年であるから、私はそのかけがえのない二十二年間のほぼ三分の二を、侵略戦争の砲声と共に過ごしたことになる。

親を恨むわけではないが、そもそも生まれた年からして吉《よ》くない。私が生まれたのは一九二三年八月七日であり、その二十五日後の九月一日に関東大震災が起きている。まったく、忌わしい年に生まれたものである。これはまあ天災と思ってあきらめるほかはあるまいが、どう思っても忌わしすぎる人災だけは、到底忘れることができない。

阿鼻叫喚の焦土で大規模な朝鮮人狩りがくりひろげられ、数千名の朝鮮人が虐殺されている。南葛労働会の河合義虎や純労働者組合の平沢計七ら十名が、亀戸署で軍隊に殺害されている。さらにまた、大杉栄と伊藤野枝らも憲兵大尉甘粕正彦によって憲兵隊で扼殺されている。〝皇威〟果つる地で起きた事件ならあきらめもつこうが、いずれも天皇陛下のおひざもとでおこなわれた〝儀式〟だから、ますますもってあきらめきれない。

この凶暴きわまりない天皇制軍国主義がついに崩壊した年の夏、私は乗るべき船を失った陸軍船舶砲兵として広島に駐留していた。その〝軍都〟広島が原子爆弾によって灰燼に帰したのは、私が満二十三歳の誕生日を迎える前日であった。

ふりかえってみれば、私はその呪われた年から呪われた年までの二十二年間、ひたすら「天皇陛下の赤子《せきし》」として軍国主義教育を受け、召されては「大元帥陛下の股肱」として忠節を尽くしたのである。短い期間、関東軍砲兵として〝満州〟に駐留していたことはあるが、戦闘の経験はない。しかし、もし戦場に駆り出されていれば、どんな非人間的な悪業も働かなかったという自信はない。天皇制への狂信が日本人をいともやすやすと鬼に変えるという恐怖だけは、骨身にしみて経験している。自嘲と自己批判をこめて、「天皇制の業担《ごうか》き」と名乗るゆえんである。

『天皇陛下萬歳』などというものを書かねばならなかったのも、思えば、その逃れがたい「業担き」の宿命であろう。

古い記憶のアルバムをめくってみると、日本軍の勝利を祝う旗行列や提灯行列、出征兵士の歓送や遺骨の出迎えなどに駆り出された折の光景ばかりが、妙にぎっしりつまっている。「御真影袋」が生徒ひとりひとりに配られたのは、小学校何年生のときであったろうか。その大きな袋は、新聞や雑誌などに載っている、天皇や皇族の写真を切りとって保存するためのものであった。足でふんだり、洟《はな》をかんだり、尻をふいたりしては大罰があたる、と教師に説教されたことなども、ついきのうのことのように思い起こされる。

そんなさまざまの記憶の中でも、ひときわ印象強く子供心に焼きついて離れないのが、〝上海事変〟のさなか、廟行鎮の華と散った「爆弾三勇士」の話であった。なにしろ郷土九州が産んだ軍神だから、これにまさる教材はない。得たり賢しとばかり、学校ではくりかえしくりかえし、「爆弾三勇士の歌」を歌わされたものである。おかげで廟行鎮という地名は、他のどんな名高い古戦場にもまして親しい地名になってしまった。

ただ、ひそかな背徳の愉しみを幼い私に教えてくれたのも、やはりこの歌であった。歌い出しの「廟行鎮の敵の陣」という文句を、こっそり「廟行チンチン毛が生えて」と歌い替えては、なんともふしぎな快感をあじわっていた。作者の与謝野鉄幹に聞かれたら、さぞかし大目玉をくらうところだろう。

九州福岡市を本拠とする「夕刊フクニチ」新聞が郷土作家シリーズを企画し、私にもなにか一本、郷土に関係のある人物なり事件なりを、ノンフィクションとして書いてほしいと言ってきたとき、私がためらわず「爆弾三勇士」を選んだのも、一つには忘れがたい幼年期の思い出がからんでいたせいであろう。なお一つには、私に与えられた連載期間は一九六九年の七月と八月であったので、敗戦記念に焦点を合わせて、読者と共に戦史の古傷をえぐってみたいとも考えたわけである。

しかし、残念ながら短い連載期間であったために、傷口をえぐるどころか、ろくろく表皮もはがないまま打ち切ることになった。あけて七〇年六月、井上光晴編集の季刊誌「辺境」に再発表の機会を与えられたが、これもまたぶざまな空振りに終わった。「夕刊フクニチ」連載当時のタイトルは「坑夫の神様」であり、「辺境」のほうのそれは「爆弾三勇士序説」である。さらにこれを筑摩書房で単行本としてまとめるにあたり、「天皇陛下萬歳」と改める。しかし、どのように改名してみたところで、中身のほうはさっぱり変わりばえがしない。いたずらに鬼面人を驚かすのそしりはまぬかれまい。ただ、その名に託す私なりの想いはあった。つぎのような随筆を書いたのも、それからまもなくのこと。

いまの若い人たちにはなじみが薄かろうが、一九三二年の上海事変当時、中国軍の鉄条網の破壊作業で爆弾とともに壮烈悲惨な戦死をとげ、軍神としてあがめられた「爆弾三勇士」がある。このほど私はその記録をまとめるにあたって「天皇陛下萬歳」という題をつけた。一つには、ひたすら天皇のためと信じて散っていった兵士たちの弔魂のためであり、さらに一つには、その一言にこめられた意味を、あらためて日本人の思想の問題として考えてみたかったからである。

ふりかえってみれば明治以来、この「天皇陛下萬歳」という一言ほど、くりかえしくりかえし、熱誠をこめて、声をかぎりに叫びつづけられた言葉はあるまい。そしてどれほど多くのひとびとが、その一言を唱えつつ息をひきとっていったことであろう。あるいはまた、死にもまさる苦しみを、「天皇陛下のために」「大元帥陛下のために」と信ずればこそ、耐えのびてきたことであろう。

ところでつい最近、私の本の発刊広告をみた一人の青年が私に向かって、「天皇陛下マンザイ」という本を出されましたね、と語りかけてきたのにはびっくりさせられた。未知の読者からの手紙もまいこんでくるが、若い世代の文字はほとんど例外なく「天皇階下」であって、「天皇陛下」ではない。

そんな時代であるだけに、このたびグアム島で元日本兵の横井庄一さんが発見されたというニュースの衝撃は大きい。とりわけ天皇について語る、横井さんの言葉の一つ一つが鋭く胸をえぐる。その極限の生存と発言をめぐって、すでにさまざまの論議がまきおこっている。甲が不屈の大和魂をたたえれば、乙は戦争のむなしさを説き、丙は天皇の戦争責任を追及するといったぐあいである。

それらの議論に私は水をさすつもりはない。これからも、もっともっと多くの議論がまきおこってよいと思う。まきおこらなければいけないと思う。そのことを通してはじめて、天皇とは、私たち日本人にとって一体なにであるのかという問題が、あきらかにされるのである。

もとよりこれは、大元帥陛下の大命のままに、戦場に召し出された皇軍兵士だけの問題でもなければ、戦争一般の悲劇に解消できる問題でもない。

在日朝鮮人の民族的怨念に執着しつづける作家の井上光晴は、戦火のさなかに強制徴用されて異国日本の炭鉱桟橋におり立った朝鮮人労務者が、期せずして発した言葉を、次のように記録している。

——テンノヘイカ　パンザイ　パンザイ

——テンノヘイカノタメ　タンコユク

水俣漁民の人間的呪詛に執着しつづける作家の石牟礼道子は、その著『苦海浄土』に、次のような凄絶な叫びを記録している。一九六七年、園田厚生大臣が水俣病患者のリハビリセンターを訪問した折のこと。突如、強度のケイレン発作とともに、一人の女性患者の口から絶叫がほとばしり出る。

——て、ん、のう、へい、か、ばんざい

つづいて彼女のうすくふるえる唇から、めちゃくちゃに調子はずれの「君が代」が流れ始める。「そくそくとひろがる鬼気感」であったと記されている。

私たちはいまこそ、横井さんの血涙に、それらの血涙を重ねあわせてみる必要にせまられているのではあるまいか。そして、そうすることが、横井さんの犠牲にむくいる、なによりの心づくしになるのではあるまいか。それはまた、ひたすら「天皇のために」死んでいった無数の英霊と、その母たちにつぐなう道であるのではなかろうか。いまは井上光晴や石牟礼道子とともに、その「そくそくとひろがる鬼気感」を、なによりもまず大切にしたいと思う。そうでなければ、それこそ「天皇階下マンザイ」になりかねないからである。（「横井さんの犠牲に思う」朝日新聞・一九七二年二月二日）

「爆弾三勇士」の一人である作江伊之助一等兵が、果たして国定教科書に記されているように、「天皇陛下萬歳」を唱えて息をひきとったのかどうか。そのことに私がこだわりつづけたのも他意はない。おなじ運命を負わされた日本人の一人として、事実をあきらかにすることが、せめてもの弔いであると思ったからである。犠牲になった兵士を美化するために、唱えもしない言葉を唱えさせることは許されない。

彼ら三勇士にまつわる「部落民」説も、一つにはその恥知らずの美化に対する、恥知らずの反動であったと私は見る。じっさいに三人の中に被差別部落民がいたのかどうか、いたとすれば誰がそうであったのか、そのことは一般民衆にとって問題ではない。一言、あれは部落民だ、と言えば、たちまちいっさいの光輝は消えてしまう。これほど霊験あらたかな呪文はない。しかも相手は、辺土の炭坑夫であり、沖仲仕であり、木挽きである。おとしめるにはもってこいの対象だ。寄ってたかって差別の快感を楽しむことになるのも当然のなりゆきだろう。

たとえ三勇士の中に一人の部落民もいなかったところで、おそらく状況は変わらなかったろうと思われる。彼らをおとしめ、彼らの功績に泥を塗るためには、これ以上効果的なデマゴギーはないからである。

かつて杉浦明平は「上野英信の本三冊」と題する書評の中で『天皇陛下萬歳』をとりあげてこの問題にふれ、つぎのような不満の意を表している。

坑夫と同じように、しかしその坑夫からも差別されていた被差別部落民にとっては、三勇士のたれかが部落出身者だったとしたら、さらに大きな敬慕と救済とであったにちがいない。上野は、残る二人の勇士の生活と歴史とをも、江下とおなじように、徹底的に追求するかまえを見せながら、その入口で取材はとまってしまう。世間の取沙汰のように、はたして三勇士の中に被差別部落出身者がまじっていたかどうかもあいまいのまま中断され、「肉弾三勇士」として完成されなかった。日本の社会と歴史との底を流れる生活と思想とを源流にまで辿りつけそうな予感がするこのエッセイが未完で終ったのは、残念とくりかえすよりはない。たぶんこれは、大多数の読者の偽りない意見でもあろう。私自身、誰にも劣らず残念に思っている。そしていまでも、時間と生活が許せば、さらに書きすすみたいという願望を棄てきれない。ただ、私の目的は、言われるように三勇士の中の誰が被差別部落民であったか、誰がそうではなかったか、をあきらかにすることにあるのではない。三勇士にまつわる「部落民伝説」のくろぐろとした影の正体をつきとめたいということだけである。

それは、誰が部落民であるかないかをあきらかにしさえすれば、解決がつくというような性質の問題ではない。私たち日本人がもっとも深いところで天皇制とかかわりあう「秘部」の問題であろう。

このほかにも、さまざまの批判や要望が読者から寄せられている。蒙をひらかれたことも少なくない。それぞれ今後の仕事を通して深めてゆきたいと思う。なお、読者の一人から、「非人」という言葉を使ったことについて、著者としての見解を問われている。

指摘を受けた言葉を私が使っているのは、「プロローグ」の末尾のあたりに据えた一人の老坑夫の話の中の、「あれが、戦死したわしのせがれの写真たい。親孝行一つでけんじゃったわしに、あいつが親孝行してくれる。わしを、養うてくれる。どうやら非人にもならずに、生きていける、あれのおかげで……」というくだりである。別にもう一個所、やはりおなじ「プロローグ」の中で、京都西本願寺大谷御廟のそばに建てられた三勇士の墓についての思い出話として、「戦争中はお非人さんの名所でございました」という言葉も紹介している。さらにまた七十九ページには、「非人になったものも少のうなか」という言葉も紹介している。

いずれも「乞食」「もの貰い」という意味で使われているものだが、なぜあえてそのような差別言辞を使ったのか、ということを私は問いただされているのである。私も率直に誠意をもって応えたいと思う。

「非人」という言葉を、「乞食」という文字に書きあらためるのは簡単である。私に話をしてくれた老坑夫や呉服店の女主人も、たまたま無意識にそのような古い慣用語を使っただけであるから、書きかえをこばむことはなかったはずである。しかし、この作品に関するかぎり、私はそれをしたくなかったのである。客観的に見れば、きわめて未熟な、欠陥だらけの記録であろうが、私は三勇士に対するせめてもの弔い合戦のつもりでとり組んだのである。私としてはこれほど精魂をこめて書いた作品はないと言ってもよい。それだけに一語一句に気も配ったつもりである。「非人」という言葉にしても、むろん、その例外ではない。

しかもあえて私が二人の言葉のままを文字にすることにしたのは、たとえ無意識の慣用にすぎなかったにしても、「乞食」という言葉をもってしては到底掬いとれない、濃密な「歴史の澱《おり》」がたたえられており、期せずして「爆弾三勇士」の悲劇をよりなまなましく感じとらせていると判断したからである。

まるで地底の暗黒のように重く哀しい老坑夫の言葉につづく、魯迅の「暗黒はただやがて滅亡していく事物に付随しうるだけであって」云々という言葉を読んでくだされば、私のひそかな願いも理解していただけるのではあるまいか。

私のつたない雑文をひろい集めての第一期五巻の刊行が、これをもってひとまず完結することになった。この間、原田奈翁雄氏並びに二宮善宏氏を始め、径書房内外の諸兄姉にどれほど大きな苦労をかけたことか。心からお礼とおわびを申しあげる。

とりわけ身にしみてありがたいのは、それぞれ多忙な活動のさなかにありながら、貴重な時間を割いて懇《ねんご》ろな解説をたまわった川原一之氏、森崎和江氏、鎌田慧氏、石牟礼道子氏、福地幸造氏、みごとな装画と装幀を引き受けてくださった富山妙子氏、月報にあたたかい言葉を寄せていただいた松下竜一氏ほか多くの皆さんの厚意である。

見ず知らずのかたがたが、こうも大切に受けとめてくださっているのか、と思って胸が熱くなることもしばしばであった。どれほど励まされたかしれない。これからも駑馬《どば》に鞭打って、精いっぱいの努力をつづけたいと思う。それ以外に皆さんの友情に報いるみちはない。

いまは無限の感謝をこめて、読者の皆さんのご健闘を祈るばかりである。

一九八六年二月二十日

著　者

終わりに

「一九七〇年、わたしは東京の若い画学生たちと作兵衛さんの絵を大きな壁画にする作業に取組んだ。この学校は当時出版社の現代思潮社が主宰するきわめて尖鋭的な塾のような学校で、『美学校』と呼ばれた。一年後高さ二米六〇糎、横十八米の大壁画が完成して、おじいさんと二人で東京への珍道中の旅に出た。これがおじいさんの最後の長旅になった。」

これは、亡き山本作兵衛翁のただ一人の弟子をもって任じる菊畑茂久馬が作兵衛翁の追悼録『オロシ底から吹いてくる風は』に寄せた文の一節だが、菊畑が翁を東京へ案内したのは、その大壁画の完成記念展を観せるためであった。記念展は東京四谷の芸術生活画廊で開かれ、翁は若い画学生たちの大歓迎を受けてコップ酒をかさね、得意のゴットン節をうたいまくった。美術評論家の針生一郎が初めて作兵衛翁と会ったのも、この会期中の一日である。

その折、針生は翁に対して、なぜ明治・大正時代の古い炭鉱の絵ばかり描いて、昭和に入ってからの絵を描かないのか、と問うた。すると作兵衛さんは即座に「写真機がありますもん」と答えたという。

「そのときの針生のへこたれた顔は忘れられない」と美学校代表の今泉省彦は追悼録に書いている。当の針生がこの件にふれ、「白髪頭を短く刈りあげた老坑夫は、菊畑や生徒たちにかこまれてすでに一升瓶をあらかた飲みほしたらしく、二言、三言話しかけると返ってくるのはとぼけた冗談ばかりで」とぼやいているのがいっそうおかしい。

もちろん、作兵衛翁が昭和期に入って後の炭鉱の姿を描いていないわけではない。ただその量がきわめて少ないことは確かである。これはやはり、彼が描き遺さなければ、むなしく闇に埋没してゆく時代のほうに全力を傾注することになったためであって、意識的に無視したのでもなければ、軽視したのでもない。

いっぽう、これまた量は少ないが、明治・大正期の炭鉱労働を撮った写真も絶無というわけではない。しかし、その多くを作兵衛翁は「スラゴッ芝居」として退け、「こげなスラゴッ芝居が許さるるもんでっしょうか」と慨嘆するのがつねであった。スラゴッとはソラゴトのことである。彼は誇り高いゲザイ人の一人として、セナ棒でかついだ前カゴの傾けかたひとつ、おろそかにすることを許さなかった。見ばえのする写真に仕上げるために演出された「スラゴッ芝居」を憎んだばかりでなく、そのような写真を臆面もなく使う書物やテレビジョンを激しく憎んだ。事実をゆるがせにした歴史が後の世に伝わることを、なにより恐れたからである。

この巻を編むにあたって、能うかぎり慎重を期したのもその点である。そのために、せっかく提供を受けながら、使用を見送った写真も少なくない。とくに古い時代の労働現場の写真がそうである。とはいえ、もとより完全は望みがたい。さぞかし故人に無念の思いをつのらせる「スラゴッ芝居」写真もまじっていることだろう。そんな心残りのみ深いけれども、作兵衛翁描くところの巨大な星雲の渦にも似た記録画とかさね合わせて見ていただけるならば、死にかわり生きかわり、一世紀にわたってこの国を支えた地底の民のいのちの悲しみを、想い抱くこともできるのではあるまいか。そう思って、いまはみずからを慰めるほかはない。

それにしても、日本の石炭産業は、なんと多くの人命を犠牲にしなければならなかったことか。巻をかさねるごとに、その思いばかりが強まる。

この巻に収められている貝島大之浦鉱のガス爆発災害にしてもそうだが、犠牲はあまりに甚だしすぎる。大災害の陰にかくれた小規模災害に至っては、ほとんど枚挙にいとまがない。たとえば敗戦前夜の一九四四年の〈筑豊〉地区における、ガス爆発（突出を含む）災害のみをとってみても、二月一日＝古河峰地（死亡一、重傷一四）、三月三日＝三菱飯塚（死亡四、重傷一二）、三月十日＝三井田川（死亡一〇、重傷一）、三月二十二日＝三菱飯塚（死亡四九、重傷八）、五月一日＝三井山野（死亡十三、重軽傷三）、九月十日＝日満新目尾（死亡六、重軽傷二〇）というような惨状である。

むろん、落磐や炭車事故など、日常的に頻発する災害の犠牲は、さらにおびただしい。とりわけ最大の犠牲を強制された朝鮮人労働者の場合など、死亡事実の隠滅さえ平然とおこなわれたのである。

およそ非人間的な圧制と重労働をしいられたばかりか、ついに非業の最期までしいられた彼ら無告の民の面影だけでも、せめて紙碑としてまとめたいというのは、私がこの『写真万葉録・筑豊』に託したささやかな念願の一つであった。第十一巻を「星座」として構想したのも、そのためである。

困難は予想していた。しかし実際にとりかかってみると、予想を遙かに超える難行であることを思い知らされた。遺族はほとんど遠く散り去って、その行方を確かめるすべもないのである。企業は働き手のない「殉職者」の遺族が長く鉱員住宅に居座ることを許さない。死後二ヵ月なり三ヵ月なりの期限を切って、厳しく退去をせまる。冷酷無情な仕打ちとはいえ、企業としては労働力の確保のための非常手段であった。もし遺族に同情して居座りを認めれば、ただでさえ不足に追われる鉱員社宅は、やがて見渡すかぎりの「後家長屋」と化し、生きて働く人間の住む場はなくなってしまうからである。住居がなければ、採用志願者は近寄らない。妻子を呼び寄せたいとあせりながら、むなしく独身寮で家の割りあて順番を待ちわびる男たちは、心ひそかに「殉職者」が早く出て、早く家があくのを待つことにもなる。

炭鉱がつぶれていなければ、遺族の行先を知っている隣人や職場の仲間も多い。その人たちもいまは四散し、尋ねるあてもない。敗戦後でさえ、そうである。まして遠い戦前の犠牲者の場合は、真の闇である。

一九〇六年の貝島大之浦炭鉱ガス爆発によって、出稼ぎ中の郡民七十八名を奪われた島根県邑智郡の悲劇にしても、その例外ではない。一村の運命を変えるほどの大災害であったにもかかわらず、今日まで郡誌や町誌にも記録されないまま、無明の歳月に埋もれていたのである。その発掘にあたったのは、この悲劇の山村を故郷として三菱新入炭鉱で生まれ育った石井出かず子さんであるが、彼女にそのきっかけを与えたのは、「昔、九州の炭鉱で大きな事故があって、棺桶をたくさん作ったことがある。石見の人も多かった」という、年老いた桶屋さんの話であった。

なにより悲痛な事実の証言者は、苔むす墓に刻まれた「大ノ浦炭坑非常ノ為死ス」という類の文字である。「非常」を「悲常」と記した墓も見える。いったい誰がこれらの文字を書かせたのだろうか。「死んだ人たちが書かせたのでしょう」と石井出さんは言う。

もしそれらの文字がなかったとすれば、犠牲者の確認作業はもっと難渋したにちがいない。この「非常」によって廃絶に追いこまれた家もあったからである。

炭鉱犠牲者の遺族を尋ねての歩みは、今後も力をつくしてつづけたいと思う。しかし、「星座」篇の刊行にこぎつけるまでには、さらにさらに長い年月と労力を必要とするだろう。無念のかぎりではあるが、やむなく全十一巻という計画を変更し、この第十巻「黒十字」篇をもってひとまず『写真万葉録・筑豊』を完結することにしたい。早くから「星座」篇のために大切な遺影を提供してくださっている遺族の皆さんに対し、心からお詫びを申しあげてお許しを乞う。

ふりかえってみれば、この身の程も知らぬ大仕事にとり組んで以来、いつのまにか五年の歳月が過ぎ去る。その間、どれほど多くの方々におせわになり、ご迷惑をかけたかしれない。どうにか刊行をつづけることができたのは、ひとえに皆さんの熱いお力ぞえのたまものである。どんなに励まされたことか。こまいころから坑内で働きとおした一人の老婆の言葉が忘れられない。彼女はガンヅメのようにごつい手で写真をふりかざしながら、しわがれ声をはりあげてこう私に告げた。

「みんなで大きなお祭りばやらかしよるげな気のするばい」と。

そうだ、これは、祭りであったのだ。大きなお祭りであったのだ。

いま、つくづくとそう思う。

一九八六年十月三十日

上野　英信

（このあと、本巻のカバー写真についての、また第二巻中の訂正にふれた追記が五行ありますが除きます。）

初出一覧

この国の火床に生きて　「朝日ジャーナル」一九六八年一月
私の原爆症　「展望」一九六八年一〇月
地下からの復権　「朝日ジャーナル」一九七〇年一〇月一一日
日本人の差別感覚——在日朝鮮人「国籍書きかえ」問題の背景　「毎日新聞」一九七〇年一〇月一七日
母なる連帯の海へ　「展望」一九七一年二月
一本の稲穂　「展望」一九七一年五月
豚の孤独　「展望」一九七一年八月
ある救援米のこと　「展望」一九七一年一一月
天皇制の「業担き」として　「潮」一九七二年四月
遠賀川　「朝日新聞」一九七二年九月六日～二〇日
わがドロツキストへの道　「毎日新聞」一九七二年一二月一一日～一二日
ボタ拾い（抄）「西日本新聞」一九七八年二月四日～四月一一日より
天井の雪かき　鬼ガ島の猿翁　シェンシェ　脱がせたひと　ヨウ、色男！　悲願千人斬り　雑草の中　ガリ版人生　非国民宿舎盛衰記　ああセックス　花のナンバーワン　箸のこと　本を買った話　我が師　ダマシ舟　酒仙、酒を断つ　わたしの三・一五　借金訓　生活者の論理　言の葉橋　地底の反戦歌　日本一わたしの減税政策　国のまほろば　土呂久つづき話　トンチャン　債鬼退治　担ぎ屋の弁　桜蕾忌　笑う民には福来たる

わが廃鉱地図　『廃鉱譜』一九七八年六月「あとがきに代えて」
『写真万葉録・筑豊　1』人間の山　**あとがき**　一九八四年四月
私と炭鉱との出会い　上野英信集1『話の坑口』一九八五年二月「あとがき」
闇のみち火　上野英信集2『奈落の星雲』一九八五年五月「あとがき」
「死ぬるも地獄、生きるも地獄」　上野英信集3『燃やしつくす日日』一九八五年九月「あとがき」
目隠しの鬼　上野英信集4『闇を砦として』一九八五年一二月「あとがき」
「業担き」の宿命　上野英信集5『長恨の賦』一九八六年五月「あとがき」
『写真万葉録・筑豊　10』黒十字　**終わりに**　一九八六年一二月

著書一覧

＊再刊もふくめてすべての単行本、及び作品集、また本巻では監修本も掲載し、著者没後の文庫等での再刊本、新装版・共著等は除いた。

『えばなし・せんぷりせんじが笑った！ほか三編』（私家版） 一九五四年一一月
『せんぷりせんじが笑った！』 柏林書房 一九五五年四月
『えばなし・ひとくわぼり』（私家版） 一九五五年八月
『親と子の夜』 麦書房 一九五八年七月
『親と子の夜』 未來社 一九五九年一一月
『追われゆく坑夫たち』 岩波書店 一九六〇年八月
『日本陥没期』 未來社 一九六一年一〇月
『地の底の笑い話』 岩波書店 一九六七年五月
『どきゅめんと・筑豊――この国の火床に生きて』 社会新報 一九六九年七月
『天皇陛下萬歳――爆弾三勇士序説』 筑摩書房 一九七一年一一月
『骨を噛む』 大和書房 一九七三年四月
『出ニッポン記』 潮出版社 一九七七年一〇月
『廃鉱譜』 筑摩書房 一九七八年六月
『火を掘る日日』 大和書房 一九七九年三月

『一鎬渠』　北京・人民文学出版社　一九七九年六月
『ひとくわぼり』（限定版）　裏山書房　一九八二年一一月
『眉屋私記』　潮出版社　一九八四年三月

＊

『上野英信集』（全五巻）　径書房
1『話の坑口』　一九八五年二月／2『奈落の星雲』　一九八五年五月／3『燃やしつくす日日』　一九八五年九月／4『闇を砦として』　一九八五年一二月／5『長恨の賦』　一九八六年五月

＊

『写真万葉録・筑豊』（監修）（全一〇巻）（共同監修・趙根在）　葦書房
1『人間の山』　一九八四年四月／2『大いなる火（上）』　一九八四年七月／3『大いなる火（下）』　一九八五年三月／4『カンテラ坂』　一九八五年五月／5『約束の楽土――ブラジル篇――』　一九八四年一一月／6『約束の楽土（続）――パラグアイ・アルゼンチン・ボリビア篇――』　一九八四年一二月／7『六月一日』　一九八五年一〇月／8『地ぞこの子』　一九八六年三月／9『アリラン峠』　一九八六年八月／10『黒十字』　一九八六年一二月

編集のことば

松本　昌次

「戦後文学エッセイ選」は、わたしがかつて未來社の編集者として在籍（一九五三年四月〜八三年五月）しました三十年間で、またつづく小社でその著書の刊行にあたって直接出会い、その謦咳に接し、編集にかかわらせていただいた戦後文学者十三氏の方がたのみのエッセイを選び、十三巻として刊行するものです。出版の一般的常識からすれば、いささか異例というべきですが、わたしの編集者としてのこだわりとしてご理解下さい。

ところでエッセイについてですが、『広辞苑』（岩波書店）によれば、「①随筆。自由な形式で書かれた個性的色彩の濃い散文。②試論。小論。」とあります。日本では、随筆・随想とも大方では呼ばれていますが、それは、形式にこだわらない、自由で個性的な試みに満ちた、中国の魯迅を範とする〝雑文（雑記・雑感）〟といっていいかと思います。つまり、この選集は、小説・戯曲・記録文学・評論等、幅広いジャンルで仕事をされた戦後文学者の方がたが書かれた多くのエッセイ＝〝雑文〟の中から二十数篇を選ばせていただき、各一巻に収録するものです。さまざまな形式でそれぞれに膨大な文学的・思想的仕事を残された方がたばかりですので、各巻は各著者の小さな〝個展〟といっていいかも知れません。しかしそこに実は、わたしたちが継承・発展させなければならない文学精神の貴重な遺産が散りばめられているであろうことを疑わないものです。

本選集刊行の動機が、同時代で出会い、その著書を手がけることができた各著者へのわたしの個人的な敬愛の念にあることはいうまでもありません。戦後文学の全体像からすればほんの一端に過ぎませんが、本選集の刊行をきっかけに、わたしが直接お会いしたり著書を刊行する機会を得なかった方がたをも含めての、運動としての戦後文学の新たな〝ルネサンス〟が到来することを心から願って止みません。

読者諸兄姉のご理解とご支援を切望します。

二〇〇五年六月

付記

本巻収録のエッセイのほとんどは、『上野英信集』全五巻（径書房　一九八五年二月～八六年五月刊）を底本としつつ、各初出単行本にもあたりました。

本巻には特に、著者が晩年、趙根在氏と全力を投入して監修した『写真万葉録・筑豊』全一〇巻（葦書房　一九八四年四月～八六年一二月刊）の『1　人間の山』の「あとがき」、『10　黒十字』の「終わりに」の二篇と、『廃鉱譜』（筑摩書房　一九七八年六月刊）の「あとがきに代えて」、及び『上野英信集』全五巻の各巻「あとがき」五篇を収録しました。それぞれが上野英信氏の生涯とその仕事を語るにふさわしいエッセイと考えたからです。収録をご快諾下さった葦書房、径書房にお礼申し上げます。なお、「ボタ拾い」は、連載された五〇篇のエッセイから三〇篇を抄出させていただきました。

本巻の編集・校正等にあたっては、上野英信・晴子ご夫妻のご子息である上野朱《あかし》氏に、ひとかたならぬお力添えをいただきました。また、カバーに使用しました版画「昇坑」は、著者が生前制作されたわずか二枚の版画のうちの一枚で、本書のために新たに摺って上野朱氏がご提供下さったものです。末尾ながら記して深い謝意を表します。

上野英信《うえのえいしん》（1923年8月～1987年11月）

上野英信集《うえのえいしんしゅう》
——戦後文学エッセイ選12
2006年2月15日　初版第1刷
著　者　上野《うえの》　英信《えいしん》
発行所　株式会社　影書房
発行者　松本昌次
〒114-0015　東京都北区中里3-4-5
ヒルサイドハウス101
電　話　03（5907）6755
ＦＡＸ　03（5907）6756
E-mail : kageshobou@md.neweb.ne.jp
http://www.kageshobo.co.jp/
振　替　00170-4-85078
本文・装本印刷＝新栄堂
製本＝美行製本

乱丁・落丁本はおとりかえします。
定価　2,200円＋税
（全13巻・第5回配本）
ISBN4-87714-342-4